PUCK FOR LOVE

EIN ENEMIES TO LOVERS EISHOCKEY LIEBESROMAN

AVA AVERY

Website & Newsletter:
www.avaavery.de

0 Euro Roman & 20 + Bonuskapitel:
https://bookhip.com/RPGKPQC

Instagram:
avaavery.autorin

TikTok:
@avaaverybooks

Facebook:
www.facebook.com/avaavery.autorin

Eine Veränderung erfordert Mut
und sorgt nicht selten für Chaos.

Doch nur wer ihr eine Chance gibt,
kann in ihr Wunderschönes erfahren.

Sei mutig.

HINWEIS - TRIGGERWARNUNG

Liebe Leser:innen,

Dieses Buch enthält potenziell triggernde Inhalte. Deshalb findet ihr auf Seite 328 eine Triggerwarnung.

Achtung: Diese enthält Spoiler für das gesamte Buch.

Ich wünsche euch allen ein wundervolles Leseerlebnis.

Eure *Ava*

EXKLUSIV FÜR DICH

Sichere dir jetzt als Dankeschön für deine Treue 20+ kostenlose Ava Avery Bonuskapitel. Scanne dazu einfach den QR-Code oder nutze diesen Link:

https://bookhip.com/RPGKPQC

Ich wünsche ganz viel Spaß und Freude beim Lesen.

KAPITEL 1
MELODY

SHAKIN STEVENS' Weihnachtshit *Merry Christmas Everyone* drang aus den Lautsprechern des Autoradios, während ich den bockigen Mietwagen langsam durch die vereisten Kurven der menschenleeren kanadischen Wildnis steuerte. Die enggewundene Straße wurde von hohen Schwarzfichten flankiert, deren grünes Nadelkleid eine zartweiße Puderschicht zierte. Ein wahrhaft idyllisches Bild, dem ich allerdings genauso wenig Beachtung schenkte, wie der festlichen Musik im Radio. Ich musste mich viel zu sehr auf die nahezu unbefahrbare Straße konzentrieren, als dass auch nur ein Funke an Weihnachtsstimmung auf mich überspringen konnte.

»Mom, sind wir gleich da?«, ertönte die ungeduldige Stimme meines sechsjährigen Sohnes vom Rücksitz.

»Gleich, mein Schatz. Nicht mehr lange.«

»Das hast du vor einer halben Stunde auch schon

gesagt. Bist du dir sicher, dass du nicht falsch abgebogen und vom Weg abgekommen bist?«

Unwillkürlich stieß ich einen gequälten Laut aus. Eine Mischung aus ungläubigem Schnauben und bitterem Seufzen.

Falsch abgebogen? Vom Weg abgekommen? Oh ja. Das war ich. Und zwar so richtig. Sonst hätte ich wohl kaum die strahlende Sonne Miamis gegen die eisige Kälte des kanadischen Yukon Territory eingetauscht.

Fast zehn Flugstunden und drei Flüge trennten uns nun von dem Ort, den wir viele Jahre unser Zuhause genannt hatten. Von Miami waren wir nach Chicago geflogen und hatten dort den Anschlussflug in das kanadische Vancouver genommen, bevor wir in Vancouver in eine erschreckend kleine Maschine nach Whitehorse stiegen.

»Schau mal, Teddy, da ist das Ortsschild von *Arctic Valley*.« Ich deutete auf ein massives Holzschild, auf dem in weißen Großbuchstaben der Name der Stadt prangte, die von heute an unser neues Zuhause werden sollte.

Im Rückspiegel beobachtete ich, wie Teddy seinen kleinen Hals reckte, um aus dem Fenster zu sehen. Skeptisch schob er die Augenbrauen zusammen.

»Sieht ganz anders aus als Miami.«, stellte er nüchtern fest. Enttäuschung schwang in seiner Stimme, was mir mein sowieso schon zertrümmertes Herz ein weiteres Mal brach.

»Dafür gibt es hier jede Menge Schnee. Perfekt zum Schlitten fahren und Schneemänner bauen«, versuchte ich meinen Sohn aufzuheitern. »Den gibt es in Miami nicht.«

»Stimmt.« Teddys Mundwinkel wanderten nach oben. »Ich habe noch nie einen Schneemann gebaut.«

»Würdest du denn gerne mal einen Schneemann bauen?«

»Oh ja.« Seine Augen glänzten voll kindlicher Vorfreude.

»Dann verspreche ich dir hoch und heilig, dass wir zusammen den schönsten Schneemann Kanadas bauen werden.«

»Okay«, antwortete er besänftigt und widmete sich wieder den beiden Eishockey-Figuren in seinen Händen, um sie gegeneinander kämpfen zu lassen.

Wir passierten den Ortseingang unmittelbar vor Anbruch der Dunkelheit. Laut der Navigationsapp meines Handys, würden wir in fünfzehn Minuten an unserem Haus eintreffen. Kurzentschlossen bog ich rechts ab und lenkte den Wagen auf den belebten Parkplatz des örtlichen Supermarktes.

»Lass uns noch schnell etwas zum Abendessen kaufen.« Ich löste den Anschnallgurt und drehte mich zu meinem Sohn um.

»McDonalds?«

»Netter Versuch, Ted.«

»Och menno. Ich möchte so gerne einen Cheeseburger essen.« Beleidigt überkreuzte er die Arme vor der Brust und sorgte prompt dafür, dass ich ein schlechtes Gewissen bekam.

Der kleine Kerl hatte in den letzten Wochen wahrlich einiges mitmachen müssen. Kein Wunder, dass sein Verhalten von Anspannung und Trotz zeugte, obwohl

ihm das normalerweise gar nicht ähnlich sah. Die psychi-
schen und physischen Strapazen nagten an seiner
unschuldigen Kinderseele.

»Wie wäre es, wenn du mir hilfst, die Zutaten zu
kaufen? Dann mache ich uns heute Abend zur Feier des
Tages einen Cheeseburger. Meine Cheeseburger schmecken doch sowieso am besten, oder?«

Teddy nickte euphorisch und schnallte sich eilig ab.
Im Nu war er aus dem Wagen gesprungen und hüpfte
rastlos von einem Bein auf das andere, um die klirrende
Kälte abzuschütteln, die hier an der Grenze zu Alaska
herrschte.

Ich stieg ebenfalls aus und griff nach seiner Hand, um
ihn davor zu schützen, von einem der vorbeifahrenden
Autos erfasst zu werden.

»Was brauchen wir?«, fragte er mich mit gespitzten
Ohren, als wir den Supermarkt durch die automatischen
Türen betraten.

»Burger Buns, Burger Patties, Käse, Salat, eingelegte
Gurken und Ketchup.«

»Ich besorge die Buns«, rief Ted und raste davon.

»Teddy, nein. Bleib hier!« Vergeblich versuchte ich, ihn
aufzuhalten.

Nach so vielen Stunden des Sitzens und des Stillhal-
tens, erwachte all seine aufgestaute Energie zum Leben
und drängte darauf, hinausgelassen zu werden.

Ich eilte ihm hinterher und bemühte mich, ihn nicht
aus den Augen zu verlieren. Ted schlug einen Haken
nach links und rannte in einen der Gänge mit decken-
hohen Regalen voller Lebensmittel.

»Bleibst du jetzt bitte…ufff.« Ich prallte von der harten Steinwand ab, gegen die ich soeben gelaufen war und taumelte benommen ein paar Schritte rückwärts.

»Nicht so eilig«, knurrte eine tiefe, männliche Stimme. Zwei kräftige Hände legten sich um meine Oberarme und stabilisierten mich. Bewahrten mich davor, das Gleichgewicht zu verlieren.

Ich blinzelte erschrocken und strich mir mit einer fahrigen Bewegung die langen Haarsträhnen aus dem Gesicht, die sich durch den Aufprall aus meinem lockeren Pferdeschwanz gelöst hatten.

Vor mir stand ein Bär von einem Mann und versperrte mir mit seiner massiven Statur den Weg. Erstaunt legte ich den Kopf in den Nacken und sah zu ihm auf. Sein pechschwarzes Haar fiel ihm in widerspenstigen Locken in die Stirn und verdeckte einen Teil der eisblauen Augen, die mich mit einem solch grimmigen Blick durchbohrten, dass ich vergaß zu atmen.

»Entschuldigen Sie bitte«, stammelte ich verlegen, woraufhin der kraftstrotzende Hüne etwas Unverständliches brummte und seinen Klammergriff ein wenig lockerte. »Ich bin meinem…«

»Schon gut«, grummelte er missmutig und ließ mich los. Ohne ein weiteres Wort ging er grußlos an mir vorbei und verschwand in der nächsten Regalreihe.

Kopfschüttelnd schaute ich ihm hinterher. Wenn sich alle Menschen in diesem Ort so ruppig und unfreundlich verhielten, wie dieser verschrobene Waldschrat, würde sich der Neuanfang um einiges schwieriger gestalten, als gedacht.

»Mami, ich habe die Buns gefunden«, holte mich die stolze Stimme von Teddy aus dem Trancezustand, in den mich der hochgewachsene Griesgram versetzt hatte.

Ted kam auf mich zu gerannt und wedelte siegessicher mit den Burger Buns.

»Sehr gut, mein Schatz. Die restlichen Zutaten kaufen wir aber gemeinsam. Ich möchte nämlich nicht, dass du verloren gehst.«

Eine halbe Stunde später erreichten wir nach einem langen und ermüdenden Tag endlich unser neues Zuhause, auch wenn man bei der Dunkelheit kaum etwas davon erkennen konnte. Von den Fotos wusste ich jedoch, dass das schmucke Holzhaus mit seiner weiß-olivenfarbenen Fassade eine Veranda besaß, von der aus man einen ungehinderten Blick auf den an das Grundstück angrenzenden See hatte. Ich konnte es kaum erwarten, diese Aussicht im Morgengrauen bei einer dampfenden Tasse Kaffee zu genießen.

Sowie Ted und ich aus dem Auto stiegen, wurde die Haustür aufgerissen und meine aufgeregt winkende Freundin Amy kam zum Vorschein. »Willkommen in *Arctic Valley.*« Sie lief die Treppen hinunter und zog mich in eine ungestüme, dringend notwendige Umarmung. Ich erwiderte die liebevolle Geste und atmete tief durch.

»Du hast es geschafft. Hier beginnt dein neues

Leben«, flüsterte Amy und drückte mich noch eine Spur fester an sich.

»Und da ist ja auch mein kleiner Teddybär.« Sie ging vor Ted in die Hocke und zog ihn ebenfalls in eine herzliche Umarmung.

»Ich bin kein Teddybär«, kicherte der.

»Ach nein? Dabei bist du knuffig und kuschelig. Genauso wie ein Teddybär«, zog ihn Amy auf und zwinkerte mir zu. »Dann lasst uns mal das Gepäck ins Haus tragen und die Cheeseburger braten, die sich der Teddybär laut der Textnachricht seiner Teddymama zum Abendessen wünscht.«

Ich betrat das Haus nach Amy und Ted als Letzte. Sofort umhüllte mich ein angenehmer Duft aus Zimt und Orange. Neugierig sah ich mich um und entdeckte zu meiner Entzückung den brennenden Kamin im Wohnzimmer, in dem die dunkelbraunen Holzscheite leise in den rötlichen Flammen knackten. Auf dem Couchtisch stand eine Schale mit Nelken gespickten Orangen. Zimtstangen und Zapfen lagen auf einer runden Holzscheibe, die als Deko diente. Der süßliche Duft der Zimtstangen vermischte sich mit dem harzigen Geruch der Tannenzapfen und dem intensiven Zitrusaroma zu einer beruhigenden winterlichen Duftwolke. Obwohl ich noch längst nicht das ganze Haus besichtigt hatte, wusste ich instinktiv, dass dieser Raum mein erklärter Lieblingsplatz sein würde.

Nachdem wir den Rundgang beendet hatten und Ted in seinem Zimmer den Trolley mit den Spielsachen ausräumte, begab ich mich mit Amy in die Küche, um das Essen vorzubereiten.

»Wie war die Anreise, Mel?«

»Lange und anstrengend«, seufzte ich.

»Aber ihr habt es geschafft.«

»Aber wir haben es geschafft«, wiederholte ich leise Amys Worte und spürte die Erleichterung, die mich bei dieser Aussage durchflutete.

»Vorschlag: Ich brate die Burger und du gönnst dir eine ausgiebige Dusche. Danach werfen wir drei uns in die kuscheligsten Pyjamas, die wir haben, lümmeln uns mit einer heißen Schokolade auf das Sofa und sehen uns einen Film an.«

»Au ja«, rief Ted, der den letzten Satz mitangehört hatte und nun freudig die Treppe hinunterhüpfte.

»Du müsstest eigentlich längst im Bett sein«, warf ich zweifelnd ein.

»Ach komm schon, Mel. Sei kein Spielverderber. Heute war für uns alle ein nervenaufreibender Tag. Gönnen wir uns ein bisschen Spaß. Außerdem ist morgen Sonntag. Wir können ausschlafen. Die Schule und die Arbeit beginnen erst am Montag.«

»Bitte, bitte, bitte«, flehte Ted und bedachte mich mit seinem perfekt einstudierten Dackelblick.

Ich seufzte erneut. Es stand zwei gegen einen. Diesen Kampf würde ich nicht gewinnen können. »Also gut. Ausnahmsweise«, lenkte ich ein und rieb mir müde durch das erschöpfte Gesicht.

»Juhuuu…« Ted rannte jubelnd um Amy und mich im Kreis herum.

»Er würde sowieso nicht schlafen, wenn du ihn jetzt ins Bett steckst. Dazu ist er viel zu aufgedreht«, zischte mir Amy zu. »Glaub mir: Kakao und Fernsehen wirken Wunder. Binnen zehn Minuten ist er eingeschlafen. Wir bekommen ihn dazu, genau das zu tun, was wir wollen und er merkt es nicht einmal. So funktioniert Erziehung.«

Meine Mundwinkel zuckten amüsiert. Amy musste es bekanntlich wissen. Sie war Vollzeit berufstätig, verheiratet und Mutter von zwei aufgeweckten Kids in Teds Alter. Somit absolvierte sie drei Jobs gleichzeitig: Top Managerin, Ehefrau und Mutter, wenngleich nicht unbedingt in dieser Reihenfolge.

Amy und mich verband eine langjährige Freundschaft. Während der Uni in Colorado teilten wir uns vier Jahre lang ein Zimmer. Binnen kürzester Zeit entwickelte sich aus der anfänglichen Sympathie eine tiefe Freundschaft, die auch in den Jahren nach unserem Abschluss bestehen blieb. Und das, obwohl mich mein Job nach dem Studium in das sonnige Miami führte, wohingegen Amy, fast sechstausend Kilometer entfernt, eine Position als Kommunikationsmanagerin in Vancouver annahm, bevor sie fünf Jahre später der Liebe wegen, nach Yukon zog.

Ich dankte den Technologiegenies Nordamerikas, für die Erfindung von *Skype* und *Facetime*. Denn durch sie gelang es uns, trotz der Distanz und Zeitverschiebung, stets in regem Kontakt zu bleiben und unsere Freundschaft aufrechtzuerhalten. Eine Freundschaft, die sich nun als Retter in der Not entpuppte.

Nachdem ich Ted geduscht und in seinen Schlafanzug

gesteckt hatte, gönnte ich mir ebenfalls den Luxus einer Dusche, die meine angespannten Muskeln notdürftig lockerte. Im Gegensatz zu Ted fand ich die Vorstellung, mich in mein Bett fallen zu lassen und auf der Stelle einzuschlafen, außerordentlich verlockend. Doch daran war nicht zu denken. Denn Ted plapperte während des Abendessens beinahe ununterbrochen und verlangsamte sein Tempo erst, als er sich mit seiner heißen Schokolade und einer Wolldecke bewaffnet auf die Couch vor dem Kamin kuschelte und Amy ihn zwischen »Kevin – Allein zu Haus« und dem »Grinch« wählen ließ.

»Musst du nicht allmählich nach Hause zu deiner Familie?«, flüsterte ich besorgt, um Ted, dessen Augenlider mit jeder Minute schwerer wurden, nicht am Einschlafen zu hindern.

»Die kommen auch mal eine Nacht ohne mich aus.«

»Bist du sicher, Amy?«

»Jetzt schau nicht so skeptisch. Natürlich bin ich sicher. Dann merkt Bryan endlich mal, was er an mir hat. Das ist alles ein bis ins Detail ausgeklügelter Plan. Ich tue das nicht aus Edelmut, sondern aus eiskalter Berechnung.«

Ich konnte mir ein Lachen nicht verkneifen und schlug mir eilig die Hand vor den Mund, um die kichernden Laute zu unterdrücken. Amys ausgesprochen schräger Sinn für Humor sorgte stets dafür, dass ich meine Probleme für ein paar Minuten vergessen konnte.

»Wenn das so ist, hast du bestimmt auch einen Plan für nächste Woche?« Belustigt stieß ich sie mit dem Ellenbogen an.

»Na klar. Du kommst um halb acht zu mir, dann fahren wir zusammen zur Schule und liefern die Kids ab. Die Schule liegt lediglich ein paar Blocks von dem Eishockey Stadion der *Arctic Bears* entfernt. Du wirst also an deinem ersten Tag nicht zu spät kommen.«

»Ich hoffe nur, dass ich das hinbekomme. Sonst wird der erste Tag gleich mein letzter sein«, murmelte ich mehr zu mir selbst als zu Amy.

»Wieso solltest du das nicht hinbekommen? Du hast in den letzten elf Jahren nichts anderes gemacht, als verletzte Profisportler zu behandeln.«

»Basketballer«, korrigierte ich sie. »Keine Eishockeyspieler.«

»Wo ist da der Unterschied? Männliche Profisportler sind allesamt jammernde, überbezahlte Weicheier mit einem enormen Egoproblem und einem verklärten Sinn für die Realität. Zwischen Basketballern und Eishockeyspielern mache ich da keinen Unterschied.«

»Nun ja, anatomisch betrachtet…«

»Anatomisch betrachtet haben beide Sorten von Profisportler einen Schwanz zwischen den Beinen baumeln. Manche einen kleineren, manche einen größeren. Willst du dich jetzt ernsthaft vor deinem Kind über Schwänze unterhalten oder ziehst du es vor, deinen Selbstzweifeln kräftig in den Hintern zu treten, damit sie zum Fenster hinaus in die unbarmherzige Kälte des Yukons fliegen und dort elendig erfrieren?«

Ich grinste, obwohl ich es nicht wollte und schüttelte ungläubig den Kopf. Ach was hatte ich Amy doch vermisst.

KAPITEL 2
MELODY

»NUN SCHAU NICHT SO, als würde die Welt gleich untergehen, ohne dass du noch einmal in den Genuss von gigantischem Sex gekommen bist.«

»Gigantischer Sex wird überbewertet«, entgegnete ich und drehte mich ein letztes Mal zu dem Schulgebäude um, in das ich Ted vor einer viertel Stunde begleitet hatte. Fröstelnd rieb ich mir die Hände und blickte in den bedeckten, grauen Himmel.

»Das sagst du bloß, weil du noch nie gigantischen Sex erlebt hast«, erwiderte Amy trocken.

»Und ich werde ihn auch in absehbarer Zeit nicht erleben, weil das Letzte, was ich in meinem Leben gebrauchen kann, Männer sind. Ted mal ausgenommen.«

»Tja, meine Liebe, die Sache hat nur einen Haken: Ab heute bist du die Physiotherapeutin des testosteronverseuchten *Arctic Bears* Eishockey Teams. Und da du die einzig weibliche Therapeutin bist, wird sich im Nu eine lange Schlange von Verehrern vor deinem Behandlungsraum bilden.«

»Du kennst meine oberste Regel, Amy.«

»Gehe nie mit einem Profisportler aus, schon gar nicht mit einem Profisportler, den du behandelst.« Meine Freundin rollte übertrieben genervt mit den Augen.

»Ganz genau. Daran hat sich nichts geändert.«

»Mal sehen, ob du deine Meinung änderst, wenn du unsere knackigen Jungs kennenlernst«, zwinkerte Amy und betätigte die Fernbedienung ihres SUVs, um die Türen zu entriegeln.

Schweigend kletterte ich auf den Beifahrersitz und bemühte mich, gleichmäßig und kontrolliert zu atmen, was sich mit jedem Meter, den wir uns dem imposanten Stadion des *North American Ice Hockey League* Profiteams näherten, schwieriger gestaltete. Mein Herz klopfte ungesund schnell in meiner Brust und die Nervosität sorgte dafür, dass sich mein Magen mitsamt seinem Inhalt umdrehte.

Amy parkte den Wagen vor dem Seiteneingang und winkte mich lächelnd in Richtung der massiven Tür, die aufschwang, als sie ihren Ausweis an den Scanner hielt.

Ehrfürchtig betrat ich die Arena und staunte über die hohen Rundbögen der Gänge und die futuristischen Deckenkonstruktionen aus Glas.

Amy lotste mich durch das Labyrinth an Abzweigungen und Türen zu den Mitarbeiterbüros in die obere Etage, wo sie die Handtasche in ihrem geräumigen Büro abstellte und mich zu der Personalabteilung begleitete.

Die folgende Stunde verbrachte ich damit, all den

nervigen Papierkram zu erledigen, den eine neue Anstellung mit sich brachte. Da ich seit meinem Uniabschluss vor elf Jahren für die *Miami Panthers* gearbeitet hatte, fühlte ich mich sichtlich unwohl in meiner Haut. Das alles hier war Neuland für mich. Ungewohnt, fremd und weit außerhalb meiner Komfortzone.

Kurzum, ich hasste Veränderungen. Nur leider erwies sich diese Veränderung als absolut notwendig und lebenswichtig. Eine Veränderung, die man zweifellos mit einem radikalen Umschwung gleichsetzen konnte. Schließlich hatte ich Hals über Kopf mein ganzes Leben hinter mir gelassen und war nahezu fluchtartig mit vier Koffern und meinem Kind an das andere Ende des nordamerikanischen Kontinentes geflohen, um dort wieder bei null anzufangen.

»…damit wären die Formalitäten erledigt und ich darf Sie nun offiziell als neues Mitglied der *Arctic Bears* begrüßen«, beendete der Personaler seinen Redefluss und reichte mir einen Mitarbeiterausweis, den ich an meinem Hosenbund befestigte.

Ich erhob mich mechanisch und zwang mich zu einem freundlichen Lächeln.

»Vielen Dank. Ich freue mich auf die Zusammenarbeit.«

»Gleichfalls. Mrs Wakefield besteht darauf, Ihnen höchstpersönlich die Räumlichkeiten zu zeigen. Bei ihr sind Sie in guten Händen.«

Ich nickte zustimmend und verabschiedete mich dann mit ein paar höflichen Floskeln in Richtung von Amys Büro.

»Na, wie ist es gelaufen?«, begrüßte diese mich mit einem schelmischen Funkeln in den Augen.

»So wie es aussieht, sind wir beide jetzt offiziell Kolleginnen.«

»Das ist Musik in meinen Ohren! Herzlich Willkommen bei den *Arctic Bears*. In einer halben Stunde beginnt das Training der Jungs. Lass mich dir bis dahin alles zeigen, damit du dich für deine ersten Sitzungen einrichten kannst.«

Ich schenkte Amy ein dankbares Lächeln und folgte ihr durch die Tür in das Erdgeschoss der Arena, wo sich nicht nur die Eisfläche und die Umkleidekabinen der Spieler, sondern auch die Behandlungsräume der Ärzte, Psychologen und Physiotherapeuten, befanden.

In dem Behandlungsraum, den ich in Zukunft nach meinen Wünschen gestalten durfte, ließ meine Anspannung etwas nach. Endlich betrat ich wieder ein mir bekanntes Terrain.

Vier Wände, in denen ich mich entfalten konnte. Vier Wände, in denen ich dem Beruf nachgehen konnte, den ich von Herzen liebte. Vier Wände, in denen ich mich sicher fühlte.

Als der Teamarzt Doktor Logan den Behandlungsraum betrat und sich mir mit einem warmen, vertrauensvollen Händedruck vorstellte, entspannte ich mich zusehends.

Doktor Logan besaß ein freundliches Gesicht mit wachsamen Augen und graumelierten Schläfen. Ich schätzte ihn auf Mitte fünfzig. Seine offene und herzliche Art sorgte dafür, dass sich mein wummerndes Herz beruhigte und ein Funke an Hoffnung und Zuversicht die nagenden Selbstzweifel wenigstens kurzfristig vertrieb.

Alle Physiotherapeuten und Psychologen waren Doktor Logan unterstellt. So gesehen war der Teamarzt ab sofort mein Vorgesetzter. Erleichtert stellte ich fest, dass ich mir eine Zusammenarbeit mit ihm gut vorstellen konnte. Das war in Profisportlerkreisen nicht immer selbstverständlich. Denn manche Teamärzte besaßen ein größeres Ego als die gesamte Mannschaft, die sie betreuten.

»Was halten Sie davon, wenn wir uns das Training von der Tribüne aus ansehen und Sie sich ein wenig besser mit den Abläufen des Eishockeys vertraut machen? Ich könnte Ihnen das ein oder andere über die Spieler und deren Schwachstellen erzählen?«

»Das klingt wunderbar«, brachte ich dankbar hervor.

Ich verabschiedete mich mit einer Umarmung von Amy, die mir das Versprechen abnahm, mit ihr die Mittagspause zu verbringen, und machte mich mit Doktor Logan auf den Weg zu den Zuschauertribünen.

Gebannt studierte ich das Geschehen auf der Eisfläche vor mir, während Doktor Logan auf die verschiedenen Trikots der kraftstrotzenden Männer wies, die flink über das Eis skateten und mir erzählte, welche Position und Aufgabe jeder von ihnen innehatte. Er erläuterte die Stärken und Schwachstellen der Spieler, berichtete von Verletzungen und Beanspruchungen. Ich hörte ihm aufmerksam zu, während ich konzentriert die schnellen und geschickten Spielzüge der *Arctic Bears* verfolgte.

»Am besten vereinbaren Sie mit jedem Spieler ein

Einzelgespräch, um sich kennenzulernen und den Behandlungsplan aufzustellen. Carter und Sie werden sich die Betreuung der Spieler aufteilen. Ich möchte, dass jeder der Spieler von Ihnen beiden begleitet wird, damit ich im Notfall auf zwei qualifizierte Meinungen zurückgreifen kann.«

»Geht in Ordnung.«

»Nach dem Training werde ich Ihnen die Spielerliste samt Kontaktdaten mailen. Dann können Sie die Termine direkt mit den Spielern vereinbaren.«

»Das klingt nach einem Plan«, lächelte ich und fuhr zusammen, als ein lautes Krachen auf der Eisfläche die Tribüne vibrieren ließ.

»Na, na, na, Sie sind aber schreckhaft«, gluckste Doktor Logan. »Eishockey ist ein harter Kontaktsport. Daran gewöhnen Sie sich besser gleich.«

Ich presste die Lippen aufeinander und zog angestrengt einen Mundwinkel in die Höhe. Unbemerkt grub ich die Fingernägel in meine Handflächen und versuchte, meinen rasenden Puls unter Kontrolle zu bringen.

Doktor Logan konnte und sollte nicht wissen, dass meine Schreckhaftigkeit einem völlig anderen Ursprung geschuldet war.

Mit angespannter Miene wandte ich mich wieder dem Geschehen auf der Eisfläche zu und beobachtete, wie sich die drei Spieler, die sich gegenseitig getackelt hatten, aufrappelten und weiterspielten.

»Wie läuft der erste Arbeitstag bisher?« Amys fröhliche Stimme ließ mich von meinem Monitor aufsehen.

»Ich bin gerade dabei, den ersten Spielern ihre Termine für das Kennenlerntreffen mit mir zu mailen.«

»Klingt spannend. Wer steht alles auf deiner Liste?«

Sie ließ sich auf den leeren Stuhl gegenüber meines Schreibtisches fallen und lehnte sich neugierig vor.

»Patientengeheimnis.«

»Komm mir nicht damit, Mel. Ich frage ja nicht, wie die Jungs bestückt sind, sondern bloß, wen du für morgen eingeladen hast.«

»Die ersten acht Spieler der Liste, die mir Doktor Logan geschickt hat.«

»Aha und das wären?«

»Amy…«

»Was denn? Jetzt sei nicht so pingelig.«

Ich stieß geräuschvoll die Luft aus. Amy war der reinste Bluthund. Sie würde nicht lockerlassen. Und da es sich hierbei tatsächlich um unverfängliche Informationen handelte, konnte ich es ihr genauso gut erzählen und ihrer Fragerei so entgehen. »James, Samson, O'Connor, Spencer, Wolf, McAllister, Elliott und Smith", las ich aus meinem Terminkalender vor.

»O'Connor ist lustig. Vor McAllister musst du dich in Acht nehmen. Er ist ein Frauenheld. Und was Wolf betrifft, tja, der ist im wahrsten Sinne des Wortes ein Wolf. Er ist der Leitwolf des Rudels.«

»Leitwolf? Wie meinst du das?«

»Er ist der Kapitän der Mannschaft. Der Chefbär. Der Leitwolf. Der Anführer.«

Mir entfuhr ein beschämter Seufzer. »Ich sollte schleunigst die Spielernamen und ihre Positionen auswendig lernen. Sonst halten mich hier alle für vollkommen inkompetent und unwürdig.«

»Niemand, der dich kennt, würde dich jemals so bezeichnen. Du bist erfahren, gründlich und empathisch. Dass du nicht am ersten Tag alle Spieler und deren Positionen kennst, wird dir keiner verübeln. Schließlich kamen das Jobangebot und der Ortswechsel ziemlich überstürzt.«

Zumindest dem letzten Punkt ihrer Aussage musste ich zustimmen. Der Anruf, dass die *Arctic Bears* nach Verstärkung suchten, nachdem einer ihrer beiden Physios nach einem Unfall in den vorzeitigen Ruhestand gegangen war, kam tatsächlich völlig überraschend und genau zum richtigen Zeitpunkt. Ein Wink des Himmels sozusagen.

Ohne lange zu fackeln hatte ich das Bewerbungsgespräch absolviert, das Jobangebot angenommen, meinen alten Job, den ich so sehr liebte, gekündigt, meine Koffer gepackt, Ted geschnappt und den nächstbesten Flieger nach Yukon genommen.

»Ich sollte die Mittagspause lieber sausen lassen und mir stattdessen das fehlende Wissen über das Team und dessen Spieler aneignen.«

»Das kannst du nach der Pause immer noch tun. Mit leerem Magen lernt es sich schlecht. Das wissen sogar meine Kinder. Und jetzt komm, lass uns nicht länger herumtrödeln. Je früher wir zurückkommen, desto mehr Zeit bleibt dir zum Lernen.«

»Vielleicht hast du recht«, überlegte ich.

Amy schnalzte missbilligend mit der Zunge und kam rasanten Schrittes um den Schreibtisch herum. Mit verschmitzter Miene stützte sie sich auf die Lehnen meines Stuhls und zwinkerte mir verschwörerisch zu. »Natürlich habe ich recht. Ich habe immer recht. Das weißt du doch. Wie klingen Clubsandwich und Cola?«

»Perfekt.«

»Na also. Dann nichts wie los.«

KAPITEL 3
MAVERICK

ICH BETRAT die Eisfläche mit meinen Skates und fühlte mich sofort zuhause. Lässig drehte ich ein paar Runden und bereitete mich mental auf das bevorstehende Training vor. Heute würden wir ein Spiel mit den *Winnipeg Warriors* simulieren und es bestand kein Zweifel daran, dass es dabei unbarmherzig und hart zugehen würde. Die *Warriors* würden in der Meisterschaft unser nächster Gegner sein und wenn wir weiterhin ein Wort im Kampf um die Tabellenführung mitreden wollten, mussten wir sie schlagen.

Dabei handelte es sich weiß Gott um keine einfache Aufgabe, denn die *Warriors* zählten zu den gewieftesten und unnachgiebigsten Mannschaften der *NAIHL*, der *North American Ice Hockey League*.

Bereits jetzt konnte ich die Schmerzen spüren, die mir während des Spiels zugefügt werden würden. Als *Center*, also als Mittelstürmer, wurde von mir erwartet,

dass ich Tore schoss. Dass ich das gegnerische Tor geradezu gnadenlos eroberte. Dass ich mich jedes Mal,
wenn ein Kontrahent mich zu Boden warf oder gegen
die Bande drückte, wieder aufrappelte und weiter-
machte. Als Mannschaftskapitän wurde außerdem von
mir verlangt, dass ich kämpfte. Dass ich die Handschuhe auf den Boden warf und dem gegnerischen
Spieler nach Strich und Faden die Seele aus dem Leib
prügelte.

Viele der jungen Spieler waren ganz besessen darauf,
zu kämpfen. Sie *wollten* sich prügeln. Verlangten geradezu nach dem Adrenalinkick. Sie konnten es nicht
erwarten, ihrer Aggression freien Lauf zu lassen und sich
vor den jubelnden Zuschauern auszutoben.

Was mich betraf, ich hasste die Kämpfe. Ich wünschte
mir, dass die *NAIHL* sie verbot. Dass die Mannschaften
sich auf das Hockey spielen, statt auf die brutale Gewalt
der Faustkämpfe konzentrierten. Doch die Zuschauer
liebten die Show, die ein guter Kampf ihnen bot. Deshalb
glaubte ich nicht, dass sich die Regeln diesbezüglich in
absehbarer Zeit änderten. Langfristig gesehen allerdings
schon. Und bis dahin würde ich weiter austeilen und
einstecken müssen, wobei Ersteres hoffentlich überwog.

»Wo ist Spencer?«, bellte der Trainer vom Spielfeldrand. »Er soll seinen Arsch auf das Spielfeld bewegen.
Und zwar *sofort.*«

»Bin schon da«, meldete sich Spencer und stellte die
Kufen auf die Eisfläche. Er skatete zu mir herüber und
wackelte anzüglich mit den Augenbrauen. »Ich hatte
gerade meinen Termin bei dem neuen Physio«, infor-

mierte er mich, wohlwissend, dass mich das einen Scheiß interessierte.

»Na und?«, knurrte ich und wartete auf die Anweisungen des Trainers.

»Er ist eine Sie.«

»Hä?« Verständnislos musterte ich den linken Stürmer.

»Der neue Physio ist eine Frau. Eine ziemlich geile noch dazu.«

»Aha«, antwortete ich desinteressiert.

»Hast du heute nicht auch deinen Physiotermin bei ihr?«

»Kann sein.«

»Danke für das Gespräch«, witzelte Spencer. »Es ist jedes Mal eine Freude, mit dir zu quatschen.«

»Das liegt daran, dass ich nicht fürs Quatschen aufs Eis gehe. Und das solltest du auch nicht«, wies ich ihn zurecht und skatete zur Mittellinie, um den Puckeinwurf für meine Mannschaft zu entscheiden.

Wie vorausgesagt, wurde das Spiel eine harte Nummer und ich musste einige Bodychecks wegstecken. Obwohl wir uns innerhalb des Teams während eines simulierten Spiels deutlich harmloser angingen als bei einem echten NAIHL-Spiel, trugen alle Spieler bei solchen Trainingseinheiten blaue Flecken und Blessuren davon.

Müde und gleichzeitig zufrieden mit meiner Performance, schälte ich mir nach dem schweißtreibenden Training das Trikot und die Ausrüstung vom Leib, um bei einer ausgiebigen Dusche meine geschundenen Muskeln ins Leben zurückzubeordern.

Das Geplänkel und die Frotzeleien der anderen Spieler hallten durch den Waschraum und ich schloss die Augen, um den Lärm auszublenden.

»Hey Ice, kommst du heute Abend auf einen Drink zu O'Connor?«, fragte mich Samson und stellte den Duschstrahl ab.

»Denke nicht.«

»Ach komm schon, Mann, du kannst dich nicht ewig in deiner Hütte im Wald verkriechen.«

»Und wer hindert mich daran? Du?« Genervt öffnete ich die Augen und bedachte Samson mit dem Blick, der mir im Team den Spitznamen *Ice* eingebracht hatte.

»Verflucht, Ice, wir wollen dir bloß helfen.«

»Ich brauche keine Hilfe«, schnauzte ich ihn an und drehte den Duschhahn ebenfalls ab, um dieser Diskussion schleunigst ein Ende zu setzen.

»Wie du willst. Falls du es dir anders überlegst, weißt du ja, wo du uns findest.«

Ich schlang mir ein Handtuch um die Hüften und bahnte mir mit grimmiger Miene einen Weg zu meinem Spind. So schaffte ich es problemlos, weiteren Gesprächen, auf die ich keine Lust hatte, zu entgehen.

Doch mein Seelenfrieden sollte nur von kurzer Dauer sein. Denn auf meinem Handy leuchtete in diesem Moment die Erinnerung an meinen Termin bei der Physio auf.

Das hatte mir gerade noch gefehlt.

Am liebsten hätte ich meine Tasche geschnappt, wäre in meinen Truck gestiegen und umgehend nach Hause gefahren, wo mir keiner auf den Geist ging.

Missmutig zog ich mich an und machte mich auf den Weg zu den Anwendungsräumen.

Ich klopfte und wartete darauf, dass mich die Stimme auf der anderen Seite der Tür aufforderte, einzutreten. Stattdessen wurde die Tür mit einem Ruck aufgerissen und brachte mich für einen Augenblick aus dem Gleichgewicht.

Reflexartig suchten meine Hände nach dem Türrahmen vor mir und fanden ihn. Taumelnd griff ich zu. Zu meiner Überraschung spürte ich jedoch nicht den kalten, massiven Rahmen unter meiner Hand, sondern die warme, geschmeidige Haut des weiblichen Wesens, das in der Tür stand und mich aus sturmgrauen Augen schockiert betrachtete.

Eilig zog ich meine Hand weg und trat einen Schritt zurück.

»Maverick Wolf. Ich habe einen Termin«, informierte ich sie unnötigerweise, wobei meine Stimme seltsam brüchig klang.

»*Sie* sind Maverick Wolf?« Die etwa ein Meter siebzig große Frau ließ den Blick über mich schweifen, als zweifele sie an meiner Identität.

Ich tat es ihr gleich und taxierte sie auf dieselbe ungenierte Weise.

Was ich sah, gefiel mir. Sportliche Kurven betonten ihren Körper in der engen aber bequem aussehenden Yoga Hose. Unter dem weitgeschnittenen Sweatshirt zeichneten sich zwei hübsche Brüste ab, die von langen, blonden Haaren flankiert wurden. Die Farbe ihrer Augen erinnerte mich an den Winterhimmel des

Yukon: Wolkenbehangen, stürmisch und verschneit. Ihre zarten Gesichtszüge verliehen ihrem Aussehen etwas Elfenhaftes, was unwillkürlich den Beschützerinstinkt in mir weckte. Die vollen, geschwungenen Lippen und der Gedanke daran, welchen Genuss sie einem Mann verschaffen konnten, brachten mein Blut zum Kochen.

Wenn mich nicht alles täuschte, war genau diese Frau vor ein paar Tagen im Supermarkt mit mir zusammengestoßen. Doch im Vergleich zu damals, wirkte sie heute nicht im Geringsten abgehetzt und abgekämpft. Die beruhigende, geduldige Aura, die sie umhüllte, sorgte dafür, dass ich meine verkrampfte Haltung lockerte und tief durchatmete.

Hätte ich den Frauen nicht ein für alle Mal abgeschworen, würde ich womöglich mein Glück bei diesem ausgesprochen sinnlichen Exemplar versuchen.

»Soweit ich mich erinnere, ist das mein Name, ja«, entgegnete ich, nachdem sie ihre ausführliche Musterung beendet hatte.

»Wenn das so ist: Es freut mich, Ihre Bekanntschaft zu machen, Maverick. Ich bin Melody Dawson.«

»Nennen Sie mich Mav oder Ice«, brummte ich und ignorierte die Hand, die sie mir entgegenstreckte.

Melody legte den Kopf schief und kniff ihre sturmgrauen Augen zusammen.

Unfähig, den Blick von ihr abzuwenden stand ich in der Tür und wartete darauf, was als nächstes passieren würde.

»Ich denke, dass *Ice* ein sehr passender Name für Sie

ist«, schlussfolgerte sie und trat zur Seite. »Dann kommen Sie mal rein und setzen sich zu mir.«

Ich folgte ihrer Aufforderung und trottete zu dem für Besucher und Patienten vorgesehenen Stuhl.

Schweigend ließ sie sich mir gegenüber nieder und tippte etwas auf der Computertastatur. Dabei bearbeiteten ihre Zähne unbewusst ihre volle Unterlippe, was dazu führte, dass sich mein im ganzjährigen Winterschlaf befindender Schwanz wenig sittsam räkelte.

»Wie geht es Ihnen, Ice?«, erkundigte sie sich und lehnte sich entspannt in ihrem Drehstuhl zurück.

»Gut«, antwortete ich kurz angebunden.

»Wie empfanden Sie das heutige Training?«

»Wie immer.«

»Besondere Vorkommnisse?«

»Nein.«

»Sind Sie getackelt worden?«

»Ich werde *immer* getackelt.«

»Und wie ist das für Sie?«

»Schmerzvoll.«

Melody sog an ihrer Unterlippe, was mich gleichermaßen erregte und verärgerte. Sie machte mich nervös, verdammt. Ich war dermaßen damit beschäftigt, mir *nicht* lebhaft vorzustellen, wie ihre Zähne an meinem ausgehungerten Schwanz knabberten, bevor sich ihre vollen Lippen darum schlossen, um ihn bis auf den letzten Samentropfen leer zu saugen, dass ich zugegeben hatte, unter Schmerzen zu leiden. Nun hielt sie mich sicher für ein absolutes Weichei. Und schlimmer noch, diese Antwort würde unwillkürlich zu weiteren Fragen führen und das Verhör, dem ich unbedingt und umgehend entfliehen wollte, in die Länge ziehen.

»Wo befinden sich diese Schmerzen?«

»Sie sind schon wieder weg«, versuchte ich mich aus der Affäre zu ziehen und setzte ein anscheinend wenig überzeugendes Lächeln auf.

»Verstehe. Die Schmerzen betrafen nicht rein zufällig Ihre linke Schulter?«

Ich fluchte innerlich und gab mir für meine Redseligkeit, die mir überhaupt nicht ähnlich sah, einen imaginären Tritt in den Hintern.

»Hat meine Haltung es Ihnen verraten?«

»Die Schiefhaltung, ja. Aber dazu kommen wir gleich. Machen wir mal einen Schritt zurück und beginnen mit Ihrer Krankheitsgeschichte. Ihrer Akte kann ich entnehmen, dass das linke Knie und die linke Schulter Ihre nachweislichen Schwachstellen sind?«

»Ich habe keine Schwachstellen«, grummelte ich.

»Lassen Sie es mich anders formulieren: Ihre Problemzonen sind das linke Knie und die linke Schulter?«

»Wieso fragen Sie das? Sie wissen doch eh schon alles.«

»Ich kenne das, was in der Krankenakte steht, aber am liebsten würde ich es von Ihnen hören. Erzählen Sie mir, was Sie fühlen, was Sie empfinden.«

»Ich habe dem, was da drinsteht, nichts hinzuzufügen.« Um meinen Worten Nachdruck zu verleihen, überkreuzte ich demonstrativ die Arme vor der Brust.

Melody fuhr mit Zeigefinger und Daumen langsam

an dem Bleistift, den sie in der Hand hielt, auf und ab, während ihr Blick interessiert auf mir ruhte.

Ich schluckte, um meine trockene Kehle zu befeuchten.

Wieso zum Teufel verwandelte sich dieser Bleistift vor meinen Augen in einen harten, pulsierenden Schwanz? In *meinen* harten, pulsierenden Schwanz, um genau zu sein.

»Ist alles geklärt? Kann ich jetzt gehen?«

Ich erhob mich und schielte sehnsüchtig zu der verschlossenen Tür zu meiner rechten.

»Bitte setzen Sie sich, Mav«, sagte sie mit sanfter Stimme und beugte sich zu mir vor. Ihre warme Hand glitt über die meine und drückte sie ermutigend. »Es ist keine Schande, Problemzonen zu haben. Die hat jeder Profisportler. Es ist ein Teil der Jobbeschreibung, wenn Sie es so wollen. Meine Aufgabe besteht darin, Ihnen dabei zu helfen, die Schmerzen zu lindern oder gar verschwinden zu lassen.«

»In Ordnung«, presste ich mühsam hervor.

Ich starrte auf ihre Hand, die noch immer über der meinen lag und deren Daumen nun federleicht über meinen Handrücken strich. Überdeutlich vernahm ich, wie jede ihrer unschuldigen Berührungen auf direktem Wege in meine Lenden gesandt wurde.

»Schön, dass wir einer Meinung sind. Allerdings müssen Sie auch zulassen, dass ich Ihnen helfe. Es ist ein Zusammenspiel, bei dem wir beide an einem Strang ziehen.«

Ich zog meine Hand weg und rieb mir angestrengt über das Gesicht.

Was in aller Welt war los mit mir?

Wieso erschien bei dem Wort »*Zusammenspiel*« in meiner Fantasie das Abbild der nackten Melody, die sich verschwitzt und eng umschlungen mit mir vor meinem knisternden Kamin wälzte, während sie an meinem ganz persönlichen Strang zog?

Ich musste schleunigst hier raus, bevor mir mein Verstand endgültig den Dienst versagte und meine Fantasie komplett mit mir durchging.

»Okay«, zischte ich. »Kann ich jetzt gehen?«

KAPITEL 4
MELODY

ICH LEGTE meine Hände in den Schoß, damit Maverick das Zittern meiner Finger nicht bemerkte. Sein Verhalten verunsicherte mich zutiefst. Wieso hatte er es so eilig, von hier zu verschwinden? Traute er mir nicht zu, ihn kompetent zu behandeln?

Unsere stürmische Begegnung im Supermarkt hatte er mit keinem Wort erwähnt. Wahrscheinlich erinnerte er sich nicht einmal mehr daran, so desinteressiert, wie er dreinschaute. Doch auch wenn er sich nicht mehr an mich erinnerte, ich erinnerte mich noch genau an ihn. An seine eisblauen Augen, an seinen grimmigen Blick, an sein markantes Gesicht, an die pechschwarzen, widerspenstigen Locken.

Als er sich mir als Mannschaftskapitän der *Arctic Bears* vorstellte, stockte mir für einen Moment der Atem. Ausgerechnet dieser ungehobelte, wenngleich verboten attraktive Höhlenmensch sollte die *Arctic Bears* anführen? Maverick Wolf war der Leitwolf der Herde?

Ich hegte keinerlei Zweifel daran, dass seine Kameraden ihm hörig waren. Seine unnachgiebige, herrische und beinahe übertrieben männliche Aura jagte einen Schauer nach dem nächsten über meinen Rücken und ließ mich vermuten, dass ich es hier mit einem absoluten Alphatier zu tun hatte. Seine Ausstrahlung verlieh ihm etwas Ursprüngliches, etwas Animalisches.

Ein Blick in seine eisblauen Augen, die mich abwartend fixierten, erinnerte mich daran, dass er nach wie vor auf meine Antwort wartete. »Setzen Sie sich bitte auf die Liege dort«, wies ich ihn an und erhob mich so selbstsicher, wie möglich.

»Warum?«

»Ich möchte mir Ihre Schiefhaltung ansehen.«

»Ich sagte doch bereits: Alles okay.«

»Wollen wir uns darauf einigen, dass Sie entscheiden, was auf dem Spielfeld geschieht und ich in meinem Behandlungsraum das Kommando habe?«

Er grummelte etwas Unverständliches und erhob sich dann ebenfalls. Mit verkniffener Miene ging er zur Liege und lehnte sich dagegen.

»Bitte setzen Sie sich«, bat ich und stellte mich hinter den Leitwolf.

Selbst auf der Liege sitzend, überragte er mich noch immer, weswegen ich mich gezwungen sah, auf die Liege zu klettern und mich hinter ihn zu knien.

Erschrocken zuckte er zusammen und drehte sich zu mir um. »Was tun Sie da?«

»Ich behandele Sie. Zumindest versuche ich es. Aber wie Sie sicher bemerkt haben, überragen Sie mich um einige Zentimeter. Also muss ich mich gezwungenermaßen hinter Sie knien, um Ihre Schultern zu erreichen, es sei denn, Sie möchten sich lieber flach auf die Liege legen?«

»Ich bleibe sitzen«, grummelte er und wandte sich ab.

Seine kalte, abweisende Art, verwirrte mich mehr, als ich zugeben wollte. Gleichzeitig jedoch machte sie mich wütend. Was dachte sich der Kerl eigentlich? Dass ich kein Minimum an Respekt verdiente, weil ich eine Frau und neu im Team war?

Konzentriert analysierte ich seine Haltung und begann, meine Finger über die Triggerpunkte seiner Schultern gleiten zu lassen.

Schon bei der ersten Berührung verspannte sich Maverick merklich. Aufgrund seiner beeindruckenden Schulter- und Nackenmuskulatur, kam ich mir vor, als würde ich einen harten, siedend heißen Stein betasten.

»Sie kämpfen gegen mich, Ice.«

»Tue ich das?«

»Ja, Sie verspannen sich. Wenn Sie sich verkrampfen, kann ich Ihre Triggerpunkte nur schwer erreichen.«

»Dann wird das wohl nichts. Sehr bedauernswert. Kann ich jetzt gehen?«

Ich ließ von ihm ab und schloss die Augen, um nicht auf der Stelle in Tränen auszubrechen.

Warum zur Hölle machte er es mir so schwer, meinen Job gewissenhaft zu erledigen? Den Job, auf den ich angewiesen war, um meinem Sohn und mir ein einigermaßen annehmbares Leben bieten zu können. Angestachelt von dem Gedanken an Teddy und daran, dass ich ihn als seine Mutter beschützen und für ihn sorgen musste, ballte ich die Hände zu Fäusten und sprang von der Liege.

»Legen Sie sich auf den Bauch, Ice.«

»Warum?«

»Weil Sie hier nicht eher rausgehen, bis ich mir Ihre Schulter angesehen habe. Sie können es also auf die leichte oder auf die harte Tour bekommen. Die Entscheidung liegt allein bei Ihnen.«

Er knirschte hörbar mit den Zähnen und willigte mit einem knappen Nicken ein.

»Ziehen Sie das Hemd aus.«

»Nein.« Seine Weigerung ließ mich abrupt den Kopf heben.

»Nein?«

»Nein. Es ist ziemlich kalt hier drin.«

»Ach ja?« Stirnrunzelnd warf ich einen Blick auf das Thermometer an der Wand. Es maß dreiundzwanzig Grad. Wollte der Kerl mich veralbern? So leicht würde ich nicht klein beigeben. »Ich decke die Stellen, die ich nicht bearbeite mit einer Wolldecke zu«, konterte ich und wies auf die Decke am Ende der Liege.

Als er nicht reagierte, nahm ich die Decke und reichte sie ihm.

»Wenn es Ihnen unangenehm ist, sich vor einer Frau auszuziehen, kann ich den Raum verlassen, bis Sie auf der Liege liegen. Möchten Sie das?«

Er schien angestrengt über meine Worte nachzudenken, doch dann erhellten sich plötzlich seine eisblauen Augen, sodass mich der umwerfende Ausdruck darin eher an das Meer vor Hawaii, statt an das Eiswasser der Arktis erinnerte. »Das klingt gut. Ich glaube Doktor Logan hat vorhin nach Ihnen gefragt.«

Ich verstand den Wink und spielte mit. »Ich spreche einen Moment mit Doktor Logan, während Sie den Oberkörper freimachen und sich auf den Bauch legen. Einverstanden?«

»Einverstanden.«

Bevor er es sich noch einmal anders überlegen konnte, schlüpfte ich aus dem Zimmer und ging den Gang entlang zu Doktor Logans Büro, dessen Tür offenstand.

»Melody, schön Sie zu sehen. Bitte setzen Sie sich.«

Ich kam seiner Aufforderung nach und sah ihn erwartungsvoll an. Doktor Logan tat es mir gleich. Schließlich räusperte er sich leicht verlegen. »Wie kann ich Ihnen helfen, Melody?«

Irritiert blinzelte ich. »Mir wurde gesagt, dass *Sie* mit *mir* sprechen wollten?«

Er schürzte die Lippen und faltete nachdenklich die Hände.

»Wer hat Ihnen das gesagt, Melody?«

»Ice. Ich meine…Maverick Wolf.«

Ein flüchtiges Lächeln huschte über Doktor Logans Gesicht. »Da muss sich Maverick verhört haben, fürchte ich.«

»Achso?« Meine Verwirrung stieg von Sekunde zu Sekunde. »Wenn das so ist, werde ich mal wieder in meinen Behandlungsraum zurückkehren. Entschuldigen Sie bitte die Störung.«

»Wen behandeln Sie momentan?«, fragte Doktor Logan. In seiner Stimme schwang ein Unterton, der mich vermuten ließ, dass er genau wusste, wer derzeit auf meinem Behandlungstisch lag.

»Maverick Wolf.«

Der Doktor nickte kaum merklich. »Verstehe. Viel Erfolg, Melody. Sie machen das schon. Nur nicht aus der Ruhe bringen lassen.«

Verblüfft über diese überaus seltsame Unterhaltung verließ ich sein Büro und ging den Gang zurück zu meinem störrischen Patienten.

Ich klopfte an die Tür, doch von drinnen drang kein Ton zu mir.

»Ice? Sind Sie soweit? Kann ich reinkommen?«

Stille.

Ich versuchte es mit einem erneuten Klopfen und wartete.

Vergeblich.

Es blieb mucksmäuschenstill.

Energisch drückte ich die Klinke herunter und betrat den Raum, oder besser gesagt den vollkommen leeren Raum. Hektisch schaute ich mich im Behandlungszimmer nach dem Leitwolf um.

Vor meinen Augen fügten sich alle Teile des verworrenen Puzzles mit einem Mal zu einem vollständigen Bild zusammen.

Maverick hatte mich absichtlich zu Doktor Logan geschickt, um flüchten zu können. Und der Doktor hatte es gewust. *Natürlich.* Sein wissender Unterton. Das Flackern in seinen Augen. Er hatte genau gewusst, dass der Leitwolf mich austricksen wollte und hatte den Mund gehalten, um mich nicht vor lauter Scham im Erdboden versinken zu lassen. Dennoch *wusste* er, dass ich mich von den Spielern an der Nase herumführen ließ. Dass ich mich nicht durchsetzen, nicht behaupten konnte. Und das bereits an meinem zweiten Arbeitstag. Wenn es so weiterging, würde ich meinen neuen Job los sein, bevor das Wochenende begann.

Ich wankte zu meinem Stuhl und ließ mich kraftlos darauf nieder. Einzelne Tränen sammelten sich in meinen Augenwinkeln und bahnten sich einen Weg über meine Wangen zu meinem Hals. Ich vergrub das Gesicht in den Händen und unterdrückte ein Schluchzen.

Normalerweise ließ ich mich nicht so leicht aus der Fassung bringen, aber die letzten Monate und Wochen glichen einer Achterbahnfahrt an Gefühlen, die an meinen Nerven zehrte und meine Energiereserven nahezu gänzlich aufgebraucht hatte.

Ich war am Ende. So einfach und so kompliziert konnte man meinen aktuellen Gemütszustand zusammenfassen.

Mein Leben, meine Freunde, meinen Job, all das, was ich mir in den letzten elf Jahren in Miami aufgebaut hatte, musste ich zurücklassen, um am Ende der Welt neu anzufangen.

Die klirrende Kälte, die im Yukon Territory herrschte, fraß sich förmlich in meinen Körper. Eine eisige Faust der Angst legte sich um mein Herz.

Was, wenn ich es nicht schaffte, uns durchzubringen? Was, wenn mir der Neustart nicht gelang? Was, wenn ich gefeuert wurde? Bestimmt würde uns Amy eine Zeit lang bei sich aufnehmen. Aber Ted und ich konnten ihr nicht dauerhaft zur Last fallen. Ich musste auf eigenen Füßen stehen und für meinen Sohn und mich sorgen, auch wenn mir dazu im Moment schlichtweg die Kraft fehlte. Wäre es nur um mich gegangen, hätte ich wahrscheinlich aufgegeben und mich in irgendeinem dunklen Loch verkrochen. Doch die Verantwortung für Teddy weckte meinen Kampfgeist. Wenn ich schon nicht für mich selbst stark sein konnte, würde ich es für ihn sein. Ich war seine Mom. Die Person, die ihn vor allem Bösen und Ungerechten dieser Welt beschützen musste. Nie und nimmer würde ich zulassen, dass er das Ausmaß der Katastrophe, die mein Leben restlos überrollte, zu spüren bekam.

Ich nahm mir ein Taschentuch aus der Schublade und putzte mir die laufende Nase. Anschließend trocknete ich mit einem weiteren Taschentuch die Tränen der Verzweiflung und der Überforderung. *Schluss mit dem Selbstmitleid.*

Ich atmete tief durch. Entschlossen reckte ich die Schultern und griff zur Computermaus. Dann schrieb ich eine E-Mail an Maverick Wolf und beorderte ihn für morgen zu einem eineinhalbstündigen Termin zu mir. Ich bedauerte, dass er so plötzlich aufbrechen musste und versicherte ihm, dass wir die halbe Stunde, die er deswegen heute verpasst hatte, morgen zusätzlich zu der vorgesehenen Zeit nachholen würden.

Er wollte sich drücken?

Da musste er früher aufstehen.

Morgen würde ich mir den Typ vorknöpfen und darauf vorbereitet sein, dass er mit allen Wassern gewaschen war.

Und bis dahin galt es, die ausstehenden Spieler des Tages zu treffen und mich als engagierte und fachlich kompetente Physiotherapeutin zu beweisen.

KAPITEL 5
MELODY

»CHEERS.« Amys Weinglas stieß gegen das meine und klirrte leise.

Ich trank einen kleinen Schluck von dem fruchtigen, vollmundigen Rotwein, wohlwissend, dass ich Ted später sicher nach Hause bringen musste. Zwar wohnte Amy nur zehn Fahrtminuten von unserem Haus entfernt, dennoch wollte ich diesbezüglich nichts riskieren.

Aus der Küche drangen die klappernden Geräusche von Töpfen und Pfannen zu uns. Während Amy und ich es uns in ihrem Wohnzimmer gemütlich gemacht hatten, bereitete ihr Ehemann Bryan in der Küche das Abendessen zu. Die Kids spielten in Mayas Zimmer und verstanden sich so blendend, als würden sie sich schon seit einer Ewigkeit kennen. Zwar hatten sie sich in der Vergangenheit öfter über *Facetime* gesehen und miteinander geplappert, doch ihre erste Begegnung, live und in Farbe, hatte erst gestern stattgefunden. Es war eine

Eigenschaft, die ich an Kindern stets bewunderte: Die Gabe, ein anderes Kind vom ersten Augenblick an und ohne Vorbehalte, als neuen Freund willkommen zu heißen.

»Erzähl mal, wie war Tag Nummer zwei?« Amy drehte gespannt den Stiel ihres Glases zwischen Daumen und Zeigefinger.

»Es lief gut, wenn man die Begegnung mit Maverick Wolf außer Acht lässt.«

»Was hat der Eiswolf angestellt?«

»Eiswolf?« Ich zog belustigt die Augenbrauen in die Höhe. »Ein äußerst treffender Spitzname. Besagter Eiswolf hat mich ausgetrickst und im Regen stehen lassen.«

»Seit wann lässt du dich austricksen?« Amy konnte ein Grinsen kaum verbergen und sah mich voller Neugier an. »Nun sag schon, was genau hat er sich zu Schulden kommen lassen?«

Ich berichtete Amy von den Vorkommnissen des Tages und bemerkte mit Erleichterung, dass es guttat, sich einer Freundin anzuvertrauen, und sich die Probleme von der Seele zu reden.

»Nimm das nicht persönlich, Mel. Maverick ist ein spezieller Fall. Er steht allen Frauen skeptisch und misstrauisch gegenüber, nicht nur dir«, erklärte mir Amy und trank ihr Glas aus.

»Wie meinst du das?«

»Ich kenne Maverick aus meiner Zeit in Vancouver. Er war mit einer bildschönen Frau verheiratet und überglücklich, als sie schwanger wurde. Ich erinnere mich noch gut daran, wie er mit stolzer Brust die Fotos des Kleinen im Team herumgezeigt hat. Doch dann wurde der Kleine sehr krank und bei einer der Untersuchungen stellte man fest, dass Maverick eine völlig andere Blutgruppe als die seines Sohnes besitzt, was in diesem Fall genetisch anscheinend so gut wie unmöglich schien. Ich glaube, das Kind besaß Blutgruppe AB und Maverick…«

»Blutgruppe 0«, beendete ich den Satz für sie. »Der Kleine war nicht sein Sohn«, flüsterte ich bestürzt.

Amy nickte. »Seine Frau hat ihn betrogen und sich von ihrem Lover schwängern lassen. Maverick hat alles dafür getan, dass der Kleine die bestmögliche Behandlung erhält und wieder auf die Beine kommt. Mit Erfolg. Nach seiner Genesung hat der Eiswolf die Scheidung eingereicht. Vor drei Jahren ist er dann zu den *Arctic Bears* gewechselt und hat sein Leben in Vancouver mit all den hässlichen Erinnerungen hinter sich gelassen.«

»Und jetzt misstraut er uns Frauen«, sinnierte ich.

»Er misstraut allem und jedem, Mel. Frauen ganz besonders. Den Mann umgibt ein dermaßen dicker Eispanzer, dass du ihn nicht einmal mit einer Bombe sprengen könntest.«

»Aber nicht alle Frauen sind gleich«, warf ich ein.

»Erzähl das Maverick. Er lässt niemanden an sich heran. Also nimm es nicht persönlich, wenn er sein Schutzschild hochfährt und dich auflaufen lässt. Er ist ein verletzter, gedemütigter, trauernder Wolf, der im kalten, dunklen Wald einsam seine Wunden leckt.«

»Gott, das klingt furchtbar, so wie du das sagst«, seufzte ich.

»Da siehst du mal, dass du nicht die Einzige bist, der das Leben übel mitgespielt hat. Ich bin mir sicher, dass ihr beide noch richtig gute Freunde werdet«, kicherte Amy.

»Essen ist fertig«, ertönte Bryans Stimme aus der Küche.

Amy stand auf und ging zur Treppe, um die Kinder zu rufen. Ich erhob mich ebenfalls und schlurfte gedankenverloren in die Küche, um ihrem Mann beim Servieren zu helfen.

Während des Essens beobachtete ich Amy und Bryan, die so liebevoll miteinander umgingen, dass mein vereistes Herz sich bei ihrem Anblick erwärmte. Ich freute mich für Amy, die in Bryan ihren besten Freund, ihren Liebhaber, ihren Ehemann und den Vater ihrer Kinder gefunden hatte. Dass die beiden sich abgöttisch liebten, sah selbst ein Blinder.

Unwillkürlich fragte ich mich, wieso mir meine eigene Ehe derart entglitten war. Warum sie die zutiefst destruktive Wendung nehmen musste, die mich an den Rand des Abgrunds getrieben hatte?

»Wie lange willst du den Mietwagen noch fahren?«, riss mich Amys Stimme aus meinen Gedanken.

»Bis ich einen Wagen gefunden habe, der tauglich und erschwinglich ist«, antwortete ich ihr.

»Wie wäre es, wenn du und ich uns am Wochenende bei den Autohändlern in der Gegend nach etwas Passendem umsehen?«

»Ich will euch nicht zur Last fallen, Amy…«

»Tust du nicht. Bryan wollte mit den Kids am Samstag

in die Stadt fahren, um Weihnachtseinkäufe zu erledigen. Da darf ich nie mit.« Amy zog eine beleidigte Schnute.

»Weil du wie ein Trüffelschwein in alle Tüten schaust und dir die eigene Überraschung verdirbst«, lachte Bryan.

»Ich bin halt ein neugieriger Mensch«, rechtfertigte sich Amy.

»Keine Chance, Mommy. Du darfst nicht mitkommen«, giggelte Maya.

»Siehst du? Sie wollen mich nicht dabeihaben.« Amy zuckte resigniert die Achseln. »Also lass uns doch die Zeit zum Autoshopping nutzen.«

»Ted könnte mit uns in die Stadt fahren«, schlug Bryan vor und kam seiner Frau zur Hilfe.

»Oh ja!«, bestärkte ihn Sam.

Ted schaute mich mit seinen grauen Augen an und studierte aufmerksam meine Reaktion.

»Möchtest du denn gerne mitfahren, Teddy?«

»Wenn du mich dann nicht zu viel vermisst, schon.«

Seine Sorge um mein Wohlbefinden ließ mich unwillkürlich schmunzeln. Ihm war mein nervöser Gemütszustand der letzten Wochen nicht entgangen, auch wenn ich mir alle Mühe gegeben hatte, meine Ängste und Sorgen vor ihm zu verbergen. »Ich werde dich zwar ganz doll vermissen, aber damit komme ich irgendwie klar. Schließlich sind es nur ein paar Stunden. Das sollte ich aushalten.«

»Bist du sicher?«

Ich beugte mich vor und strich ihm über die Wange. »Ja, mein Schatz. Ich bin mir sicher.«

Mein Blick begegnete dem von Amy. Ihre Augen glitzerten verdächtig und ein warmherziges Lächeln umspielte ihre Mundwinkel.

»Wer hat Lust auf Eis?«, überspielte sie ihre Rührung und klatschte resolut in die Hände.

Freudige Kinderschreie erfüllten die Küche und vertrieben die gefühlsduselige Stimmung, die Teds fürsorgliche Reaktion bei mir und Amy hervorgerufen hatte.

Als ich Teddy nach einem heiteren und lustigen Abend ins Bett brachte und das Licht in seinem Zimmer ausschaltete, fühlte ich mich gestärkt und gewappnet für all das, was vor uns lag.

Auch wenn ich so ziemlich alles in meinem Leben hatte aufgeben müssen, um in *Arctic Valley* neu anzufangen, das Wichtigste von allem hatte ich beschützen können: Ted. Ich hatte Ted bei mir. Gesund und munter. Und das war alles, was zählte. Alles, was ich brauchte. Alles, was meinem Leben einen Sinn gab.

KAPITEL 6
MAVERICK

NACH DEM TRAINING auf dem Eis beschloss ich, noch eine zusätzliche Einheit im stadioneigenen Fitnessstudio zu absolvieren. Am Freitag in einer Woche erwartete uns das entscheidende Spiel gegen die *Winnipeg Warriors*, dem alle mit gemischten Gefühlen entgegenfieberten.

Was mich betraf, ich spürte deutlich die innere Rastlosigkeit, die mich vor diesem bedeutenden Spiel heimsuchte und hoffte, im Fitnessstudio auf andere Gedanken zu kommen. Aus meinen Kopfhörern peitschte harter Rap und spornte mich an, die schweren Gewichte bis zur völligen Erschöpfung zu stemmen. Mit jeder Einheit, die ich absolvierte, wich die Anspannung. Stress und Nervosität wurden von innerer Ruhe und körperlicher Befriedigung ersetzt.

Während ich trainierte, vergaß ich alles um mich herum. Ich konzentrierte mich allein auf die Musik, die in

Form von Endorphinen durch meine Venen rauschte und auf meinen Atem, der meine Energie kontrollierte.

Nachdem ich den Kampf um meinen Seelenfrieden gewonnen hatte, zog ich mir das verschwitzte Shirt über den Kopf und ging zurück zur Kabine, wo ich meinen Muskeln eine wohlverdiente Massage unter den dampfenden Düsen der Dusche gönnte.

Massage.

Bei diesem Wort blitzte das Abbild von Melody Dawson vor meinem inneren Auge auf. Nachdem ich gestern erfolgreich türmen konnte, hatte ich keine Stunde später eine E-Mail von ihr erhalten, in der sie mich höflich, aber unmissverständlich für den nächsten Tag zu sich beorderte.

Ich schloss die Augen und legte den Kopf in den Nacken, während ich nach einer Möglichkeit suchte, der heutigen Sitzung bei der kurvigen Physiotherapeutin mit den Schneesturmaugen und dem himmlischen Kussmund zu entgehen.

Obwohl ich mit aller Kraft versuchte, ihr sinnliches Erscheinungsbild zu verdrängen, geisterte es trotzdem ständig durch meine Gedanken. So auch jetzt, als ich das Duschgel auf meinen Handflächen verteilte und es auf meinem Körper verrieb. Augenblicklich meldete sich mein totgeglaubter Schwanz und das kochende Blut in meinen Venen schoss in Richtung Süden.

Ich widerstand dem Drang, ihn in die Hand zu nehmen und ihn bei dem Gedanken an Melody Dawsons üppige Kurven ausgiebig zu melken.

Mir entfuhr ein heiseres Stöhnen.

Was war nur los mit mir? Ich befand mich in der beschissenen Teamdusche! Allein der entfernteste Gedanke daran, mir hier einen Orgasmus zu verschaffen, gehörte bestraft.

»Hier sind Sie also. Erst laufen Sie weg, dann tauchen Sie gar nicht erst auf. Behandeln Sie alle neuen Teammitglieder so oder erhalte ich eine Sonderbehandlung, weil ich eine Frau bin?«

Erschrocken riss ich die Augen auf und starrte direkt in die sturmgrauen Iriden von Melody Dawson.

Sie lehnte am Eingang des offenen Duschraums und hatte die Arme vor der Brust verschränkt, was ihre üppigen Brüste auf äußerst vorteilhafte Weise zur Geltung brachte, wenngleich sie sich dieser Provokation höchst wahrscheinlich nicht einmal bewusst war. Ihre blonden Haare trug sie heute zu einem hohen, strengen Pferdeschwanz gebunden. Die dunkelblaue, knöchellange Yoga Hose verbarg alles und gleichzeitig nichts von ihren sündigen Rundungen. Ein enganliegendes, weißes Langarmshirt ersetzte das weite, legere Sweatshirt von gestern.

Ich presste die Lippen aufeinander und schluckte. Als ihr Blick an mir hinabwanderte, wurde mir schlagartig bewusst, dass ich splitterfasernackt unter der Dusche stand, während sie vollkommen angezogen an der Wand lehnte.

Hastig senkte ich meine Arme und verbarg meinen immensen Ständer so gut es ging mit den Händen.

»Das hier ist eine Dusche. Für Männer«, informierte ich sie unnötigerweise über das Offensichtliche und ärgerte mich über meine raue Stimmlage, die daher rührte, dass mich nicht nur die Fantasie, sondern auch der bloße Anblick dieser hinreißenden Frau extrem antörnte.

»Das ist mir bewusst«, antwortete sie gleichgültig.

»Und was machen Sie dann hier? Soweit ich das beurteilen kann, sind Sie kein Mann.«

»Ich habe mich gefragt, ob Sie einen berechtigten Grund haben, sich vor der Behandlung zu drücken. Kleiner Schwanz, schlaffer Hintern, Hängebauch…Sie wissen schon.«

Ich schnaubte ungläubig, konnte aber ein verräterisches Zucken meiner Mundwinkel nicht unterdrücken.

»Habe ich denn Ihrer Meinung nach einen berechtigten Grund?«

Sie legte den Kopf schief und ließ ihren Blick betont langsam über meinen Körper schweifen. Unter ihren wachsamen Augen wurde mir gleichzeitig heiß und kalt. Ich schluckte ein weiteres Mal schwer und bemühte mich, ruhig zu atmen.

»Sieht ganz passabel aus. Und jetzt ziehen Sie sich an und kommen in den Behandlungsraum. Ich mag es nicht, wenn man mich grundlos warten lässt. Das bringt den Zeitplan durcheinander und wirkt sich auf die Behandlungen Ihrer Kameraden aus.«

Mit einem knappen Kopfnicken drehte sich Melody um und marschierte erhobenen Hauptes aus dem Duschraum. Kurz darauf hörte ich die Tür der Kabine ins Schloss fallen.

Die Luft war rein.

Ich atmete tief durch und stellte das Wasser ab.

Wie zum Teufel konnte ich mich von ihr behandeln lassen, wenn mich schon ein einziger Blick in ihre Augen derart scharf machte? In den vergangenen Jahren hatte mir meine Abstinenz keinerlei Probleme bereitet. Ich hatte Frauen und alles, was damit einherging, aus meinem Leben verbannt. Und bis zu dem Zeitpunkt, an dem Melody Dawson hier aufgekreuzt war, hatte ich nicht den Eindruck, dass mir irgendetwas fehlte.

Okay, ab und an besorgte ich es mir zur Entspannung selbst. Aber die brennende, animalische Lust, wie ich sie in der Gegenwart dieser Frau verspürte, gehörte der Vergangenheit an. Und dort sollte sie gefälligst bleiben.

Missmutig trocknete ich mich ab und zog mir in Zeitlupe meine Kleidung an.

Irgendeine Ausrede, dass ich nicht zu diesem verflixten Termin auftauchen musste, sollte es doch geben. Eine gewiefte Entschuldigung, die es mir erneut ermöglichte, die Flucht zu ergreifen.

So angestrengt ich auch überlegte, mir fiel keine passende Ausrede ein.

Ich schnappte mir verärgert meine Sporttasche und machte mich auf in Richtung der Behandlungsräume. Durch die Tür von Melodys Raum drangen gedämpfte Stimmen. Ich lauschte den Worten, die auf den Gang getragen wurden, doch als ich realisierte, wie absurd ich mich benahm, klopfte ich und trat mit grimmigem Gesicht ein.

»Ice! Wie schön, dass du uns mit deiner Anwesenheit

beehrst.« Amy, unsere PR-Chefin, erhob sich von dem Stuhl an Melodys Schreibtisch und zwinkerte mir wissend zu.

»Wenn ich störe, kann ich gern wieder gehen«, versuchte ich mein Glück und deutete mit dem Daumen zu der Tür hinter mir.

»Ich glaube, damit wirst du heute keinen Erfolg haben«, zischte mir Amy verschwörerisch zu und erhob die Stimme. »Mel und ich haben uns über Autos unterhalten. Du kennst dich doch gut mit Autos aus, oder, Ice?«

»Meinem Vater gehörte eine Autowerkstatt.« Argwöhnisch blickte ich zwischen den beiden Frauen hin und her.

»Und Ice hat bis zum Beginn seiner Profikarriere regelmäßig dort ausgeholfen«, klärte Amy Melody auf.

»Ja, und?«, brummte ich.

»Das trifft sich wunderbar. Denn wie es der Zufall will, ist Melody auf der Suche nach einem Auto. Es sollte sicher, zuverlässig und günstig sein. Vorschläge?«

Ich ließ meine Tasche auf den Boden fallen und lehnte mich mit überkreuzten Armen gegen die Wand. »Aus dem Stegreif nicht. Die Autos muss man sich vor Ort ansehen.«

»Und auf was muss man da so achten?« Amy schürzte unschuldig die Lippen und sah mich fragend an.

Ich warf einen flüchtigen Blick auf die Uhr an der Wand hinter Melodys Schreibtisch und stellte mit Genugtuung fest, dass meine Behandlung in weniger als fünfzig

Minuten vorbei sein würde. Je länger ich hier stand und über unverfängliche Themen redete, desto kürzer würde die Behandlung ausfallen. Obwohl ich nicht auf Smalltalk stand, erschien mir dies das Geringere der beiden Übel zu sein.

»Bremsen, Reifen, Rost, Kilometerstand, eventuelle Unfallschäden, Karosserie, Motor, Vorbesitzer…«, begann ich die Dinge aufzuzählen, auf die man bei einem Autokauf unbedingt achten sollte.

»Hast du am Samstag schon was vor?«, erkundigte sich Amy beiläufig.

»Sollte ich?«

Amy wandte sich Melody zu, die an ihrem Schreibtisch lehnte und das Gespräch mit wachsendem Unbehagen verfolgte.

»Also Mel, ich sehe das so: Wir brauchen jemanden, der sich mit Autos auskennt und uns auf unserer Shoppingtour begleitet. Wieso nehmen wir nicht Ice mit? Er eignet sich perfekt und er ist dir etwas schuldig.«

»Wieso bin ich Miss Dawson etwas schuldig?«

Amy drehte sich wieder zu mir um und schenkte mir ein mitleidiges Lächeln. »Weil du gestern einfach abgehauen bist und die arme Melody damit zum Weinen gebracht hast. Nicht gerade die feine kanadische Art. Und nenn sie nicht Miss Dawson. So alt ist sie nun auch wieder nicht.«

»Ich habe nicht geweint!«, beschwerte sich Melody, doch ihre geröteten Wangen verrieten mir das Gegenteil.

Mein schlechtes Gewissen meldete sich prompt als

mir bewusst wurde, dass ich sie mit meiner heimtückischen Flucht womöglich gedemütigt hatte.

»Ich habe es nicht böse gemeint«, versuchte ich mich zu erklären, aber wie sollte ich ihr vermitteln, dass ich mich nicht von ihr behandeln lassen wollte, weil ich Angst davor hatte, die Beherrschung zu verlieren, wenn sie mich anfasste und massierte?

»Böse gemeint oder nicht, in jedem Fall hast du etwas gut zu machen, Ice. Also fangen wir doch direkt am Samstag damit an. Zehn Uhr, *Northern Light Lane* Nummer zwölf. Wir erwarten dich dort. Und jetzt entschuldigt mich, mein nächstes Meeting beginnt in fünf Minuten.« Amy rauschte aus dem Büro und tippte mir im Vorbeigehen mit der Spitze ihres Zeigefingers gegen die Brust. »Samstag, zehn Uhr. Sei pünktlich. Ich weiß, wo du wohnst.«

Perplex starrte ich ihr hinterher. Erst Melodys Räuspern holte mich zurück in den Behandlungsraum. »Es tut mir leid, Maverick. Sie kann recht einnehmend und forsch sein.«

»Kennen Sie beide sich schon lange?«

»Seit fünfzehn Jahren. Und bitte fühlen Sie sich nicht verpflichtet, am Samstag mit uns mitzukommen.«

»Aus dieser Sache komme ich nicht mehr raus, Miss Dawson, ähm, Melody. Wenn Sie Amy seit fünfzehn Jahren kennen, wissen Sie, dass man ihr besser nichts abschlägt.«

»Das stimmt wohl.« Ein seltenes Lächeln huschte über Melodys Gesicht. Doch dann wurde sie sofort wieder ernst.

Sie stieß sich vom Schreibtisch ab und musterte mich aufmerksam, während sie sich mir näherte. »Werden Sie heute wieder vor mir davonlaufen?«

»Ich glaube kaum, dass mir das ein zweites Mal gelingen wird.«

»Damit könnten Sie recht haben. Und da wir das nun geklärt haben, ziehen Sie bitte Ihr Shirt aus und legen sich auf den Bauch.«

Ich sah sie abwartend an, doch sie machte keine Anstalten, sich von mir wegzudrehen.

»Worauf warten Sie?«

»Wollen Sie sich nicht umdrehen, bis ich mich auf der Liege befinde?«

Melody schüttelte bedauernd den Kopf. »Diesen Vertrauensbonus haben Sie leider verspielt. Und außerdem habe ich in der Kabine so ziemlich alles von Ihnen gesehen. Was könnte mich jetzt noch überraschen?«

Ich seufzte und zog mir das Shirt über den Kopf. Resigniert ging ich zu der frisch bezogenen Massageliege und ließ mich darauf nieder.

»Legen Sie die Arme neben Ihren Oberkörper«, wies mich Melody an und bedeckte meine Beine und meinen unteren Rücken mit einer wärmenden Decke.

Mein Kopf sank in das dafür vorgesehene Loch in der Kopfleiste. Da ich nun außer Melodys Füßen, die in bunten Sneaker steckten, nichts mehr sehen konnte, konzentrierte ich mich auf die Geräusche meiner Umgebung.

»Zunächst einmal möchte ich Ihre Hals- und Nackenmuskulatur lockern. Dazu nehme ich ein spezielles Aloe Vera Öl, dem eine belebende Wirkung nachgesagt wird.«

Ich hörte, wie der Ölspender bedient wurde und Melody die Handflächen aneinander rieb. Als ich ihre Schuhe auf mich zukommen sah, spannte ich mich unwillkürlich an.

Einerseits konnte ich es kaum erwarten, dass sie mich berührte.

Gott, ich wünschte es mir. Ich sehnte mich regelrecht danach.

Andererseits wusste ich, dass meine Gedanken von ihren Händen auf meinem Körper nicht nur unsittlich, sondern auch absolut verboten und unangebracht waren.

Als sie ihre warmen Hände auf meine Schultern legte und sie sanft zu kneten begann, entrang sich meiner Kehle ein gequältes Stöhnen.

»Tut das weh?«, fragte Melody alarmiert.

»Nein, alles gut«, keuchte ich atemlos und stellte mir vor meinem inneren Auge den verdorbenen, verschimmelten Käse vor, den ich nach meinem letzten Auswärtsspiel in meinem Kühlschrank gefunden hatte, um meinen pochenden Schwanz daran zu hindern, weiter anzuschwellen.

Melodys Hände glitten über meine Schultern zu meinem Nacken und hinauf zu meinem Haaransatz. Ihre behutsamen Berührungen sorgten dafür, dass sich meine Nackenhaare aufstellten und sich eine prickelnde Gänsehaut auf meiner Kopfhaut bildete.

Diese Tortur würde ich keine fünfundvierzig Minuten

durchhalten können. Wahrscheinlich nicht einmal fünfundvierzig Sekunden.

»Lassen Sie locker, Ice. Kämpfen Sie nicht gegen mich
an. Entspannen Sie sich. Das hier ist ein sicherer Ort«,
mahnte mich Melodys leise Stimme. Ihre Hände strichen
rechts und links an meiner Wirbelsäule hinab zu meinem
unteren Rücken, bis zu meinem Poansatz, was akutes
Herzrasen bei mir auslöste. Mein Atem setzte aus und
mein rasendes Herz sprang mir aus der Brust.

»Ich glaube, das reicht für heute«, brachte ich flehend
hervor.

»Wir haben noch nicht einmal richtig angefangen«,
lachte Melody und ließ ihre Hände wieder meinen
Rücken hinaufwandern.

Ich verkrampfte mich mit jeder Minute, die verstrich
mehr, bis Melody schließlich seufzend von mir abließ.
»Drehen Sie sich bitte auf den Rücken, Ice? Ich möchte
mir gerne die Deltamuskeln und die Knie ansehen.«

Ein Anflug von Panik überkam mich. In meiner Hose
befand sich ein steinharter Megaständer, der vermutlich
schon blau angelaufen war, weil ich seit einer halben
Stunde auf ihm drauf lag. Wenn ich mich jetzt umdrehte,
geschweige denn meine Hose auszog, würde ich uns
beide in eine extrem peinliche Situation bringen.

»Können wir uns für heute auf meinen Nacken
beschränken? Der tut am meisten weh«, bat ich und
hoffte inständig, dass sie mir diese Flunkerei abnahm.

»In Ordnung. Ich sage meinem Kollegen Carter
Bescheid, dass er sich morgen die Deltamuskeln und Ihre
Knie ansieht.«

Ich atmete hörbar aus.

Das war ja gerade nochmal gut gegangen.

Zumindest heute. Denn ich hatte keine Ahnung, wie ich die Behandlungen bei Melody Dawson in Zukunft drei Mal die Woche durchstehen sollte.

KAPITEL 7
MELODY

ICH SASS auf einem der bequemen Barhocker in Amys Küche und nippte an meinem Kaffee mit Zimt, während ich nervös mit dem Fuß wippte.

»Er kommt. Da bin ich ganz sicher«, zwitscherte Amy gut gelaunt.

»Hmm? Wer?«, spielte ich die Unschuldige.

Amy zog eine Grimasse und schenkte sich mit einem breiten Lächeln Kaffee nach. »Du magst den Eiswolf, oder?«

»Was? Nein! Wie kommst du denn darauf?«

»Du siehst ihn mit diesem verträumten Blick an, den du sonst nur bei Schlappohr-Kaninchen und kleinen Fohlen hast.«

Ich verschluckte mich an meinem Kaffee und begann heftig zu husten. »Du spinnst ja«, krächzte ich unter Schnappatmung.

»Mir machst du nichts vor. Außerdem glaube ich,

dass der Eiswolf dich auch mag.«

»Wieso glaubst du das?«, krächzte ich wenig damenhaft, noch immer verzweifelt nach Luft ringend.

»Ist so ein Gefühl. Lass mich mal machen.«

Ich sprang auf und schüttelte energisch den Kopf. »Nein, Amy. Nein, nein und nochmal nein. Maverick ist mein Patient. Er ist absolut tabu. Ich brauche diesen Job. Ich kann mir keinen Fehltritt erlauben.«

»Wäre er auch tabu, wenn er nicht zu deinen Patienten zählen würde?«

»Ich will keinen Mann in meinem Leben. Du hast doch selbst gesehen, wohin das führt. So eine Erfahrung muss ich kein zweites Mal machen.«

»Nicht alle Männer sind wie Josh, Melody.«

»Das mag sein. Aber ich möchte es lieber nicht darauf ankommen lassen.«

Ein Klopfen an der Tür ließ uns abrupt verstummen.

Amy eilte zur Haustür und kurze Zeit später betrat Maverick hinter ihr die heimelige Küche.

»Morgen«, grummelte er und nickte mir brüsk zu.

»Guten Morgen«, erwiderte ich. »Kaffee?«

»Nein danke. Können wir direkt los?«

»Wieso hast du es so eilig, Ice? Hast du noch was Besseres vor, als zwei hübschen Ladys beim Autokauf zu helfen?«, witzelte Amy und griff nach ihrer Jacke.

Ice ließ die Frage unbeantwortet und sah stattdessen unverwandt zu mir.

»Komme schon«, murmelte ich und glitt von meinem Hocker.

Ich zog meine Jacke über und wappnete mich innerlich für die Minusgrade, die mich draußen erwarteten. Die Wetterumstellung samt vierzig Grad Temperaturunterschied gehörten zu den Dingen, an die ich mich nicht so schnell gewöhnen würde.

»Wir nehmen deinen Wagen, Ice. Ich wollte schon immer mal in so einem Pickup fahren«, flötete Amy und öffnete die hintere Tür von Mavericks Truck. »Melody, Schatz, setz du dich vorn zu Ice.«

Ich sandte Amy eine stumme Warnung, doch die kicherte nur belustigt und zog schnell die Autotür hinter sich zu.

Schweigend stieg ich ein und nahm auf dem Beifahrersitz neben Maverick Platz. Aus dem Radio erklang »Jingle Bell Rock« von *Bobby Helms*. Ich ertappte mich dabei, wie ich den weihnachtlichen Song leise mitsummte und meinen Fuß im Takt wippen ließ. Als ich Mavs nachdenklichen Blick auf mir bemerkte, hielt ich auf der Stelle inne und errötete beschämt.

»Tut mir leid. Ich wollte euch nicht mit meinem Gekrächze verschrecken.«

»Was redest du denn da, Mel? Du bist ein echtes Gesangstalent. Du solltest sie mal singen hören, Ice. Sie ist eine Wucht.«

»Ach ja?« Maverick zog amüsiert die Augenbrauen hoch. »Wie wäre es mit diesem Song?« Er deutete mit dem Kinn in Richtung des Radios, aus dem in diesem Moment die ersten Klänge von »Do they know it's Christmas« ertönten.

»Was, ich soll singen? Jetzt?« Ungläubig schielte ich vom Radio zu Mav.

»Warum nicht?« Maverick zuckte mit den Schultern und zog einen Mundwinkel nach oben.

»Trau dich«, feuerte mich Amy vom Rücksitz aus an.

»Nein, Süße. Dazu bin ich eindeutig zu nüchtern.«

»Ach komm Mel, sei keine Spielverderberin«, stichelte Amy.

»Ich bin keine Spielverderberin, ich bin erwachsen«, wandte ich ein.

»Das ist dasselbe«, entgegnete Mav trocken.

»Ist es nicht«, lachte ich.

»Ach nein?« Er warf einen Blick nach links, beschleunigte mühelos und fuhr sicher auf den Highway.

»Na gut. Vielleicht gibt es da gewisse Parallelen. Aber auch als Erwachsene kann man Spaß haben.«

»Beweisen Sie es uns«, forderte mich Mav heraus und drehte das Radio lauter.

»Ich muss niemandem etwas beweisen.«

»Also sind Sie doch eine Spaßbremse«, provozierte er mich. Seine Stimme klang triumphierend und wissend.

Keine Ahnung, warum es mich störte, dass er mich für eine Spaßbremse hielt. Und noch weniger wusste ich, warum es mir so wichtig war, ihm zu zeigen, dass dieser Begriff nicht auf mich zutraf. Ich biss mir auf die Unterlippe und sandte ein Stoßgebet in den Himmel. Dann stimmte ich in den Refrain ein und gab eines meiner liebsten Weihnachtslieder zum Besten.

Verstohlen schaute ich in Mavericks Richtung. Ein breites Grinsen zierte sein markantes Gesicht. In seinen hypnotisierenden, eisblauen Augen lag ein Glanz, den ich dort vorher noch nie gesehen hatte.

»Nicht schlecht«, kommentierte er, als das Lied endete und ich mich theatralisch im Sitz verbeugte.

»Nicht schlecht? Das war total cool." Amy hielt mir von hinten die Hand hin und ich klatschte mit ihr ab.

»Jetzt, da du eines von Mels geheimen Talenten kennst, solltet ihr das alberne Gesieze lassen und euch endlich duzen«, schlug Amy vor.

Ich rutschte unauffällig tiefer in meinem Sitz. Diese miese kleine Kupplerin ließ keine Möglichkeit aus, um mich mit Freuden nach Strich und Faden zu blamieren. Sie würde dieses Jahr definitiv keine Weihnachtskarte von mir erhalten.

»Wir müssen das nicht tun. Es ist vollkommen okay, wenn wir uns weiterhin siezen«, warf ich ein und suchte nach einem unverfänglichen Ausweg aus Amys schamloser Offensive.

»Da vorn ist der erste Händler. Lass uns mal sehen, ob der ein Auto für dich hat, Melody«, sagte der Eiswolf und zeigte auf das gigantische Werbeschild vor uns.

Ich war ihm dankbar, dass er die Peinlichkeit dieser Situation so geflissentlich überging, als wäre ihm nicht bewusst, was für ein prekäres Spiel meine Freundin hier mit uns spielte.

»Ich muss mal auf die Toilette«, rief uns Amy zu und verschwand in dem Gebäude, in dem sich das Büro des Autohändlers befand.

Fassungslos sah ich ihr hinterher.

»Was ist dein Budget, Melody?«, riss mich Maverick aus meiner Schockstarre. Im Gegensatz zu mir wirkte er vollkommen cool und gelassen.

Sollte es ihm tatsächlich entgangen sein, dass meine Freundin versuchte, uns miteinander zu verkuppeln? Oder wusste er es und ließ es geschehen, weil…?

»Melody?«, riss mich Mav aus meinen wilden Fantasien.

»Zehntausend Dollar«, informierte ich ihn und erntete dafür einen unergründlichen Blick.

»Ist das nicht genug?«, erkundigte ich mich vorsichtig.

»Wir werden sehen«, brummte er und begann durch die Reihen an Gebrauchtwagen zu schlendern.

Ich folgte ihm unauffällig.

»Der hier gefällt mir.« Mav blieb vor einem dunkelblauen SUV mit Allrad Antrieb, Standheizung und Sitzheizung stehen. »Acht Jahre alt. Neunzigtausend Kilometer. Zwei Vorbesitzer. Lückenlos scheckheftgepflegt. Das klingt vielversprechend.«

Ich trat an die Windschutzscheibe des SUVs und verzog bedauernd das Gesicht. »Leider kostet er fünfzehntausend Dollar. Das kann ich mir aktuell nicht leisten.«

»Lass uns den Wagen mal genauer ansehen«, überging Maverick meinen Einwand und umrundete den SUV.

Als er mein Zögern bemerkte, lächelte er mir aufmunternd zu, was dafür sorgte, dass meine Knie zu schlottern begannen. Ausnahmsweise war daran nicht die eisige Kälte des Yukons schuld, sondern die eisblauen Augen, die mich anstrahlten, als wäre ich der einzige Mensch auf diesem Planeten.

»Vertrau mir, Melody.«

»Vertrauen ist nicht gerade meine Stärke«, gestand ich bedauernd.

»Meine auch nicht. Aber lassen wir es ausnahmsweise darauf ankommen. Einverstanden?«

Ich kaute auf meiner Unterlippe und sah von dem hübschen und anscheinend ausgesprochen zuverlässigen Wagen zu Mav, der in seiner dicken, gelben Winterjacke mit Fellkragen und mit seiner lässigen olivgrünen Mütze einen Bären von einem Mann verkörperte.

»Also gut. Einverstanden.«

Nachdem Mav den Wagen auf der Hebebühne des Autohändlers ausgiebig inspiziert hatte, füllten wir die Papiere für eine Probefahrt aus.

Der Händler konnte sein Glück überhaupt nicht fassen, dass mit Maverick Wolf ein gefeierter National-held ausgerechnet bei ihm einen Wagen kaufen wollte und überschlug sich fast vor lauter Höflichkeit.

Mav hielt mir die Beifahrertür auf und stieg selbst auf der Fahrerseite ein. Ich ließ die Fensterscheibe hinunter und winkte Amy herbei. »Kommst du nicht mit?«

»Ich warte lieber hier auf euch«, zwinkerte sie und warf mir eine Kusshand zu.

Wenigstens eine von uns hatte ihren Spaß an diesem Trubel.

Die folgenden Minuten beobachtete ich Maverick dabei, wie er geschickt verschiedene Manöver fuhr, mal kräftig, mal bedächtig bremste. Wir fuhren auf den geräumten Highway, gaben Vollgas und fuhren danach durch den hohen Schnee eines Feldwegs.

Schließlich hielt er in einer Haltebucht und wandte sich mir zu. »Der Wagen ist eine gute Wahl. Fahr du ihn mal und schau, ob du damit zurechtkommst.«

Als wir die Plätze tauschten, überfiel mich eine plötzliche Nervosität. Mav beim Fahren zuzusehen war eine Sache. Mir von Mav beim Fahren zusehen zu lassen, war eine ganz andere Nummer.

Meine Hände zitterten, als ich den Hebel von »P« in »D« schob und anfuhr, da ich mir Mavs wachsamen Seitenblick mehr als bewusst war.

»Du bist nervös«, stellte Maverick fest und lehnte sich entspannt im Sitz zurück.

»Ich bin an die sonnigen Straßen Miamis gewohnt. Eis und Schnee sind Neuland«, log ich. Dass ich ursprünglich aus Colorado stammte, wo Schnee zum Alltag gehörte, wie die Sonne zu Miami, verschwieg ich.

»Warum bist du aus Miami ausgerechnet nach Yukon gezogen?«, wunderte er sich. Ehrliches Interesse schwang in seiner Stimme.

»Ich brauchte dringend eine grundlegende Veränderung«, wich ich ihm aus und beschleunigte den Wagen.

»Verstehe«, kommentierte er und ließ das Thema zu meiner Erleichterung fallen.

Als wir nach einer halben Stunde wieder auf das Gelände des Autohändlers rollten, schaute mich Mav fragend an. »Was denkst du? Willst du den Wagen?«

Ich ließ die Hände am Lenkrad entlangfahren und nickte. »Ja, schon. Aber ich habe keine fünfzehntausend Dollar. Ich kann allerhöchstens elftausend, statt zehntausend, Dollar zusammenkratzen. Mehr ist momentan einfach nicht drin.«

»Alles eine Frage der Verhandlung.« Mav schnallte sich ab und stieg aus. Er wartete, bis auch ich ausgestiegen war. »Lass mich reden, okay?«

»Okay?!«, stimmte ich verwirrt zu und folgte ihm in das Gebäude, wo Amy sich angeregt mit dem Verkäufer unterhielt.

Als sie uns entdeckte, stand sie auf. »Und, wie sieht's aus?«

»Wir möchten den Wagen gern kaufen. Allerdings hat meine Freundin nur zehntausend Dollar zur Verfügung.«

»Oh«, kommentierte der Verkäufer bedauernd. »Der Wagen kostet fünfzehntausend. Ich kann Ihnen eintausend Dollar entgegenkommen, aber vierzehntausend ist wirklich ein guter Preis, wenn ich selbst noch ein wenig daran verdienen möchte.«

»Da stimme ich Ihnen zu…«, Mav beugte sich vor, um das Namensschild des Verkäufers zu erspähen, »Gary. Wenn ich richtig liege, haben Sie den Wagen für etwa zehntausend Dollar gekauft und ein- bis zweitausend Dollar in die Reparatur und Aufbereitung gesteckt. Insgesamt hat Sie der Wagen also zwischen elf- und zwölftausend Dollar gekostet. Deshalb schlage ich folgenden Deal vor: Sie verkaufen meiner Freundin den Wagen für zehntausend Dollar und ich lade Sie und Ihre Familie kommenden Freitag zu dem seit Wochen ausverkauften *NAIHL*-Spiel gegen die *Winnipeg Warriors* ein. Tribünentickets in den Spieler-Familienrängen mit Zugang zur VIP-Lounge. Dazu gibt es für jeden Autogramme von den

Spielern, Fotos mit den Spielern und signierte Fan-Trikots.«

Mavericks Angebot verschlug mir vollkommen die Sprache.

Amy stieß einen anerkennenden Pfiff aus. »Das nenne ich mal einen fantastischen Deal. Solche Tickets kann man normalerweise nicht im Handel kaufen. Ganz zu schweigen von dem Treffen mit den Spielern.«

Maverick hielt dem Verkäufer die Hand hin und sah ihn auffordernd an. »Deal?«

Die Falten auf Garys Stirn glätteten sich und sein zu einem »O« geformter Mund wandelte sich zu einem Lachen, bei dem selbst Julia Roberts vor Neid erblasst wäre. »Deal!«

Geschockt und bewundernd zugleich sah ich voller Dankbarkeit zu dem verschlossenen, wortkargen Eishockeykapitän, der mir soeben zu einem bezahlbaren Auto verholfen hatte.

Wer hätte das gedacht? Ich wohl am allerwenigsten.

KAPITEL 8
MAVERICK

SPIELTAGE ÜBTEN diesen sogartigen Druck auf mich aus, der dafür sorgte, dass das Blut laut in meinen Ohren rauschte und ich mir jeden Atemzug aus meiner zugeschnürten Brust hart erkämpfen musste. Die ersten Tropfen des berauschenden Adrenalins weckten mich an jedem Spielmorgen. Mein Herz schlug an diesen Tagen im Ruhezustand schneller als an Trainingstagen. Mein Atem ging flacher und angestrengter. Meine Fingerspitzen kribbelten und in meinem Kopf lief die Endlosschleife an Spielzügen, die uns gut ausgeführt, hoffentlich den Sieg einbrachten. Während des Tages sammelten sich die einzelnen Adrenalintropfen nach und nach zu einem schäumenden Waldbach, bevor sie sich dann am Nachmittag in einen reißenden Fluss verwandelten.

Als ich an diesem Nachmittag den Wagen durch die anbrechende Dunkelheit steuerte, stieg meine Nervosität mit jeder Meile, die ich in Richtung Stadion zurücklegte. Von diesem Spiel hing so viel ab.

Zu viel.

Zu viel, um es zu versauen. Zu viel, um es zu verlieren.

Wir mussten dieses Spiel gewinnen. Es gab nur diese eine Möglichkeit: Ich musste die Mannschaft zum Sieg führen. Koste es, was es wolle.

Mental bereitete ich mich auf einen stahlharten Kampf vor. Auf all die Prügel, die ich einstecken musste. Die erbarmungslosen Tackle, Bodychecks und Schläge, die mich treffen würden. All die Fouls, die mich zu Boden reißen würden. Die schweren Körper, die auf mir landeten und mich unter sich begruben. Ich würde es hinnehmen und mich aufrappeln. Immer und immer wieder. Egal, wie weh es tat. Ich würde die *Arctic Bears* heute um jeden Preis als Gewinner aus diesem Stadion skaten lassen.

Zielstrebig lenkte ich meinen Pickup auf den abgesperrten Parkplatz für Mannschaftsmitglieder am hinteren Teil des Stadions und sprang heraus. Dicke Schneeflocken fielen aus dem dunkelgrauen, wolkenbehangenen Winterhimmel und ließen vermuten, dass uns in dieser Nacht Neuschnee erwartete. Ich schlug der Security, die an Spieltagen an dem Mitarbeitereingang postiert war, wohlwollend auf den Rücken und machte mich auf in das Stadioninnere.

Da ich mir beim gestrigen Training die Schulter leicht verrenkt hatte, beschloss ich, bei Carter, dem zweiten Physiotherapeuten vorbeizuschauen, um mich noch ein letztes Mal vor dem Spiel von ihm durchkneten zu lassen.

Auf dem Weg dorthin fing mich Doktor Logan ab und betrachtete mich prüfend durch die Gläser seiner Lesebrille. »Carter sagte mir, dass deine Schulter schmerzt?«

»Nichts Schlimmes. Ich will sie bloß etwas auflockern lassen«, wiegelte ich die Bedenken des Teamarztes ab.

»Carter muss sich vor dem Spiel noch Elliott, Spencer und Samson vornehmen. Ich will nicht, dass du zu kurz kommst. Lass dich bitte von Melody behandeln. Sie hat vor dem Spiel nur McAllister auf der Liste stehen.«

Meine Finger krallten sich fester um den Griff meiner Sporttasche. Diese Woche musste ich mich bereits zwei Mal von Melody Dawson behandeln lassen. Jedes Mal hatten mich ihre Berührungen an den Rand meiner Selbstbeherrschung getrieben. Nach der Behandlung fühlte ich mich verspannter als nach den anstrengendsten Spielen meiner *NAIHL* Karriere. Nicht, weil Melody ihr Handwerk nicht beherrschte, sondern weil ich mich unter ihren Händen permanent darauf konzentrieren musste, nicht abzuspritzen. Wenn man so lange keinen Sex mehr praktiziert hatte, wie ich, dann reichte eine einfühlsame Massage von einer verboten sinnlichen Frau, um zum Höhepunkt zu gelangen. Vor allem, wenn ihre beruhigende Stimme meine Kopfhaut zum Prickeln brachte und ihr Duft nach mystischem Patschuli meine Nervenbahnen flutete.

»Worauf wartest du, Ice? Gibt es weitere Anliegen, die du mit mir besprechen möchtest?« Doktor Logan sah von seinem Klemmbrett auf und nahm die Brille von seiner Nase.

Ich schüttelte den Kopf und blickte in dunkler Vorahnung den Gang entlang zu Melodys Behandlungszimmer.

»Ich begleite dich ein Stück.« Doktor Logan setzte sich in Bewegung und zwang mich so, mit ihm Schritt zu halten.

An der Zimmertür unseres Teampsychologen, dessen Büro sich neben dem von Melody befand, blieb er stehen und verabschiedete sich.

Ich spielte ernsthaft mit dem Gedanken, einfach wieder zu verschwinden, als ich registrierte, dass die Tür zu Melodys Behandlungsraum einen Spalt offenstand. Meine Neugierde siegte über die Stimme der Vernunft und so öffnete ich die Tür ein wenig weiter, um erkennen zu können, was dahinter vor sich ging.

Was ich sah, ließ das sowieso schon erhitzte Blut in meinen Adern überkochen.

Melody hatte eine Matte auf dem Boden ausgebreitet und stemmte ihre Hände in den Boden. Ihre nackten Füße standen leicht auseinander einige Zentimeter dahinter, sodass sie mit ihrem Körper ein perfektes, umgekehrtes »V« bildete. Ihr knackiger Po zeichnete sich in ihrer stretchigen lila Sporthose ab und ragte einladend in die Höhe.

Automatisch schaltete sich mein Kopfkino ein und ich verfolgte vor meinem inneren Auge, wie ich mich Melody leise von hinten näherte, ihr die Sporthose über die Pobacken zog, meinen Reißverschluss öffnete, ihr meinen lüsternen Schwanz in die heiße Mitte schob, meine Hände um ihre kurvigen Hüften legte und sie breitbeinig richtig hart und tief durchvögelte, während sie unter meinen unnachgiebigen Stößen laut und ausgelassen stöhnte.

Mir entfuhr bei dieser anzüglichen Vorstellung ein tiefes, lautes Knurren, was Melody vor Schreck aufschreien ließ. Reflexartig kauerte sie sich zu einem Knäul zusammen und schirmte ihren Kopf mit den Armen ab.

Mit einem Mal fiel all meine sexuelle Anspannung von mir ab. Entsetzt starrte ich auf die am Boden liegende, von Angst erfüllte Frau vor mir, die nun vorsichtig hinter ihren Armen hervorlugte.

»Entschuldige bitte. Ich wollte dich nicht ängstigen«, stieß ich hervor und warf die Tasche achtlos auf den Boden.

Schnellen Schrittes eilte ich auf Melody zu und hielt ihr meine Hand hin. Beschämt ergriff sie sie und rappelte sich auf.

»Dich trifft keine Schuld. Ich bin ein wenig schreckhaft. Das ist alles«, lächelte sie verlegen und errötete unter meinem durchdringenden Blick.

»Wovor hast du solche Angst?«

»Ich bin ein totaler Angsthase. Um ehrlich zu sein wüsste ich gar nicht, womit ich anfangen soll. Die Liste ist schier unendlich«, redete sie sich heraus und rettete sich hinter ihren Schreibtisch, wo sie ihre zitternden Hände hinter ihrem Rücken verbarg. »Wie kann ich dir helfen?«

Ich bemerkte, wie sehr sie um Fassung rang. In ihren sturmgrauen Augen tobte ein Blizzard und ihr Atem ging unnatürlich schnell. Fieberhaft überlegte ich, wie ich sie beruhigen konnte, ohne ihr das Gefühl zu geben, ihr zu nahe zu treten oder ihre Professionalität zu untergraben, die sie so verzweifelt zu wahren versuchte.

Da kam mir die zündende Idee: Ich musste sie ihren Job machen lassen. Den Job, den sie stets so sicher und routiniert erfüllte. Die Tätigkeit, bei der sie sich wohl und geborgen fühlte.

Vielleicht würde die Sorge, die mich bei ihrem angsterfüllten Anblick erfasst hatte, die unbändige Erregung, die mich sonst immer bei ihren Berührungen befiel, zumindest für heute im Zaum halten.

»Ich habe mich gestern beim Training in der Schulter gezerrt und wollte wissen, ob du dir das vor dem Spiel ansehen könntest?«

Ein überraschtes Glitzern huschte über Melodys Gesicht und vertrieb die trüben Nebelschleier in ihren Augen.

»Selbstverständlich. Danke, dass du zu mir gekommen bist«, nickte sie und wies auf die Behandlungsliege. »Bitte mach den Oberkörper frei und leg dich auf den Bauch.«

Ich zog mein schwarzes Jackett aus, löste die Krawatte und legte auch mein weißes Hemd ab.

An Spieltagen bestand die Geschäftsführung darauf, dass wir in Anzug und Krawatte auftauchten, was ich persönlich absolut lächerlich fand. Aber ich suchte mir meine Kämpfe selbst aus und dachte nicht daran, meine

Zeit mit Diskussionen über die Kleiderwahl der Spieler zu verschwenden, zumal einigen Teamkameraden der seriöse Look durchaus gefiel, da sie so angeblich besser bei den Frauen landen konnten.

»Bist du aufgeregt? Das Spiel heute ist sehr wichtig, nicht wahr?«, erkundigte sich Melody, während sie die Lautsprecher aktivierte, durch die nun die melancholischen Akkorde von *Coldplays* Song »Everglow« ertönten.

»Der Tag, an dem ich vor einem Spiel nicht mehr aufgeregt bin, ist der Tag, an dem ich in Rente gehen sollte«, gab ich zurück und ließ mich auf der Liege nieder.

Ich stützte mich auf die Unterarme und beobachtete Melody, die drei Kerzen anzündete. Als sie meinen fragenden Blick auffing, deutete sie auf die Kerzen. »Vanille, Sandelholz und Zimt. Beruhigen die Nerven und den Geist.«

Sie stellte die Kerzen auf den kleinen Tisch zu meiner Linken, bedeckte meinen unteren Rücken und verteilte das Massageöl auf ihren Händen.

Ich ließ den Kopf in das dafür vorgesehene Loch sinken und konzentrierte mich auf die Musik. In diesem Moment wechselte »Everglow« zu einem langsamen Medley von »Clocks«.

Melodys warme Hände trafen auf meine erhitzten Schultern und zum ersten Mal gelang es mir, ihre Berührungen zu genießen, ohne dabei an Sex und animalische Orgasmen zu denken. Das Zittern in ihren Fingern wich einem routinierten Ablauf an kreisförmigen Bewegungen und bereits nach wenigen Minuten merkte ich, wie sich die verhärteten Stellen in meiner Schulter lockerten.

»Das funktioniert doch heute ganz prima. Du wirkst gelöst und entspannt«, flüsterte Melody und ließ ihre Finger zu meinem Haaransatz gleiten. Überwältigt schloss ich die Augen und unterdrückte ein genießerisches Schnurren.

Ich musste während ihrer Behandlung eingeschlafen sein, denn irgendwann weckte mich Melodys sanfte Stimme an meinem Ohr.

»Aufwachen, Ice. Schlafen kannst du nach dem Spiel«, neckte sie mich.

Ich hob den Kopf und drehte ihn benommen in die Richtung, aus der ihre Stimme kam. Sie hatte sich zu mir hinabgebeugt und lächelte zufrieden. Ihre langen blonden Haare kitzelten meine Oberarme und ihre vollen Lippen waren den meinen so verdammt nah, dass ich sie beinahe schmecken konnte.

»Wie lange war ich weg?«, wollte ich verwundert wissen. Ich war noch nie bei einer Massage eingeschlafen. Schon gar nicht vor einem Spiel.

»Schätzungsweise zwanzig Minuten. Gleich kommt McAllister zu seiner Behandlung. Du bist also in Gnaden entlassen.«

Der Gedanke daran, dass ihre Hände McAllister genauso verwöhnten wie mich, verstimmte mich. Der giftige Stachel der Eifersucht bohrte sich in meine Brust.

Schlechtgelaunt erhob ich mich und ging zum Stuhl hinüber, auf dem ich meine Kleidung abgelegt hatte.

»Kann ich dich was fragen, Mav?«

Ich zog das Hemd über meine Schultern, die sich äußerst beweglich anfühlten und wandte mich Melody zu, die an ihrem Schreibtisch stand. »Was willst du wissen?«

»Wieso hast du mir mit dem Auto geholfen?«

Ich runzelte die Stirn und kniff die Augen zusammen. »Weil ich mich dir gegenüber bei unserem ersten Treffen im Stadion nicht angemessen verhalten habe.«

»Deshalb bist du mitgekommen, ich weiß. Aber wieso hast du dem Verkäufer all diese Dinge angeboten, dass er den Preis senkt?«

»Ist das wichtig?«

Melody atmete geräuschvoll aus. »Ja. Denn mir ist es unangenehm, dass du meinetwegen wildfremde Menschen zu dem Spiel einladen musstest.«

Ich knöpfte das Hemd zu und betrachtete die zierliche wenngleich durchtrainierte Frau, die mit ihrer lilafarbenen Hose und dem passenden fliederfarbenen Top an der Kante des Schreibtischs lehnte. Ihren Kopf hatte sie nachdenklich geneigt, sodass ihr die weichen Haare ins Gesicht fielen und dessen herzförmiges Profil umschmeichelten.

»Ich hatte etwas bei dir gutzumachen und mir bot sich die Gelegenheit dazu. Wenigstens sind der nervige Trubel und der unnötige Ruhm um meine Person manchmal zu etwas zu gebrauchen. Für jedes Spiel habe ich eine Reihe an VIP-Karten zur Verfügung, die ich fast nie nutze, weil meine Eltern in einem anderen Teil von Kanada wohnen. Wenn ich dir also damit helfen kann, statt sie ungenutzt verfallen zu lassen, wieso sollte ich das nicht tun?«

»Mir fallen da viele Gründe ein.« Melody zuckte mit

den Achseln. »Du kennst mich schließlich kaum. Wieso solltest du dir solche Mühe geben, mir zu helfen?«

Ich band meine Krawatte um und zog mein Jackett an. Dann schnappte ich mir meine Tasche und ging zur Tür. »Als ich dich gefragt habe, warum du aus Miami ausgerechnet nach Yukon gezogen bist, hast du geantwortet, dass du dringend eine grundlegende Veränderung gebraucht hast. Ich kenne dieses Gefühl nur zu gut. Denn mir ging es genauso, als ich hierhergezogen bin. Ich glaube wir beide sind uns sehr ähnlich, Melody.«

Mit diesen Worten verließ ich den Behandlungsraum und machte mich auf den Weg in die Mannschaftskabine.

KAPITEL 9
MELODY

ICH VERFOLGTE das Spiel zusammen mit dem restlichen Ärzteteam bestehend aus Doktor Logan, meinem Kollegen Carter, dem Teampsychologen und den beiden orthopädischen Spezialisten nahe des Spielfeldrands.

Amy saß in der VIP-Lounge zusammen mit der Geschäftsführung, ein paar wichtigen Sponsoren und Gästen sowie einigen Familienmitgliedern der Spieler. Ich erkannte auch den Autoverkäufer samt Frau und zwei Kindern, deren Gesichter um die Wette strahlten.

Mav hatte also Wort gehalten.

Mein Blick wanderte zu den Zuschauertribünen. Irgendwo dort saß Bryan mit Maya, Sam und Ted. Ich würde sie, falls wir gewannen, nach dem Spiel zu einem gemeinsamen Teamdinner treffen.

Wie erwartet startete die Partie mit einer brutalen Dynamik, die sich im Laufe des Spiels zusehends steigerte. Beide Teams waren fest entschlossen, den Sieg zu ergattern und spielten mit solch einer Härte, dass mein Körper selbst vom bloßen Zuschauen schmerzte.

Das erste Drittel verlief torlos. In der fünfzehnminütigen Pause war ich so damit beschäftigt, die Spieler notdürftig zu verarzten, dass ich von der aufgeheizten Atmosphäre im Stadion und den ohrenbetäubenden Fangesängen nur wenig mitbekam.

Im zweiten Drittel wurden zwei unserer Spieler so heftig getackelt, dass sie für den Rest des Drittels ausfielen und Spieler der anderen Reihen sie ersetzen mussten.

Maverick beschützte seine Teamkameraden so gut es ging, doch der Kapitän konnte nicht mit allen Reihen auf das Eis gehen und musste so mitansehen, wie seine Teamkameraden von den *Warriors* vermöbelt wurden.

Während im Basketball eine Mannschaft für die gesamte Spieldauer auf dem Spielfeld stand und nur gelegentlich einzelne Spieler ausgetauscht wurden, herrschten im Eishockey andere Regeln. Neben dem Torwart befanden sich noch fünf weitere Spieler einer Mannschaft auf der Eisfläche. Zwei Verteidiger und drei Angreifer. Da es bei einem Eishockeyspiel so kräftezehrend, schnell und barbarisch zuging, wechselten die fünf Spieler mehrmals in einem Drittel. So gab es pro Mannschaft häufig drei bis fünf sogenannte Reihen, also Mannschaften innerhalb der Mannschaft mit jeweils fünf Spielern pro Reihe. Der Reihenwechsel erlaubte es den Spielern, sich eine kurze Verschnaufpause zu gönnen, bevor sie erneut auf das Eis sprangen und ihre Kämpfe ausfochten.

Gegen Ende des zweiten Drittels gelang es den *Arctic Bears* unter Ice' Führung, die *Winnipeg Warriors* auszutricksen und Spencer ein freies Schussfeld zu verschaffen. Der versenkte den Puck mit einem entschlossenen Schlag im Tor. Die rote Lampe leuchtete auf und signalisierte ein Tor für die *Bears*. Alle um mich herum sprangen auf und jubelten euphorisch. Die Zuschauer tanzten auf den Tribünen und grölten laute Siegesparolen. Die emotionsgeladene Stimmung ließ mich in der Hoffnung, dass wir das dritte und letzte Drittel ebenfalls für uns entscheiden könnten, ungeduldig auf meinem Sitz hin und her rutschen.

Von den verbliebenen zwanzig Minuten waren lediglich noch zwei Minuten zu spielen, als ein Spieler der gegnerischen Mannschaft den Schläger hob und Spencer so fest am Kopf traf, dass diesem der Helm vom Kopf fiel und er bewusstlos zu Boden ging.

Die Zuschauer sprangen von ihren Plätzen, schrien, pfiffen, buhten, drohten. Der Trainer gestikulierte wild an der Außenlinie und Maverick skatete mit schnellen Bewegungen zu seinem Teamkollegen, der in diesem Moment die Augen aufschlug.

Der Schiedsrichter rief Doktor Logan auf das Eis, der Spencer zusammen mit zwei Kollegen und einer Trage vom Eis holte.

Mav zog sich die Handschuhe aus und lief auf den Verursacher dieses gefährlichen Fouls zu. Bevor dieser wusste, wie ihm geschah, traf ihn die Stahlfaust des

Eiswolfs. Der Gegner taumelte rückwärts und drohte umzufallen, doch Mav krallte die Hände in sein Trikot und stabilisierte ihn, um ihm einen weiteren festen Schlag zu verpassen, der ihn endgültig ausknockte.

Ich schüttelte mich auf meinem Sitzplatz.

Dass Faustkämpfe im Eishockey nicht nur erlaubt, sondern auch erwünscht waren, würde ich wohl nie verstehen. Vor allem im Hinblick auf Kinder, wie Ted, Sam und Maya, die dieses Spiel mit Argusaugen verfolgten, empfand ich diese rohe Gewalt als absolut inakzeptabel. Den Zuschauern jedoch schien der Kampf zu gefallen, denn die begeisterten Schreie sprengten beinahe die Arena.

Der Schiedsrichter brummte dem sowieso schon am Boden liegenden Spieler zwei Strafminuten auf, was bedeutete, dass sich die *Arctic Bears* in den letzten zwei Minuten dieses Spiels in der Überzahl befanden und somit dank des sogenannten *Powerplays* Druck auf die *Warriors* ausüben konnten.

Kurz vor Spielende gelang es den *Bears* tatsächlich eine Lücke zu finden, die *Warriors* zu überrumpeln und den zweiten Treffer des Tages zu landen, der ihnen den Sieg endgültig sicherte.

Als der Buzzer ertönte, der das Ende des Spiels verkündete, fielen sich die Spieler in die Arme und feierten ausgelassen auf dem Spielfeld. Die Zuschauer sangen Siegeshymnen und die Reporter entfernten sich eilig in Richtung der Spielerkabinen, um vor der offiziellen Pressekonferenz noch Statements der einzelnen Spieler erhaschen zu können.

Ich ging in meinen Behandlungsraum zurück und wartete darauf, dass das Ärzteteam mir verletzte Spieler zur Behandlung vorbeischickte, doch stattdessen war es Amy, deren Klopfen mich nach einer Stunde aus dem Artikel über Muskelfaserrisse hochschrecken ließ, in den ich mich vertieft hatte, um die Wartezeit effektiv zu nutzen.

»Lass uns gehen. Die Spieler sind schon fast alle in *Harrys Steakhouse* eingetroffen.«

»Ich sollte wahrscheinlich lieber warten, ob nicht doch noch ein Spieler zu mir geschickt wird«, wandte ich ein.

Amy winkte unbekümmert ab. »Die sind alle viel zu erfolgsbetrunken und hungrig, um sich jetzt behandeln zu lassen und um zu riskieren, dass ihre Teamkameraden ihnen die Steaks wegfuttern. Glaub mir, morgen wird sich eine lange Schlange vor deinem Zimmer bilden. Aber heute Abend betäubt der Endorphin Rausch die Schmerzen der Spieler.«

»Na gut.« Ich stand auf und zog mir meine Jacke über.

»Du siehst hübsch aus, Mel«, bemerkte Amy und lächelte.

Ich sah an mir hinab und freute mich über das Kompliment. Nach Spielende hatte ich meine *Bears* Uniform gegen schwarze High-Waist Jeans und eine dazu passende schwarze Wickelbluse getauscht. Zusammen mit den schwarzen Winterstiefeln war das Outfit für meine Verhältnisse immer noch bequem genug und gleichzeitig angemessen für ein informelles Teamdinner mit den Spielern, den Kollegen und der Geschäftsleitung.

»Ist mit Bryan und den Kids alles in Ordnung?«

Amy reckte den Daumen in die Höhe. »Ted wollte sich anscheinend unbedingt die Eisfläche anschauen. Also hat Bryan eine kleine Führung mit ihnen gemacht. Wir treffen sie gleich bei *Harrys*.«

Ich schloss den Reißverschluss meiner Jacke und steuerte auf die Tür zu, doch Amy hielt mich am Arm fest. Verwundert drehte ich mich zu ihr um.

»Du hast heute dein erstes Spiel gemeistert, Mel. Ich habe dich beobachtet und du hast am Spielfeldrand eine echt gute Figur abgegeben. Ruhig, routiniert und professionell. Du bist genau dort, wo du sein solltest. Und wenn du daran noch irgendwelche Zweifel gehegt haben solltest, dann hoffe ich, dass sich diese nach dem heutigen Abend erledigt haben. Lass die Vergangenheit ruhen und schau nach vorne, Mel. Du gehörst zu uns. Zu den *Bears* nach *Arctic Valley*.«

Ihre lieben Worte trieben mir die Tränen in die Augen. Ich zog Amy in eine Umarmung und drückte sie fest. »Danke«, flüsterte ich. »Für all das, was du für Teddy und mich getan hast.«

»Alles wird gut, Mel. Lass die Magie der Weihnachtszeit ihre Arbeit machen und genieße den einzigartigen Zauber dieser Jahreszeit. Lass es einfach geschehen und du wirst sehen, welche wundervollen und unverhofften Überraschungen das Leben für dich bereithält.«

KAPITEL 10
MAVERICK

DIE MANNSCHAFT SASS um einen überdimensionalen, massiven Holztisch versammelt in unserem Stammrestaurant und wartete ungeduldig darauf, dass die erste Runde Steaks serviert wurde. Zur Feier des Tages floss das Bier in Strömen und niemand von der Geschäftsführung beschwerte sich über die teils derbe Wortwahl der Spieler, die ausschweifend ihren Sieg feierten. Ich stand etwas abseits und unterhielt mich mit Sean, dem Teameigner, über das gewonnene Spiel.

Meine Rippen schmerzten von den heftigen Bodychecks, die ich abbekommen hatte, doch ich ignorierte das Pochen und konzentrierte mich stattdessen auf das, was zählte: Unseren Sieg.

Die *Warriors* flogen mit einer Niederlage nach Hause, während wir unseren Kampf um die Meisterschaft fortsetzen durften.

Keine Rippenprellung der Welt konnte die Freude über diesen phänomenalen Sieg trüben.

Aus den Augenwinkeln registrierte ich, wie Amy und Melody das Lokal betraten. Amy klatschte übermütig mit den Jungs ab, während Melody sich dezent im Hintergrund hielt.

»Hey Mel, nicht so schüchtern. Wir beißen nicht. Außer natürlich du willst es«, gackerte McAllister und winkte Melody zu sich. »Setz dich zu mir und stoß mit uns an«, forderte er sie auf und klopfte auf den freien Platz neben sich.

»Ich muss später noch nach Hause fahren, deshalb fällt der Alkohol leider aus. Aber ich gratuliere euch von Herzen zu diesem tollen Sieg«, erwiderte sie höflich und legte McAllister die Hand auf den Arm, bevor sie Amy durch das Gedränge zu dem Tisch der Büromitarbeiter folgte.

»Ich fahre dich gern nach Hause, wenn du willst. Oder du kommst mit zu mir«, rief ihr der angeheiterte McAllister hinterher.

Melody tat so, als hätte sie den anzüglichen Kommentar nicht gehört. Das hinderte mich jedoch nicht daran, auf McAllister zuzustiefeln und ihm einen Klaps auf den Hinterkopf zu verpassen.

»Aua, Mann. Was ist dein Problem?«

»Benimm dich und lass die Finger von Melody.«

»Warum denn? Soweit ich weiß, ist sie Single. Ich komme also niemandem ins Gehege.« McAllister musterte mich fragend, dann erhellte sich seine Miene plötzlich und er riss erstaunt die Augen auf. »Warte mal...jetzt versteh ich das! Du willst die sexy Physio selber flachlegen. Du hast die Schnauze endlich voll von deinem albernen Sexentzug und willst wieder ficken. Wenn das so ist, überlass ich sie dir, Ice. Schließlich hast du ordentlich was aufzuholen.«

»Halt die Klappe, Mann. Du verzapfst Scheiße, sobald du den Mund aufmachst«, bellte ich und beugte mich drohend über ihn.

»Okay Leute, kommt mal runter. Alle beide«, mischte sich Samson ein und machte ein Time-out Zeichen.

»Ich gönne Ice doch nur ein erfülltes Sexleben. Was ist so falsch daran?«, gluckste McAllister. »Melodys Hände bewirken Wunder auf meinem Rücken und auf meinen Beinen. Ich bin mir sicher, dass sie auch deinen Schwanz geil massieren kann, Ice.«

Samson stöhnte genervt und ich ballte die Hände zu Fäusten, wohlwissend, dass ich dem Großmaul vor den Gästen keine Abreibung verpassen durfte, was jedoch nicht hieß, dass ich es nicht nachholen würde. McAllister war ein talentierter Spieler. Aber ein ebenso großer Dummschwätzer, dem man manchmal eine Abreibung verpassen musste, damit er wieder auf den Boden der Tatsachen zurückkam.

Ich wollte gerade etwas auf seine Bemerkung entgegnen, als jemand an meinem Jackett zog. Ich drehte mich um und entdeckte hinter mir einen kleinen Jungen, der nicht älter als fünf oder sechs Jahre alt war.

»Hi.« Er schenkte mir ein selbstbewusstes Lächeln und entlockte mir damit prompt ein schiefes Grinsen, da zwei seiner oberen Milchschneidezähne fehlten.

»Selber hi«, gab ich zurück und beugte mich zu ihm hinab.

»Ich bin Ted.« Der Kleine streckte seine Faust aus und animierte mich, dasselbe zu tun.

»Sehr erfreut, Ted. Ich bin Ice.«

»Ich weiß, wer du bist. Echt cooles Spiel heute. Wenn ich groß bin, werde ich auch Eishockey Profi.«

»Tatsächlich?«

Ted nickte überzeugt. »Meine Mom sagt, das sei zu gefährlich und ich solle lieber Spieleragent werden. Das bringt mehr Geld und weniger Risiko. Ich sehe das anders.«

»Ach ja?« Ich schmunzelte und versuchte ernst zu bleiben. »Deine Mom hat nicht ganz unrecht, weißt du, Ted?«

»Aber als Agent kann ich niemanden verprügeln und die Cheerleader stehen doch auf so was.«

Mein Körper vibrierte unter dem unterdrückten Lachen in meiner Brust. »Bist du nicht noch ein wenig jung, um dich für Cheerleader zu interessieren?«

»Ich bin schon sechs«, rief er entrüstet, was meine mühsam aufrecht erhaltene Fassade endgültig zum Einsturz brachte. Ich biss mir auf die Lippe, doch es half nichts. Der todernste Gesichtsausdruck dieses kleinen Jungen ließ mich Tränen lachen, sodass sich meine Teamkameraden neugierig zu uns umdrehten.

»Ted! Du Ausreißer. Musst du mir ständig solche Angst einjagen?«

Neben uns tauchte in diesem Moment Melody auf, die

ihre Hände schützend auf Teds Schultern legte und ihn vorwurfsvoll ansah.

»Ich wollte mich mit Ice über meine Karriere unterhalten«, antwortete Ted entschuldigend.

Melody schloss die Augen und bemühte sich nach Kräften, ruhig zu bleiben. »Du wolltest dich mit Ice über *deine* Karriere unterhalten?«

Ted zuckte die Achseln. »Ice kann mir Tipps geben. Er ist der Beste. Das weiß jeder.«

»Danke, Kumpel«, grinste ich amüsiert.

»Ice ist in erster Linie hier, um sich nach getaner Arbeit ein bisschen Erholung zu gönnen. Also lassen wir ihn in Ruhe essen und stören ihn nicht länger, Teddy«, mahnte Melody und sah mich entschuldigend an. *Tut mir leid*, formte sie mit den Lippen.

Ich winkte ab und wandte mich wieder Ted zu. »Wenn du deine Mom das nächste Mal auf der Arbeit besuchst, schau einfach mal bei mir vorbei. Dann reden wir über deine Karriere.«

»Wirklich?« Teds Augen weiteten sich.

»Klar, warum nicht? Ich bin nicht mehr der Jüngste und es ist wichtig, die Zukunft des Sports zu sichern«, erklärte ich ihm gespielt ernst und versuchte, bei seinem Feuereifer nicht erneut loszulachen.

»Dann bis bald.« Ted reckte erneut die Faust und ich stieß vorsichtig dagegen.

»Bis bald, Kumpel.«

Melody hob die Hand zum Gruß und schob Ted sachte in Richtung des Mitarbeitertisches, wo auch die anderen Kinder etwas abseits an einem eigens dafür vorgesehenen Tisch saßen und mit Wachsmalfarben malten.

Nachdenklich schaute ich den beiden hinterher.

Melody war also Teds Mutter. Ob es dazu auch den passenden Vater gab?

Bei ihrer Ankunft in *Harrys Steakhouse* hatte ich keinen Mann bemerkt. Nun saß sie zwischen Amy und Mary aus der Controlling Abteilung, den Rücken zu mir gewandt.

Einen Ehering trug sie nicht. Wobei, vielleicht legte sie ihn bei der Arbeit ab, um die Spieler damit bei den medizinischen Übungen und Massagen nicht zu verletzen.

Andererseits, Carter, der zweite Physio, trug stets seinen Ehering bei der Arbeit. Warum also sollte Melody das nicht tun?

Ich fuhr mir durch die Haare und nahm neben Samson Platz.

Wieso interessierte es mich, ob Melody verheiratet war oder nicht? Ob es einen Mann in ihrem Leben gab oder nicht? Das konnte mir herzlich egal sein, weil ich vor langer Zeit beschlossen hatte, keine Frau mehr in mein Leben zu lassen. Und daran würde auch die kleine Blondine mit den sündigen Kurven und den Zauberhänden nichts ändern.

Entschlossen rammte ich die Gabel in das saftige Steak auf der Platte in der Mitte des Tisches und klinkte mich in das wenig geistreiche Tischgespräch ein, um mich von den wirren Gedanken an Melody und Ted loszureißen.

Am Montag absolvierte die Mannschaft lediglich ein leichtes Krafttraining und einige Lockerungsübungen auf dem Eis. Ein paar der Spieler kurierten nach wie vor die mehr oder weniger schmerzhaften Verletzungen aus, die sie sich am vergangenen Freitag bei dem Spiel gegen die *Warriors* eingefangen hatten.

Die blauen Flecken an meinen Rippen spürte ich kaum noch, weswegen ich nach dem Training mit dem Team auf dem Eis blieb, um ein paar Runden zu drehen und an meiner Torschusstechnik zu feilen.

Ich liebte das Eis. Das Geräusch der Kufen, die scheinbar mühelos über die glatte Oberfläche glitten und mich fliegen ließen. Ich war süchtig nach der Geschwindigkeit, die dafür sorgte, dass ich die Welt um mich herum ausblenden konnte. Ich brauchte die Stille. Nichts, außer dem Knacken meiner Schlittschuhe auf dem Eis und meinem eigenen, angestrengten Atem. Wenn all diese Komponenten zusammenfanden, befand ich mich in meinem Element.

Eine halbe Stunde lang schlug ich einen Puck nach dem anderen in das Netz und traktierte das Eis unbarmherzig mit meinem Schläger.

Als ich zum Tor fuhr, um die Pucks einzusammeln, bemerkte ich eine Bewegung am linken Spielfeldrand und hob den Blick.

Ted hatte sich auf die Bande gehangelt. Mit einem

breiten zahnlosen Lächeln saß er dort und winkte mir fröhlich zu.

»Wie lange sitzt du schon da?«, fragte ich und skatete zu ihm.

»Eine Weile.«

»Müsstest du nicht in der Schule sein?« Ich hob skeptisch die Augenbrauen.

»Ich sehe das nicht so eng. Als Eishockey Profi brauche ich keine Mathematik und Sachkunde. Nur Sport. Und Sport habe ich jeden Dienstag.«

Ted zeigte mit dem Zeigefinger auf die Bank hinter der Bande. »Ich habe Schlittschuhe mitgebracht. Sie sind etwas groß, aber dafür kann ich sie länger benutzen.«

Ich folgte seinem Fingerzeig und entdeckte ein altes Paar Schlittschuhe, das seine besten Jahre längst hinter sich hatte.

»Sind das deine Schlittschuhe, Ted?«

»Ich habe sie meinem Klassenkameraden für sieben Dollar abgekauft. Er wollte anfangs zehn Dollar dafür.«

»Guter Deal.«

»Finde ich auch. Wollen wir dann?«

Irritiert starrte ich auf den blonden Pilzkopf, der dieselben grauen Augen besaß, wie seine Mutter. »Wollen wir was?«

»Na trainieren. Du wolltest mir doch Tipps geben.«

»Weiß deine Mom, dass du hier bist, Ted?«

Er schaute mich ertappt an und senkte den Blick.

»Du bist also aus der Schule ausgerissen und allein hierhergekommen, ohne deiner Mom Bescheid zu geben oder sie um Erlaubnis zu bitten?«, fasste ich die Situation für uns beide zusammen.

»Sie macht sich immer solche Sorgen um mich.«

»Sie ist deine Mom, Ted. Natürlich macht sie sich Sorgen.«

»Aber sie versteht nicht, dass ich kein Baby mehr bin. Sie würde mir nie erlauben, Eishockey zu spielen.«

»Hast du sie denn schon mal gefragt?«

Ted nickte traurig. »Mehrmals. Sie hat vorgeschlagen, dass wir stattdessen einen Schneemann bauen und die Rentiere in der Auffangstation füttern.«

Meine Mundwinkel zuckten verräterisch, doch ich schaffte es, mir nichts von meiner Belustigung anmerken zu lassen.

»Dabei ist sie selbst eine richtig gute Schlittschuhläuferin«, fuhr Ted fort.

»Wer? Deine Mom?«

»Ja. Sie kann alles. Skifahren, Snowboardfahren, Schlittschuhlaufen…nur mir erlaubt sie es nicht.«

»Ich dachte, ihr kommt aus Miami?« Verständnislos sah ich Ted an.

»Meine Mom stammt aus Denver. Sie ist erst später nach Miami gezogen.«

Denver!

Melody war also keine Sonnenanbeterin, sondern eine waschechte Schneekönigin. Diese Information überraschte mich. Ich musste mich schwer zurückhalten, um Ted nicht mit weiteren Fragen zu seiner Mutter zu löchern.

»Was machen wir jetzt?«

»Tja…« Ich fuhr mir ratlos durch die Haare und blickte in Teds hoffnungsvolle Augen.

»Drehen wir eine Runde zusammen? Nur eine? Du kannst mich ja festhalten, dass ich nicht hinfalle und niemand muss je davon erfahren«, versuchte mich Ted zu ködern.

»Wir sollten erst deine Mom fragen…«

»Nur eine Runde. Bitte, bitte, bitte. Ich würde so gerne wissen, wie es sich anfühlt, auf dem Eis zu stehen.«

»Du willst Eishockey Profi werden, bist aber noch nie Schlittschuh gelaufen?« Der kleine Knirps machte mich echt fertig.

»So wie andere Kinder Rennfahrer werden wollen, ohne dass sie jemals ein Auto gefahren haben«, erwiderte er keck.

»Schlagendes Argument«, gab ich zu.

»Ist das ein *Ja*?«

Ich seufzte. »Also gut. Eine Runde. Beweg dich keinen Zentimeter, bis ich bei dir bin. Nicht, dass du von da oben runterfällst.«

»Geht klar«, strahlte Ted.

Ich skatete zum Ausgang, ging auf meinen Kufen zu Ted, hob ihn von der Bande und setzte ihn auf die Bank. Dann half ich ihm, seine Schuhe auszuziehen und die alten Schlittschuhe überzustreifen, die ihm mindestens eine Nummer zu groß waren.

»Also gut, Kumpel. Bist du bereit?« Ich hielt Ted meine Hand hin und stand auf.

»Bereit«, sagte er ehrfürchtig und legte seine kleine Hand in die meine.

In diesem Moment wurde mir bewusst, welche Verantwortung ich mir aufgeladen hatte und wünschte mir insgeheim, ich hätte mich nicht von Ted zu dieser Aktion überreden lassen.

Nun konnte ich daran aber nichts mehr ändern. Also würde ich mit Argusaugen über ihn wachen und dafür sorgen, dass ihm nichts passierte.

KAPITEL 11
MELODY

ICH TIPPTE mit meinem Bleistift auf die Schreibtischunterlage und schaute zum zehnten Mal auf die Uhr. Maverick verspätete sich bereits um fünfzehn Minuten. Eigentlich war ich davon ausgegangen, dass die letzte Behandlung das Eis zwischen uns gebrochen hatte. Mav hatte aufgehört gegen mich anzukämpfen und sich ausnahmsweise nicht unter meinen Berührungen verkrampft. Dass er während seiner Anwendung einge-schlafen war, bedeutete, dass er mir vertraute. Dass er mir gestattete, seinen Körper zu untersuchen und zu verarzten.

Doch all die Hoffnung, die ich seit dieser letzten Behandlung vor drei Tagen geschöpft hatte, verpuffte mit einem Mal, als mein Behandlungszimmer auch nach zwanzig Minuten leer blieb.

Ich erhob mich und machte mich auf die Suche nach dem Eiswolf. Auf dem Weg zu den Kabinen begegnete ich ein paar der Spieler und nutzte die Gelegenheit, sie nach Mav zu fragen.

»Ice macht in der Regel sein eigenes Ding«, brummte O'Connor. »Sieh mal auf dem Spielfeld nach.«

Ich dankte ihm für den Hinweis und hielt auf die Eisfläche zu.

Tatsächlich entdeckte ich Maverick, der in gebückter Haltung ungewöhnlich langsam über das Eis glitt. *Was tat er da?* Ich näherte mich ihm und hielt in der Bewegung inne, als ich Ted neben ihm auf dem Eis erblickte.

»Was ist hier los? Ted! Komm *sofort* da runter.«

Ich riss die Tür zum Spielfeld auf und ging hastig auf die beiden zu. Ein fataler Fehler. Unter dem glatten Eis verlor ich das Gleichgewicht und segelte ungebremst zu Boden, direkt auf meinen Po. Benommen blieb ich liegen und hörte neben dem Rauschen in meinen Ohren Teds Lachen in einiger Entfernung.

Dann tauchte Mavs Gesicht über mir auf.

»Hast du dir wehgetan?« Besorgt beugte er sich zu mir hinab.

»Ich bin auf den Hintern gefallen«, sagte ich mehr zu mir selbst als zu ihm.

»Soll ich mir das mal ansehen?«, fragte der Eiswolf.

»Du willst dir meinen Hintern ansehen?«

Mav zuckte zusammen, als er realisierte, wie zweideutig sein Angebot geklungen haben musste.

»Hilf mir lieber hoch.« Ich streckte die Hand aus und ließ mir von ihm auf die Beine helfen.

Doch statt mich auf dem Eis abzustellen, hob er mich auf seine Arme und skatete mit mir zum Rand der Eisfläche, wo er mich sicher hinter der Tür absetzte. Eine prickelnde Gänsehaut breitete sich auf den Stellen aus, an denen seine warmen Hände mich berührten.

»Du solltest das Eis nur mit Schlittschuhen betreten«, mahnte er mich und skatete zu Ted zurück, der geduldig am anderen Spielfeldrand wartete.

Maverick nahm Ted bei der Hand und die beiden glitten scheinbar mühelos zu mir herüber.

Ich gab mein Bestes, die vor Freude geröteten Wangen und das Glänzen in Teds Augen zu ignorieren und bemühte mich stattdessen wütend auf ihn und auf Mav zu sein.

»Ich frage euch noch einmal: Was ist hier los?«

Ted blickte zu Maverick, der wiederum Ted ansah.

»Ice hat mir das Schlittschuhlaufen beigebracht«, gestand Ted schuldbewusst.

»Wir haben das besprochen Ted. Du bist noch zu klein dafür.«

»Ich bin schon sechs«, grummelte Ted.

»Wollen wir darüber reden, wie du überhaupt hierhergekommen bist?«, überging ich seinen Einwand.

»Die Schule ist doch nur ein paar Blocks entfernt. Zu Fuß sind es keine zehn Minuten«, flüsterte Ted und senkte den Kopf.

»Du schwänzt also die Schule und marschierst allein über stark befahrene Straßen zum Eishockey Stadion, um Schlittschuh zu laufen?«

Ted schwieg schuldbewusst.

»Und *du* hast dich nicht gewundert, als Ted hier

mitten am Tag aufkreuzt, so ganz allein?« Ich warf Mav einen vernichtenden Blick zu.

»Doch, natürlich. Wir haben uns darüber unterhalten.« Der gefährliche, dunkle Eiswolf verwandelte sich mit einem Mal in ein zahmes Lämmchen und winselte um Gnade. Aber das würde ihm nichts nutzen.

»Du wusstest also, dass er die Schule schwänzt und statt es mir zu sagen, fährst du hier seelenruhig mit ihm Schlittschuh? Im Ernst? Und diese Schlittschuhe? Woher stammen die?«

»Von einem Freund gekauft«, murmelte Ted. »Aber ich habe gehandelt«, fügte er hinzu, als würde das sein Verhalten entschuldigen.

»Falls es einen Unterschied macht: Er ist ein echtes Naturtalent«, bemerkte Mav.

»Nein, Maverick. Das macht keinen Unterschied. Er ist mein Sohn. Ted ist alles, was ich habe. Wenn ihm etwas passiert, ist mein Leben vorbei. So einfach ist das. Also entschuldige bitte, dass es mich in diesem Moment nicht sonderlich interessiert, ob er ein Naturtalent ist, oder nicht«, zischte ich außer mir vor Angst und Wut. An Ted gewandt sagte ich, »Zieh die Schlittschuhe aus. Sie sind konfisziert. Und dann bringe ich dich zurück in die Schule, wo du dich bei deiner Lehrerin entschuldigen wirst.«

Ted ließ den Kopf hängen, traute sich aber nicht, mir zu widersprechen. Ich war selten wütend, doch er wusste, warum es mich krank vor Sorge machte, wenn er sich nicht an unsere Abmachungen hielt.

»Danke, Ice. Das hat super viel Spaß gemacht.« Er

schlang seine kleinen Arme um Mavs Bein und hielt sich an ihm fest.

Mavs angespannte Miene wurde weich und er legte Ted vorsichtig seine Hand auf den Kopf. »Mir hat es auch Spaß gemacht, Kumpel. Sei nicht traurig. Deine Mom will nur dein Bestes.«

Ted schniefte und nickte tapfer.

»Deine Physioeinheit wird heute ausfallen müssen, weil ich Ted jetzt zurück in die Schule fahre und mein nächster Termin in weniger als einer halben Stunde beginnt.«

»Kein Problem. Tut mir leid…« Maverick ließ offen, was genau ihm leidtat. Dass er erneut nicht zu seinem Termin aufgetaucht war oder dass er Ted ohne Schutz-ausrüstung und vor allem ohne meine Erlaubnis mit aufs Eis genommen hatte.

Ich nahm Teds Hand und ging mit ihm zum Ausgang.

»Wie bist du eigentlich ins Stadion gekommen?«, wunderte ich mich, als er in den Wagen stieg.

»Ich habe gesagt, dass du meine Mom bist und ich dich besuchen komme«, antwortete er achselzuckend.

»Wir reden heute Abend über dein Verhalten, Ted. Bis dahin kannst du dir überlegen, warum ich das, was du getan hast, nicht gutheißen kann.«

Nachdem ich Ted in der Schule abgeliefert hatte und eine Moralpredigt von seiner Lehrerin über mich ergehen lassen musste, fuhr ich zurück ins Stadion. Ich absolvierte die ausstehenden Behandlungen wie ein ferngesteuerter Roboter. Während meine Hände die Körper der Athleten abtasteten, lockerten und entlasteten, driftete mein Geist in eine Parallelwelt, in der Dunkelheit und Kälte herrschten. Szenarien von dem, was Ted hätte passieren können und was ihm in der Vergangenheit zugestoßen war, ergriffen von mir Besitz und versetzten mich in einen Zustand geistiger Umnachtung.

Ich verabschiedete den letzten Spieler, der für heute auf meiner Behandlungsliste stand und machte mich auf in das stadioneigene Fitnessstudio, wo ich eine Cardio-einheit absolvierte, die mich bis an die Grenze der Besinnungslosigkeit forderte.

Ich wollte nicht denken. Nicht fühlen. Nicht spüren.

Nein, ich wollte vollkommen losgelöst sein. Losgelöst von meinen Ängsten, meinen Sorgen, meinen Problemen und der Panik, die mein Leben in den letzten Monaten beherrscht hatten.

Schwer atmend öffnete ich nach dem Workout die Tür zu meinem Büro, um mir meine Wechselkleidung zu schnappen und zu duschen. Ich zuckte erschrocken zusammen, als ich aus den Augenwinkeln eine Bewegung zu meiner Rechten vernahm.

»Hi Melody. Hast du eine Minute für mich?« Maverick stieß sich von der Wand ab und kam langsam auf mich zu.

Ich versuchte zu ignorieren, wie gut er in seiner abgetragenen Jeans und dem ausgewaschenen Metallica T-Shirt aussah und rief mir stattdessen sein leichtsinniges Verhalten ins Bewusstsein und die Gefahr, der er Ted ausgesetzt hatte.

»Tut dir was weh?«, fragte ich ihn spitz und griff nach meiner Tasche.

»Ich möchte mit dir über Ted sprechen.«

»Was ist mit Ted?« Alarmiert sah ich ihn an.

»Ist dir aufgefallen, wie sicher er auf den Skates gelaufen ist, obwohl er das noch nie zuvor getan hat und obwohl sie ihm viel zu groß waren?«

Ich schnaubte verächtlich. »Ich war zu sehr damit beschäftigt, ihn vom Eis runterzuholen, bevor er sich den Kopf aufschlagen oder das Genick brechen konnte.«

»Das verstehe ich. Und es tut mir leid, dass wir dich nicht um Erlaubnis gebeten haben. Ich hätte es besser wissen müssen. Ted war so voller Hoffnung und ich wollte ihn nicht enttäuschen. Er wirkte ziemlich niedergeschlagen und entmutigt, als wir uns unterhalten haben und die Aussicht mit mir aufs Eis zu gehen, hat einen Schalter in ihm umgelegt. Plötzlich war er Feuer und Flamme. Das konnte ich nicht mit einem *Nein* zerstören.«

Ich ließ mich kraftlos auf meinen Stuhl fallen, während ich Mavs Worte verdaute.

»Er hätte hinfallen und sich verletzen können.«

»Nein, Melody. Ich habe jede Sekunde über ihn gewacht. Glaub mir, wäre er ins Straucheln geraten, hätte ich ihn aufgefangen. Er war keine Sekunde lang in Gefahr. Ich hätte es verhindert.«

»Ted ist alles, was ich habe«, flüsterte ich und vergrub

das Gesicht in meinen Händen. »Ich mache mir ständig Sorgen um ihn. Wenn ihm etwas zustößt, würde ich mir das nie verzeihen. Ich bin eine furchtbare Helikopter Mutter, ich weiß. Aber ich kann nichts dagegen tun.«

»Sei bitte nicht so hart zu dir.« Maverick kam um den Tisch herum und ging neben mir in die Hocke.

»Denkst du, dass ich überreagiert habe?«

Mav schüttelte den Kopf. »Nein, hast du nicht. Dass er aus der Schule abgehauen ist und niemandem Bescheid gegeben hat, ist nicht in Ordnung. Allerdings hat er mir erzählt, dass er dich um Erlaubnis gebeten hat, Schlittschuhlaufen zu lernen und dass du es ihm verboten hast.«

»Weil er zu klein dafür ist und weil es gefährlich ist. Du wirst doch selbst oft genug verprügelt. Entschuldige bitte, dass ich mir nicht ansehen will, wie mein Kind auf dem Eis zusammengeschlagen wird.«

»Meine Eltern haben mich auf Schlittschuhe gestellt, kaum dass ich laufen konnte, Melody. Und ich lebe immer noch. Was die Schlägereien betrifft: Bis Ted in das Alter kommt, in dem die Kämpfe zugelassen sind, werden sich die Regeln im Eishockey hoffentlich ändern.«

»Mir wäre es lieber, er würde einem weniger gefährlichen Hobby nachgehen.«

»Was denn zum Beispiel?«

Ich zuckte mit den Schultern. »Schach spielen, Briefmarken sammeln oder Lesen.«

Mavs Grinsen entlockte mir ein kleines Lächeln. »Ich klinge wie eine dieser Supermamas, oder?«

»Du klingst wie eine Mutter, die ihr Kind behüten und beschützen will. Daran ist nichts Verwerfliches.«

»Außer dass mein Kind unglücklich ist. Er scheint es sich wirklich sehr zu wünschen. Sonst wäre er nicht ausgebüxt, um dich zu finden. Du hast ja keine Ahnung, wie vernarrt er in Eishockey ist. Ich habe jahrelang im Profibasketball gearbeitet. Das hat ihn nie interessiert. Immer nur Eishockey. Im Gegensatz zu mir, ist er ein absoluter Experte was diesen Sport betrifft.«

»Weißt du, was ich so an Kindern bewundere, Melody?« Mav strich mir beruhigend über den Rücken und ich schloss einen Moment lang die Augen, um seine liebevolle Berührung in vollen Zügen zu genießen. Ich konnte mich nicht daran erinnern, wann mich ein Mann das letzte Mal so zärtlich angefasst hatte. »Sie haben noch Träume, an die sie fest glauben. In ihrer unschuldigen Welt ist alles möglich.«

»Das ist wohl wahr«, flüsterte ich.

»Ist es nicht unsere Aufgabe, ihre heile Welt so lange wie möglich aufrecht zu erhalten? Sie vor der Kälte der unbarmherzigen Realität zu schützen? Sie langsam und behutsam auf das wahre Leben vorzubereiten?«

»Ich wünsche mir, dass Teds Träume Wirklichkeit werden. Dass er ein glückliches und erfülltes Leben führt.« Tränen liefen mir aus den Augenwinkeln über meine Wangen und fielen in dicken Tropfen auf meine Hände, die ich im Schoß verknotet hatte.

Mav legte seine Hand auf die meine und drückte sie sanft. »Hier ist mein Vorschlag: Ich bringe Ted das Schlittschuhlaufen und die ersten Kniffe des Eishockeys bei und du hilfst mir dabei. Ted hat mir erzählt, dass du ein Wintersportass bist. So kannst du ihn bei seinen Träumen unterstützen und gleichzeitig auf ihn aufpassen.«

»Aber…das geht doch nicht. Du bist Profisportler, kein Kindertrainer«, protestierte ich.

»Wer sagt, dass das eine das andere ausschließt? Ich habe Zeit und ich habe Lust. Außerdem mag ich Ted. Er ist ein ehrgeiziger, zielstrebiger kleiner Kerl. Und er besitzt Talent.«

»Wie soll das funktionieren, Mav? Ich meine…du hast schließlich Verpflichtungen. Das kann ich nicht von dir verlangen.«

»Du verlangst nichts von mir. Ich biete es dir an. Montags und mittwochs beende ich mein Training am späten Nachmittag. Wenn wir meine Physiotermine so schieben, dass du mich an diesen Tagen als Letzten behandelst, können wir danach mit Ted trainieren.«

»Dürfen wir denn überhaupt die Arena als Kinder-spielplatz nutzen?«, erkundigte ich mich wenig überzeugt.

»Das überlass mal mir, Melody. Was hältst du nun von meinem Vorschlag?«

»Ich weiß ehrlich gesagt nicht, was ich sagen soll. Warum tust du das für uns? Du hast doch bestimmt Besseres zu tun…«

»Ehrlich gesagt, nein. Ich habe nichts Besseres zu tun, als meinem Kumpel Ted dabei zu helfen, seinen Träumen ein Stück näher zu kommen.«

Maverick schenkte mir ein schiefes Lächeln und ich ballte meine Hände im Schoß zu Fäusten, um nicht mit meinem Zeigefinger die kleinen Lachfältchen um seine Augen nachzufahren.

»Also gut. Einen Versuch ist es wert. Ich besorge ihm die Ausrüstung. Sagst du mir, was wir brauchen?«, lenkte ich ein und Mavs Lächeln wurde noch eine Spur breiter.

»Ja, klar. Da Eishockey in *Arctic Valley* zum Leben gehört, wie die Luft zum Atmen, haben wir hier einige Secondhand Shops, die ein großes Sortiment zu fairen Preisen führen. Ich schreibe dir alles auf.«

KAPITEL 12
MAVERICK

MELODYS HÄNDE GLITTEN über meine Schultern und fanden selbst die kleinste verspannte Stelle. Ich stöhnte leise unter ihren geschickten Händen und schämte mich insgeheim dafür, dass es mich jedes Mal höllisch erregte, wenn sie mich berührte.

Während ihrer Behandlungen war ich hin- und hergerissen. Einerseits wünschte ich mir, dass sie schnell zu Ende gingen und ich zurück in meine bequeme Komfortzone flüchten konnte. Andererseits genoss ich es, sie zu spüren. Ihrem ruhigen Atem zu lauschen. Sie ganz für mich allein zu haben.

Dass meine körperlichen Qualen hinsichtlich dieser Frau eine völlig neue Dimension angenommen hatten, konnte ich mir selbst zuschreiben. Denn während ich vorher bloß die Behandlungen bei ihr hatte überstehen müssen, so zwang mich mein Angebot, Ted zu trainieren, nun seit drei Wochen dazu, mir ihren verführerischen

Körper auf dem Eis anzusehen. Ted hatte recht behalten: Seine Mom war eine Schneekönigin.

Sicher, anmutig und selbstbewusst bewegte sie sich auf ihren Schlittschuhen und verfolgte aufmerksam unser Training.

Ich musste mich regelrecht dazu zwingen, sie nicht andauernd anzustarren, wenn sie eine Runde nach der anderen auf dem Eis drehte.

Heute würden wir zum ersten Mal mit einem Hockeyschläger und einem Puck arbeiten. Ted besaß eine unglaublich schnelle Auffassungsgabe und konnte es kaum erwarten, die Grundlagen des Eishockeys zu erlernen.

Als ich mich von der Liege erhob, konnte ich meinen ganz eigenen Hockeyschläger mehr als deutlich in meiner Hose spüren und fragte mich, wie lange ich diese Tortur noch aushalten konnte.

Wann würde mein Schwanz endlich das kapieren, was mein Verstand schon vor langer Zeit akzeptiert hatte? Ich brauchte und wollte keine Frau in meinem Leben. Für ein zufriedenstellendes Leben brauchte ich niemanden, außer mich selbst und meine Familie. Zwar bot ein solches Leben keine Höhenflüge, aber es ersparte mir den Schmerz, die Demütigung und die Wut, die ich in der Vergangenheit erfahren musste.

Ich drehte Melody den Rücken zu und hoffte, dass ihr die peinliche Beule in meinem Schritt entgangen war.

»Bis gleich?«, fragte sie und griff nach ihrer Handtasche.

Ich nickte und bemühte mich um einen unverfänglichen Tonfall. »Wir sehen uns auf dem Eis.«

»Hey Ice!« Ted lief die Stadiontreppen hinab und kam aufgeregt winkend auf mich zu.

Ich skatete zu ihm hinüber und klatschte mit ihm ab.

»Sieht total cool aus.« Er lugte an mir vorbei auf das Eis, wo ich einen einfachen Parcours vor dem Tor aufgebaut hatte. »Mom, sieh mal!«

Melody gesellte sich zu uns und strich Ted mit der Hand über den Rücken. »Da hat sich Ice aber etwas Tolles für dich einfallen lassen, mein Schatz.«

»Du musst mitmachen, Mom«, eiferte Ted.

»Ich schaue dir lieber dabei zu«, entgegnete Melody lächelnd, doch Ted ließ sie nicht vom Haken.

»Es ist viel lustiger, wenn wir es zusammen lernen, oder Ice?«

»Vielleicht traut sich deine Mom nicht, Ted. Nicht jeder ist so mutig, wie du.«

»Stimmt das, Mom? Hast du Angst?«

Melody hob eine Augenbraue und funkelte mich amüsiert an. »Ich traue mich sehr wohl.«

»Ach ja? Beweise es uns«, konterte ich und verschränkte abwartend die Arme vor der Brust.

»Also gut. Dann zieht euch mal besser warm an.«

Kurze Zeit später standen wir alle drei auf dem Eis und ich vollführte die erste Übung, bei der der Puck mit dem Schläger um drei Hütchen manövriert werden musste, bevor man zu einem Torschuss ausholte.

Ted stellte sich erstaunlich gut an und hatte den Dreh im Nu raus. Melody stand an der Torlinie und feuerte Ted begeistert an.

»Jetzt du, Mom«, strahlte Ted, nachdem er den fünften Puck zielsicher im Netz versenkt hatte. »Du hast gesagt, dass du dich traust.«

Ich hielt ihr auffordernd meinen Schläger hin und beobachtete sie verstohlen dabei, wie sie sich an die Hütchen herantastete. Kinder besaßen bei dieser Übung den klaren Vorteil, dass sie kleiner waren und einfacher um die Hindernisse kurven konnten.

»Komm schon, Mom«, spornte sie Ted vom Tor aus an. Er hatte sich direkt davor postiert, um den Torschuss abzufangen.

Melody schoss absichtlich daneben und zwinkerte mir verschwörerisch zu.

»Das kannst du aber besser«, ermutigte sie Ted und drehte sich lachend um die eigene Achse.

»Sollen wir es zusammen versuchen?«, bot ich Melody an. »Ich führe dich, wenn du willst.«

»Gott, bin ich so schlecht?« Melody hielt sich die Hände vor die Augen und verzog das Gesicht zu einer Grimasse. »Na dann los, Ice. Zeig mir, wie man es richtig macht.«

Ich verschluckte mich fast an der Zweideutigkeit

dieser Bemerkung und positionierte mich mit klop-fendem Herzen hinter Melody. Behutsam schlang ich meine Arme um sie und legte meine Hände auf die ihren, um den Schlägergriff zu korrigieren. Melody beugte ihren Oberkörper leicht nach vorn, um die richtige Haltung einzunehmen, was dafür sorgte, dass ihr Po gegen meinen Schritt rieb. Ich sandte ein Stoßgebet zum Himmel und betete inständig, dass ich bei dieser eroti-schen Ablenkung nicht das Gleichgewicht verlor und wie ein Anfänger zu Boden ging.

Sie drehte den Kopf zur Seite und musterte mich aus ihren sturmgrauen Augen. Ein fiebriges Glänzen lag darin. »Gut so?«, hauchte sie und biss sich verlegen auf die Unterlippe.

»Perfekt«, krächzte ich und rief mir ins Gedächtnis, dass wir nicht allein hier waren.

Unter Anstrengung all meiner Willenskraft dirigierte ich Melody durch den Parcours, wobei ich nicht umher kam, das erstklassige Gefühl von ihrem weichen Po an meinem Schritt bis zum letzten Moment auszukosten.

»Das sieht schon viel besser aus«, lobte ich sie, als sie daraufhin den verlängerten Parcours allein bewältigte und einen langsamen Schuss abgab, um Ted nicht zu verletzen.

»Ich glaube, an meiner Haltung muss ich noch ein wenig arbeiten. Würde es dir etwas ausmachen, mir dabei zu helfen?«, antwortete Melody und errötete dezent.

Ich sog bei ihrer Bitte scharf die Luft ein.

Wollte sie etwa, dass ich sie berührte? Steckte hinter

ihrer Bitte unter Umständen weit mehr, als der unschuldige Wunsch, ihre Körperhaltung zu verbessern?

Zaghaft lief ich zu ihr hinüber und stellte mich hinter sie. »Der Schlägergriff ist genau richtig. Du stehst ein wenig zu steif und gerade, wenn du um die Kurven fährst. Versuch, deinen Winkel anzupassen.«

Vorsichtig legte ich die Hände um ihre schmalen Hüften und brachte sie in die richtige Position. Melody skatete los, während meine Hände auf ihrer Hüfte verweilten.

»Gut so«, flüsterte ich in ihr Ohr, als sie sich in die Kurve legte und an Vertrauen gewann. »Du machst das prima.«

Ich bemerkte, wie sie bei meinen Worten die Augen schloss und den Griff um den Schläger für einen Moment lockerte. Genug Zeit, um über den Schläger zu stolpern und ins Straucheln zu geraten. Instinktiv verstärkte ich meinen Griff und hob sie hoch, sodass wir unbeschadet über den Schläger glitten, der zwischen unseren Füßen klappernd zu Boden fiel.

Melody riss die Augen auf und keuchte erstickt. »Tut mir leid«, stammelte sie beschämt.

»Nichts passiert«, murmelte ich mit belegter Stimme und schmiegte mich an sie. »Ich rette dich jederzeit gerne.«

»Ich…sollte den Rest des Trainings lieber von der Bank aus verfolgen. Es war ein langer Tag und ich bin unaufmerksam«, erklärte sie atemlos und machte sich von mir los.

Bedauernd sah ich ihr hinterher, wie sie zu der Bank am Spielfeldrand skatete.

Erst Teds Stimme holte mich aus meinem Rauschzustand, in den mich Melodys betörender Duft und sinnlicher Körper versetzt hatten.

KAPITEL 13
MELODY

AM FREITAGABEND STANDEN Ted und ich bei heißem Kakao mit Marshmallows in der Küche und backten Plätzchen. Durch das Küchenfenster konnte ich auf den gefrorenen See blicken, den der Mondschein erhellte. Dampfende Nebelschwaden erhoben sich von der Eisfläche und stiegen in den schwarzen Nachthimmel. Die Äste der Bäume, die den See umrahmten, bogen sich von den weißen Schneemassen, die auf ihnen lagen.

Ausnahmsweise würde es heute Nacht keinen Neuschnee geben – zumindest, wenn man der Wettervorhersage traute.

Aus der Stereoanlage drang »It's beginning to look a lot like Christmas« von *Michael Bublé* und tatsächlich, das Jahr schritt unweigerlich voran. Nur noch wenige Wochen trennten uns von Weihnachten. Mit dem überstürzten Umzug, der neuen Arbeit, dem Schulwechsel von Ted und den Herausforderungen, die das Leben in so einem abgelegenen, verschneiten kanadischen Städtchen für seine Bewohner bereithielt, war Weihnachten so ziemlich das Letzte gewesen, an das ich gedacht hatte.

Als ich Ted dabei beobachtete, wie er fröhlich summend den Teig mit seinen Tierförmchen ausstach und die Gänse, Rentiere, Pferde und Esel auf das Backblech legte, wurde mir bewusst, dass ich das dringend ändern musste. Auch wenn mir persönlich nach so einem nervenaufreibenden Jahr Weihnachten gestohlen bleiben konnte, war ich es meinem Kind schuldig, ihm ein schönes und unvergessliches Weihnachtsfest zu bescheren.

»Was kaufen die Leute eher? Schneemänner oder Engel?« Ted zeigte auf die beiden Plätzchenformen und sah mich hilfesuchend an.

»Die Leute mögen sicher beides. Wieso machst du nicht eine Mischung?«

»Das ist eine gute Idee«, lobte mich Teddy und begann, ein weiteres Backblech zu füllen.

Der Bürgermeister von *Arctic Valley* veranstaltete jedes Jahr einen Weihnachtsmarkt, auf dem die Bewohner des Städtchens Selbstgemachtes für einen guten Zweck verkaufen konnten.

Mir gefiel diese Initiative sehr. Denn dass es in der Welt Menschen gab, denen es nicht so gut ging wie uns, war eine traurige Wahrheit, die ich Ted nicht vorenthalten wollte. Er sollte wissen, dass die Weihnachtszeit auch die Zeit der Besinnlichkeit genannt wurde. Dass es nicht bloß darum ging, zu nehmen, sondern auch zu geben. Empathie, Hilfsbereitschaft und Umsichtigkeit zählten zu den

Tugenden, auf die ich bei meiner Erziehung besonderen Wert legte.

Im heutigen Zeitalter gingen die Menschen so leichtfertig, aggressiv und rücksichtslos miteinander um, dass es mich in der Seele schmerzte. Es wurde schneller beschuldigt und verurteilt, als man sich eine Meinung bilden konnte. Die Menschen dachten automatisch das Schlechteste voneinander und suchten auf pedantische Weise nach Beweisen, die ihre Voreingenommenheit bestätigten. Das *Miteinander* war längst dem *Gegeneinander* zum Opfer gefallen, genauso wie das egoistische *Ich-Denken* den Gemeinschaftsgedanken in den Hintergrund gedrängt hatte.

Wir steuerten auf eine besorgniserregende Zukunft zu. Wenn ich mir vorstellte, dass mein Kind darin leben oder besser gesagt, überleben musste, wurde mir mulmig zu Mute.

Es war an der Zeit, das zu ändern. Und ja, möglicherweise konnte ich die Welt und die Gesellschaft nicht ändern. Aber ich konnte ihr einen guten, ehrlichen und aufgeschlossenen Menschen schenken, der ihre Einzigartigkeit, die hinter der hässlichen Fassade steckte, zu würdigen wusste und dieses Wissen an andere weitergab.

»Meinst du, Maya lässt mich von ihren Zimtwaffeln probieren?«, grübelte Ted und trank einen Schluck aus seiner Eisbärtasse.

»Bestimmt, mein Schatz. Wollen wir für Maya und Sam ein Tütchen mit Plätzchen vorbereiten? Das kannst du ihnen dann schenken.«

Ted nickte enthusiastisch. »Ich möchte auch ein Tütchen für Ice machen«, informierte er mich.

»Ich weiß nicht, ob Ice zu dem Weihnachtsmarkt kommt, Schatz. Er hat eventuell andere Pläne.«

»Er hat es mir versprochen, Mom. Er hat gesagt, dass er kommt und sich meinen Stand ansieht.«

Bei Teds unverhoffter Ankündigung machte mein Herz einen Salto und schlug daraufhin bedeutend schneller und lauter in meiner Brust weiter als ein paar Sekunden zuvor.

Der Eiswolf würde den Weihnachtsmarkt besuchen.

Mehr noch: Er würde uns dort besuchen.

Mit einem warmen, aufgeregten Kribbeln im Bauch half ich Ted dabei, das restliche Gebäck zu verarbeiten.

Als alle Plätzchen verziert und verpackt waren, kuschelten Ted und ich uns auf die Couch und schauten vor dem knisternden Kamin den Beginn des *Polarexpress*. Ted naschte von dem Keksteller, der auf dem Wohnzimmertisch stand und ich gönnte mir zum Abschluss der Arbeitswoche zu meinem köstlichen Glas Rotwein einen Schoko-Nikolaus aus Vollmilch.

Irgendwann schlief Ted ein. Als ich ihn in sein Zimmer trug und zudeckte, erwischte ich mich dabei, wie ich mir Gedanken über mein Outfit für den Weihnachtsmarkt machte.

Kopfschüttelnd verließ ich Teddys Zimmer.

Seit wann kümmerte mich mein Aussehen? Ich sorgte zwar stets dafür, dass ich gepflegt auftrat, aber das bezog sich auf eine ausgiebige Körperpflege und auf saubere Kleidung und nicht etwa auf den Stil der Kleider selbst…

Ted winkte Maya und Sam freudestrahlend von der Veranda zu, als Amy ihren Wagen am folgenden Tag in unsere Einfahrt lenkte. Kaum das der Wagen gehalten hatte, schnappte er sich die Geschenktüten mit den bunten Plätzchen und lief auf das Auto zu, um sie seinen Freunden feierlich zu überreichen.

Ich lauschte den drei Kids schmunzelnd, während ich den Kofferraum öffnete, um unser Weihnachtsgebäck, mit dem wir zusammen zum Weihnachtsmarkt fahren würden, in Amys Wagen zu verstauen. Maya, Sam und Ted teilten sich einen Verkaufsstand, an dem sie Plätzchen, Zimtwaffeln und Lebkuchen anboten. Amy und ich begleiteten sie und halfen ihnen beim Aufbau und beim Verkauf. Bryan würde später nachkommen und uns ablösen, damit Amy und ich uns wenigstens einen Glühwein und ein paar Stündchen dringend notwendige Freundinnenzeit gönnen konnten. In den letzten Wochen kam diese Freundinnenzeit nämlich bedauerlicherweise viel zu kurz. Während ich mit der Arbeit, Teds erstem Schuljahr und seinem Training beschäftigt war, musste sich

Amy um die Organisation der alljährlichen Benefizgala der *Arctic Bears* kümmern, die heute in einer Woche stattfinden würde.

Kaum hatten wir den Stand aufgebaut und die Preisschilder aufgestellt, da fanden sich auch schon die ersten Besucher ein, die großzügige Mengen von unserem Gebäck kauften und die Kinder für ihren Fleiß lobten.

Jeder Teilnehmer des Weihnachtsmarktes konnte selbst bestimmen, an welche Organisation er seinen Erlös spenden wollte. Maya, Sam und Ted hatten sich dazu entschlossen, ihren Erlös zwischen dem Waisenhaus von *Arctic Valley* und der Tierauffangstation, die vor allem im Winter alle Hände voll zu tun hatte, aufzuteilen.

Bis zum frühen Nachmittag herrschte auf dem Weihnachtsmarkt solch ein Trubel, dass ich weder dazu kam, mich mit Amy auszutauschen, noch mir Gedanken darüber zu machen, ob ich nun hoffte oder fürchtete, dass Maverick Wort hielt und auf dem Weihnachtsmarkt auftauchte.

Amy und ich waren gerade in ein Gespräch mit dem Bürgermeister vertieft, der von Stand zu Stand ging, um allen teilnehmenden Bürgern der Stadt persönlich zu danken, als Teds begeistertes Rufen die Ankunft des Eiswolfs ankündigte.

Ich ließ mir bewusst Zeit, mich in seine Richtung zu drehen, in der Hoffnung, die plötzlich aufkommende Nervosität abschütteln zu können.

Natürlich half es nichts.

Mein Körper kribbelte von meiner Nasenspitze bis hin

zu meinen Zehen, was definitiv nicht an der klirrenden Kälte lag.

Ich mochte den Eiswolf. In dieser Hinsicht konnte ich mich nicht selbst belügen.

Bereits bei unserer ersten Begegnung hatte mich sein imposantes Erscheinungsbild beeindruckt und in den letzten Wochen hatte sich diese anfangs rein körperliche Bewunderung in aufrichtige Zuneigung verwandelt.

Hinter dem starken, verschlossenen und überaus attraktiven Hünen mit den kohlschwarzen Locken, den geheimnisvollen Tattoos und den eisblauen Wolfsaugen, verbarg sich ein warmherziger Mensch mit einem großen Herz. Zwar wusste er diese sanfte Seite außerordentlich gut zu verstecken, aber in Teds Gegenwart kam sie stets zum Vorschein.

Ich verbrachte gern Zeit mit Maverick und ertappte mich immer häufiger dabei, wie meine Gedanken in seiner Gegenwart in eine höchst unanständige Richtung drifteten.

Obwohl ich davon ausging, dass sich ein so begehrter, reicher und erfolgreicher Superstar wie er nicht für eine alleinerziehende Durchschnittsfrau wie mich interessierte und obwohl ich *wusste*, dass meine eigenen Regeln es mir verboten, mich mit einem Patienten einzulassen, geisterte der Eiswolf immer öfter durch meine heimlichen Fantasien.

Je mehr Zeit ich mit ihm verbrachte, desto öfter zweifelte ich an meiner langjährigen Einstellung, ein Leben in Abstinenz und ohne Männer zu führen.

Das lag zum einen daran, dass ich mich danach

sehnte, von ihm berührt zu werden. Seit wir bei unserer Trainingsstunde zu Beginn der Woche auf Tuchfühlung gegangen waren, suchten mich sexuelle Träume heim, in denen der Eiswolf zusammen mit mir die Hauptrolle spielte. Jedes Mal, wenn ich im Schlaf aufschreckte, war ich schweißgebadet, zutiefst erregt und höllisch frustriert, so kurz vor dem erlösenden Orgasmus aufgewacht zu sein. Dann stieg ich unter die Dusche und schämte mich bodenlos für meine unangebrachten Fantasien.

Zum anderen war mir nicht entgangen, wie sehr Ted in Mavs Gegenwart aufblühte und ich fragte mich bisweilen, ob ich Ted schadete, wenn ich ihm eine liebende und fürsorgliche Vaterfigur in seinem Leben vorenthielt.

»Die habe ich für dich gemacht, Ice.« Ted hielt Maverick stolz die Tüte mit dem Gebäck entgegen, die dieser ihm dankbar lächelnd abnahm.

»Danke, Ted. Die sind sicher lecker.«

Mav ließ sich von den Kindern an den Stand zerren und ertrug das muntere Geplapper der drei Kids geduldig und mit Fassung.

Schließlich war es Amy, die ihn aus den Fängen der aufgekratzten Meute rettete und ihn zur Seite zog.

»Schön, dass du da bist«, begrüßte sie ihn. »Leider muss ich gleich los. Es gibt Probleme mit der Location der Benefizgala.«

»Oh das ist aber schade«, sagte ich bedauernd und trat zu den beiden. »Unser Glühwein Date können wir in dem Fall wohl vergessen.«

Amy verzog bedauernd das Gesicht. Doch dann wanderte ihr Blick zu Mav und ein listiges Lächeln stahl sich auf ihre Lippen. »Wieso trinkst du den Glühwein nicht mit Ice? Ich weiß, dass ich deine erste Wahl bin, aber Ice qualifiziert sich als eine gute zweite Wahl.«

»Zu gütig«, neckte sie Mav und schob sich die Hände in die Jackentaschen.

»Wenn du gehst, sollte ich besser bei den Kindern bleiben. Ich kann sie nicht unbeaufsichtigt lassen«, versuchte ich mich galant aus der Affäre zu ziehen.

»Bryan ist ja auch noch da. Lass ihn das ruhig machen. Du hast dir lange genug den Hintern hier draußen abgefroren. Es war doch sowieso abgemacht, dass Ted bei uns zu Abend isst und wir uns einen Mädelsabend auf der Couch machen. Aus unserem Mädelsabend wird heute leider nichts, aber darunter soll der arme Teddy nicht leiden. Lass ihn bei Bryan und den Kids. Wir bringen ihn dir nach dem Abendessen vorbei.«

»Aber ich…«

»Nichts aber, Mel. Gönn dir mal ein paar Stunden kinderlose Freizeit. Das ist eine seltene und ausgesprochen wertvolle Chance, die es zu ergreifen gilt. Vorgezogene Weihnachten sozusagen. Außerdem bringt Ice dich bestimmt gern nach Hause, wenn du genug vom Weihnachtsmarkt hast. Stimmt's Ice?«

»Ich? …Klar, kein Problem«, antwortete Mav sichtlich überrumpelt und schielte unauffällig zu mir.

»Na prima. Wusste ich's doch. Dann hätten wir das ja geklärt«, lächelte Amy siegessicher.

KAPITEL 14
MAVERICK

WIR BLIEBEN NOCH eine Weile bei dem Stand der Kinder, bis Melody sich davon überzeugt hatte, dass es auch wirklich für alle Beteiligten in Ordnung war, wenn sie sich für die folgenden Stunden ausklinkte.

Schweigend schlenderten wir im Dämmerlicht nebeneinander über den Weihnachtsmarkt mit seinen vielen kleinen Holzhütten und begutachteten das weitreichende Sortiment der anderen Verkäufer.

Melody erstand einen leuchtend roten Wollschal, der perfekt zu ihren blonden Haaren passte. Ich kaufte uns gebrannte Mandeln und half Melody dabei, sich für eine der handbemalten Weihnachtsbaumkugeln mit Winterlandschaft zu entscheiden.

Zufrieden mit unserer Ausbeute stellten wir uns eine Stunde später zu der Live Musik von »Driving Home for Christmas« am Glühweinstand an.

»Darf ich dich mal was fragen?«

Ich wandte mich Melody zu und bedeutete ihr, weiterzusprechen.

»Wie kommt es, dass du einer der besten Eishockey-spieler dieser Welt bist und nicht von den Leuten an einem öffentlichen Ort wie diesem überrannt wirst?«

Ich dachte über ihre Frage nach und ließ den Blick über die Köpfe der Menschen schweifen, die sich auf dem Weihnachtsmarkt tummelten.

Tatsächlich hatten mich seit meiner Ankunft nur wenige Besucher um ein Foto oder ein Autogramm gebeten und wenn dann, immer sehr höflich. Mir war nicht entgangen, dass sich Melody in diesen Situationen stets dezent zurückzog und sich im Hintergrund hielt. Womöglich war sie einfach nur kamerascheu. Das konnte ich ihr nicht verübeln. Auch ich mochte die Aufmerksamkeit nicht, die der Ruhm mit sich brachte.

»Das ist einer der Vorteile von *Arctic Valley*. In Chicago oder New York könnte ich mich nicht ohne Security auf solchen Veranstaltungen bewegen. Aber in *Arctic Valley* laufen die Uhren langsamer. Die Menschen sind friedsamer. Freundlicher. Zurückhaltender.«

»Das ist mir ebenfalls schon aufgefallen«, sagte Melody abwesend und nagte an ihrer Unterlippe. »Es gefällt mir.«

»Mir auch«, stimmte ich ihr zu und bestellte zwei Tassen des würzigen Glühweins.

»Hör mal, Mav, ich will dich von nichts abhalten. Falls du Pläne hast oder nicht mehr länger hierbleiben möch-test, verstehe ich das und nehme mir ein Taxi nach Hause.«

Ich schüttelte den Kopf und trank einen wärmenden Schluck aus meiner Tasse. »Wenn du kein Taxi vorbestellt hast, wirst du keins mehr bekommen. So verrückt das klingen mag, der Weihnachtsmarkt von *Arctic Valley* zählt zu den angesagtesten Events dieser Stadt. Die Leute freuen sich schon ein Jahr im Voraus darauf.«

Melody lachte laut auf und strich sich eine Haarsträhne aus dem Gesicht. »Wo bin ich hier bloß gelandet...«

»Genau dort, wo du sein solltest«, versicherte ich ihr, bevor ich über meine Worte nachdenken konnte.

Sie hielt in der Bewegung inne und schaute mich über den Rand ihrer Tasse hinweg an. »Das ist nett von dir. Danke, Ice. Und danke, dass du deine Freizeit für Ted opferst.«

»Nicht der Rede wert. Ich mag Ted sehr. Und seine Mom ebenfalls.« Wieder kamen mir die Worte so schnell über die Lippen, dass ich mich am liebsten dafür geohrfeigt hätte.

»Wir mögen dich auch.« Melody zwinkerte mir zu und errötete leicht.

Ich wusste nicht, ob der geringe Alkoholanteil des Glühweins meinen Körper mit einer wohligen Wärme flutete, oder ob Melodys Worte der Auslöser dafür waren. Welchem Grund auch immer ich meinen momentanen Zustand vollkommener Euphorie verdankte, ich genoss jede Sekunde davon.

»Möchtest du noch einen Glühwein? Oder lieber einen Punsch?«

Zu meinem Bedauern lehnte sie dankend ab. »Noch

einen Glühwein und ich fange an zu tanzen und die Weihnachtslieder der Band laut mitzusingen.«

»Das würde den Leuten bestimmt gut gefallen. Ich könnte meine Mütze umhergehen lassen und Geld für den guten Zweck sammeln«, scherzte ich.

»Lieber nicht. Ich versuche unter dem Radar zu fliegen. Das wird mir nicht gelingen, wenn peinliche Videos von mir im Netz auftauchen«, lächelte sie.

»Sagst du mir, wieso du versuchst unter dem Radar zu fliegen?«

Ihr Lächeln schwand, sowie ich diese Frage aussprach. Stattdessen bildete sich eine steile Sorgenfalte auf ihrer Stirn. »Ich glaube, ich sollte jetzt besser gehen, damit ich zuhause noch aufräumen kann, bevor Ted kommt und mir keine Möglichkeit mehr dazu bleibt.«

Ihr plötzlicher Stimmungsumschwung irritierte mich, doch ich ließ mir nichts anmerken. »In Ordnung. Lass uns gehen. Mein Pickup steht dort drüben.«

Ich legte Melody die Hand ins Kreuz und bemerkte, dass sie sich ständig nach allen Seiten umdrehte, während wir den Weihnachtsmarkt zusammen verließen.

»Stimmt etwas nicht?«, flüsterte ich leise und berührte sachte ihren Arm.

»Ich will nicht riskieren, dass wir zusammen fotografiert werden.«

Bei ihren harten Worten spürte ich einen schmerzvollen Stich in meiner Brust.

»Und wieso nicht?«

Sie hob den Blick und in ihrem Gesicht stand blanke

Angst. »Du bist berühmt, Mav. Die Menschen machen Fotos und die stellen sie dann online…«

»Und das ist so schlimm, weil…?«

»Weil ich nicht gesehen werden will.«

»Du redest in Rätseln, Melody. Wer sollte diese Bilder deiner Meinung nach nicht sehen?«

»Mein Ex-Mann«, stieß sie geräuschvoll hervor und drehte dem Weihnachtsmarkt den Rücken zu.

»Okay. Und warum darf er die Bilder nicht sehen?«, wagte ich einen weiteren Vorstoß.

»Können wir das an einem anderen Ort besprechen?«, bat sie und sah mich hoffnungsvoll an.

In ihren grauen Augen tobte ein Sturm an Emotionen, der meinen Beschützerinstinkt augenblicklich in Alarmbereitschaft versetzte.

»Natürlich. Der Wagen steht gleich dort drüben. Es ist nicht mehr weit.«

»Danke«, seufzte sie und folgte mir.

»Würdest du lieber allein sein?«, fragte ich die schweigsame Melody, als wir die Einfahrt zu ihrem Haus passierten.

»Nein. Wirklich nicht. Bitte lass mich dich auf eine Tasse Tee einladen. Ich schulde dir eine Erklärung. Das heißt…wenn du daran überhaupt interessiert bist.«

Ich beobachtete aufmerksam Melodys Gesicht und

nahm ihre kalte Hand in die meine, um sie zu wärmen.

»Tee klingt gut. Lass uns reingehen.«

Melody schloss die Haustür auf und ich folgte ihr in das heimelige Hausinnere. Ein süßlich-würziger Duft nach Tanne, Orange und Zimt umhüllte mich, sowie ich über die Schwelle trat.

Neugierig schaute ich mich in Melodys Heim um und trat an den Kühlschrank, an dem ein Bild pinnte, das Ted anscheinend gemalt hatte.

»Das sind Ted, du und ich beim Eishockey«, klärte mich Melody auf.

»Ich schaffe es auf Teds Bilder?«, fragte ich verblüfft.

»Du bist sein Vorbild. Schon in Miami hat er andauernd von dir gesprochen. Hätte ich mich intensiver mit seiner Eishockey Leidenschaft beschäftigt, wäre mir auch von Anfang an bewusst gewesen, wer du bist, als du vor mir standst.«

Ich nahm das Bild vom Kühlschrank und setzte mich an den Küchentisch, während Melody das Teewasser aufsetzte und unsere Jacken aufhing.

Erst jetzt fiel mir auf, dass sie ausnahmsweise keine Hose, sondern ein knielanges Wollkleid über einer Strumpfhose trug, das ihre üppigen Kurven auf verboten heiße Weise betonte.

»Gehen wir ins Wohnzimmer? Da ist es bequemer.«

Ich folgte Melody in den gemütlichen Raum mit den hellen Holzdielen und half ihr, den Kamin anzuzünden. Dann setzte ich mich zu ihr auf das Sofa und nahm die Tasse entgegen, die sie mir reichte.

»Du musst mir nichts erzählen, wenn du nicht willst, Melody.«

Ihre Brust hob und senkte sich unnatürlich schnell und ihre Hände zitterten leicht, als sie die Tasse an ihren Mund hob.

»Ich möchte dir erklären, warum ich manchmal so ängstlich bin.«

Melody holte tief Luft und stellte klappernd ihre Tasse auf dem Wohnzimmertisch ab. »Wie du weißt, war ich verheiratet. Josh, mein damaliger Mann war Polizist im Drogendezernat. Ein schwieriger Beruf, vor allem in Miami, aber wir machten das Beste daraus. Wir führten eine harmonische Ehe, ich hatte einen tollen Job, nette Freunde, wohnte in einer Stadt, in der immer was los ist. Eigentlich perfekt. Irgendwann entschieden wir uns dazu, eine Familie zu gründen und ich wurde kurz darauf mit Ted schwanger. Ich befand mich im siebten Monat als die Polizei nachts unser Haus stürmte und Josh festnahm. Wie sich herausstellte, hatte er sich kaufen lassen und sich mit illegalen Nebentätigkeiten ein hübsches Sümmchen dazu verdient.«

Sie schloss die Augen und schluckte ihre Tränen hinunter. Als sie sie wieder öffnete, zerriss mich fast der Ausdruck von Trauer und Verzweiflung, der darin lag.

»Ich habe unseren Sohn allein zur Welt gebracht, während Josh in Untersuchungshaft saß und auf seine Verhandlung wartete. Das, was man ihm vorwarf hatte nichts mit dem Mann gemeinsam, den ich einst geheiratet hatte und ich weigerte mich, zu glauben, was man ihm vorwarf. Doch es gab Beweise. Erdrückende, eindeutige

Beweise, die keine Zweifel an seiner Schuld ließen. Nach seiner Verurteilung beantragte ich die Scheidung, verkaufte das Haus, von dem ich nicht wusste, ob es mit blutigem Geld finanziert worden war, und fing in South Beach mit Ted nochmal von vorn an. Es dauerte Jahre, bis ich wieder in ein einigermaßen normales, glückliches Leben zurückfand. Ohne die Unterstützung meiner Familie und meiner Freunde hätte ich es wohl nicht geschafft.«

Melody zitterte unkontrolliert am ganzen Körper und hatte die Arme um ihre angewinkelten Beine geschlungen. Ich zog sie auf meinen Schoß und strich ihr beruhigend über den bebenden Rücken. Erschöpft lehnte sie ihren Kopf an meine Brust.

»Du bist eine sehr tapfere und mutige Frau, Melody. Ich will, dass du das weißt und es nie in Frage stellst«, flüsterte ich und legte mein Kinn auf ihren Kopf.

»Wäre ich mutig gewesen, hätte ich Miami direkt nach der Scheidung verlassen. Aber ich bin geblieben und habe geglaubt, dass ich mein Leben dort unbescholten weiterleben kann. Ein fataler Fehler, wie sich herausgestellt hat«, widersprach sie mir.

»Was ist passiert? Wurde er entlassen?«

»Er hat einen Deal gemacht. Irgendwelche Verbrecher ans Messer geliefert, mit denen er zusammengearbeitet hat. Deshalb kam er nach fünf Jahren raus. Das war vor einem halben Jahr.«

»Und er hat euch ausfindig gemacht, nehme ich an?«

Ein Schluchzen entrang sich Melodys Kehle und sie drückte sich enger an mich. »Er hat mir aufgelauert. Mich verfolgt. Mir gedroht. Er wollte die Scheidung nicht akzeptieren und auch nicht, dass ich das alleinige Sorgerecht für Ted erwirkt hatte. Er bestand darauf, Ted kennenzulernen.«

»Was hat dazu geführt, dass du Miami verlassen hast?«

»Die Leute, die Josh verraten hat, um früher aus dem Gefängnis zu kommen, waren darüber nicht gerade erfreut. Sie haben einen Schlägertrupp zu mir nach Hause geschickt, der mich übel zugerichtet hat. Zum Glück hat meine Nachbarin die Eindringlinge bemerkt und sofort die Polizei verständigt, die Schlimmeres verhindert hat. Sonst wäre ich vielleicht nicht mehr am Leben…«

Ich erstarrte bei der Vorstellung, dass jemand versucht hatte, Melody zu töten. Ein kalter Schauer lief mir über den Rücken und ich schlang meine Arme wie einen schützenden Kokon um sie.

»Noch während ich meine Aussage zu Protokoll gab, rief mich die Leiterin von Teds Schule an und berichtete mir, dass jemand auf dem Schulhof aufgetaucht sei und versucht habe, Ted von dort weg zu lotsen und in ein Auto zu zerren.«

Fassungslos blickte ich auf Melody hinab. »Glaubst du das war Josh?« Meine Stimme klang seltsam blechern und ich hatte Mühe, die rohe Wut, die in mir tobte, im Zaum zu halten.

»Entweder Josh oder die Drecksbande, die auch mir einen Besuch abgestattet hat.«

»Also hast du deine Koffer gepackt und deine Zelte in Miami abgebrochen?«

»Ja. Es war die einzige Möglichkeit, Ted in Sicherheit zu wissen. Ich hätte ihn nicht ständig überwachen können und ich wollte nicht, dass er in Angst aufwächst. Da Josh ein verurteilter Straftäter ist, kann er nicht so leicht aus den USA ausreisen und nur schwer in Kanada einreisen. Deshalb habe ich mich dazu entschieden, in Kanada neu anzufangen.«

»Wer weiß, dass du in Yukon bist?«

»Außer Amy bloß meine Eltern und ein Ermittler des Miami Police Department, dem ich vertraue. Ich habe all meine Freunde ohne eine Nachricht zurücklassen müssen und hoffe, dass ich mich irgendwann wieder bei ihnen melden kann und sie mir mein Verhalten verzeihen.«

KAPITEL 15
MELODY

»JETZT WIRD mir so einiges klar. Dass du so schreckhaft bist und Ted nicht unbeaufsichtigt lassen willst, ist den Ereignissen in Miami geschuldet.«

Ich blinzelte stumm und starrte auf meine zitternden Hände. »Ich versuche darüber hinwegzukommen und loszulassen, aber es ist alles noch so frisch. Der Vorfall liegt erst wenige Monate zurück. Ich hatte noch nicht die Zeit, es zu verarbeiten, geschweige denn durchzuatmen und zur Ruhe zu kommen.«

»Das ist kein Wunder«, brummte Maverick.

Seine starke, breite Brust, die sich unter seinem Atem an meiner Wange gleichmäßig hob und senkte, beruhigte mich und seine Finger, die bedächtig über meinen Rücken strichen, sorgten dafür, dass ich mich nicht länger verkrampfte.

»Ich kann verstehen, wenn du mit uns nichts mehr zu

tun haben willst«, murmelte ich und sog den herben Geruch seines Aftershaves ein.

Mavs Finger hielten inne und ich wandte den Kopf, um ihn anzusehen.

»Wieso sollte ich mit euch nichts mehr zu tun haben wollen?«

Ich setzte mich auf und rückte von ihm ab. Die Kälte, die in meine Glieder kroch, ließ mich frösteln.

»Es ist unverkennbar, dass du trotz deines Promistatus ein ruhiges und unbehelligtes Leben führen willst. Da passen eine paranoide, alleinerziehende Mutter mit einem massiven Vertrauensproblem, die mit ihrem Kind auf der Flucht vor ihrem Ex-Mann und seinen dubiosen Ex-Geschäftspartnern ist, nicht gerade ins Bild.«

»Das ist nicht das, was ich empfinde, wenn ich dich ansehe, Melody«, entgegnete der Eiswolf unbeeindruckt und streckte die Hand nach meinem Gesicht aus.

Seine Fingerspitzen strichen sanft über meine Wange und wanderten zu meinen Lippen, deren Konturen sie zärtlich nachfuhren.

»Willst du wissen, was ich sehe?«, flüsterte er heiser.

Ich nickte stumm, weil ich die prickelnde Berührung seiner Finger auf meinem Mund zu sehr genoss, um sie durch eine Bewegung meiner Lippen zu unterbrechen.

»Ich sehe eine unabhängige, selbstbewusste und empathische Physiotherapeutin, die von dem gesamten Team für ihre Freundlichkeit, Geduld und Warmherzigkeit bewundert wird. Ich sehe eine liebende, aufopferungsvolle und einfühlsame Mutter, die von ihrem Kind abgöttisch geliebt wird. Und ich sehe eine attraktive, sinnliche und zutiefst verführerische Frau, die sich ihrer unbändigen Anziehungskraft auf die Männerwelt nicht einmal bewusst ist, was sie umso sympathischer, aber auch umso begehrenswerter macht.«

»Du findest mich begehrenswert?« Ich hielt die Luft an und wartete gebannt auf Mavs Antwort.

Zwar hatte Amy von Anfang an stets betont, dass Maverick auf mich stand, doch ich hatte es nicht glauben können. Hin und wieder fragte ich mich, ob seine beiläufigen Berührungen beim Training zufällig oder gewollt waren. Ob die Gänsehaut, die meine Hände während der Behandlungen auf seinem Körper hinterließen und die genussvollen Seufzer, die er ausstieß, eine tiefere Bedeutung hatten. Und ob die Hilfsbereitschaft, die er mir und Ted entgegenbrachte, reine Sympathie und Freundschaft überstieg.

Doch jedes Mal, wenn ich mir vor Augen führte, dass es sich bei Maverick Wolf um einen der besten und gefeiertesten Spieler der *NAIHL* handelte, verwarf ich die leise Stimme der Hoffnung, die in mir aufkeimte.

Dass sich ein so reicher, gutaussehender und erfolgreicher Profispieler wie er, für eine alleinerziehende, verängstigte und geschiedene Frau wie mich interessierte, war absurd und lächerlich.

Mav legte mir die Hand in den Nacken und zog mich langsam zu sich heran. Seine blauen Eisaugen glühten vor Verlangen.

Eis traf auf Feuer und brannte so heiß in seinen Augen, dass es mich nahezu blendete. Meine Lippen öffneten sich wie von selbst und jede Faser in meinem Körper, spannte sich bis zum Zerreißen an. Nur noch wenige Zentimeter trennten unsere hungrigen Münder voneinander.

Ein Klopfen an der Tür ließ uns ruckartig auseinanderfahren und löschte die Flammen des berauschenden Feuers, das zwischen uns entfacht war.

»Melody? Hier ist Bryan. Ted hat Bauchschmerzen und wollte gern nach Hause zu dir.«

Ich sprang vom Sofa und warf Maverick einen entschuldigenden Blick zu. Besorgt öffnete ich die Tür und entdeckte Ted auf Bryans Arm, der mich mit müden Augen ansah.

»Entschuldige bitte, ich hätte ihn schon früher zu dir gebracht, aber Amy ist gerade erst nach Hause gekommen und ich konnte die Kids nicht allein zu Hause lassen.«

»Mir tut es leid«, beeilte ich mich zu sagen und nahm Teddy behutsam von Bryans Arm. »Ich war wohl zu nachsichtig, was die Naschereien betrifft. Da kam gestern und heute einiges an Süßigkeiten zusammen.«

»Kann ich dir irgendwie helfen, Mel?«, erkundigte sich Bryan bedauernd.

»Ich danke dir für das Angebot. Aber das bekomme ich allein hin.«

»Okay, also dann…du meldest dich, falls du etwas brauchst.«

»Mache ich. Gute Nacht, Bryan. Und bitte grüß Amy von mir.«

»Nacht, Mel. Das tue ich.«

Ich schloss die Tür mit der Hüfte und wandte mich zähneknirschend Mav zu, der hinter mich getreten war. »Ich muss mich jetzt erst mal um Ted kümmern. Wir sehen uns nächste Woche zur Behandlung?«

»Wenn es okay ist, würde ich gerne auf dich warten«, erwiderte er und beugte sich zu Ted hinab, dessen Kopf erschöpft auf meiner Schulter lag. »Hey Kumpel.«

»Hi Ice.« Ted rang sich ein tapferes Lächeln ab.

»Kann ich dir behilflich sein?«, bot Maverick an. »Einen Tee für Ted kochen? Eine Wärmflasche machen?«

»Bist du dir sicher? Du musst das nicht tun…«

»Ich möchte es aber. Also, wie kann ich helfen?«

Ich lächelte dankbar und deutete auf den Wasserkocher in der Küche. »Eine Wärmflasche wäre toll. Ich bringe ihn hoch in sein Zimmer. Die Treppe hoch, die zweite Tür rechts.«

»Okay. Ich komme gleich nach.«

Perplex schaute ich Mav hinterher, wie er in der Küche verschwand und sich routiniert an die Arbeit machte.

Eine dreiviertel Stunde später hatte ich Ted verarztet und ins Land der Träume geschickt. Maverick hatte still in der Ecke des Kinderzimmers gestanden und kein Wort gesagt. Nachdem ich mich erneut für seine Unterstützung bedankt hatte, verabschiedeten wir uns voneinander.

Ich traute mich nicht, die Unterhaltung noch einmal aufzugreifen, die wir vor Teds Eintreffen geführt hatten und auch Mav ließ sich bei unserem Abschied nicht anmerken, dass wir uns vor einer Stunde beinahe geküsst hätten. Als ich die Tür hinter ihm schloss, fühlte ich mich seltsam leer und enttäuscht, doch ich war zu ausgelaugt, um mich näher mit meiner chaotischen Gefühlswelt auseinanderzusetzen.

Überwältigt von der Müdigkeit, die ich den Strapazen der vergangenen Woche und den aufwühlenden Ereignissen der vorangegangenen Stunden verdankte, zog ich mir mit letzter Kraft mein dunkelblaues Nachthemd und meinen kuscheligen Bademantel an.

Ich öffnete gerade den Schrank mit meiner Unterwäsche, als ich ein Klopfen an der Haustür vernahm. Mein Herzschlag beschleunigte sich und ich horchte angestrengt auf die Geräusche vor meiner Tür.

»Melody? Bist du noch wach?« Mavs gedämpfte Stimme ließ mich erleichtert ausatmen.

Ich eilte nach unten und entriegelte die Tür. Vor mir stand der Eiswolf in all seiner Pracht: Groß, muskulös und gefährlich. Seine kohlschwarzen Locken hingen ihm tief in die Stirn, konnten jedoch seine funkelnden, eisblauen Augen nicht verbergen, die mich förmlich bei lebendigem Leibe verschlangen.

»Ist alles in Ordnung?«, fragte ich erstaunt und hielt mich an der Tür fest, weil meine Knie unter seinem sehnsuchtsvollen Blick nachzugeben drohten.

Statt einer Antwort, zog mich Maverick mit einem Ruck an sich und presste seine Lippen stürmisch auf meinen Mund. Er trat ins Haus, kickte die Tür hinter sich zu, packte mich bei meinen Hüften, hob mich hoch und trug mich scheinbar mühelos ins Wohnzimmer, ohne seinen fordernden Kuss auch nur für eine Sekunde zu unterbrechen.

Mein Kopf verstand nicht, was hier gerade geschah. Zu schnell, zu intensiv, zu überwältigend waren die Emotionen, die meinen Körper wie eine riesige Flutwelle überspülten und ihn mit sich rissen.

»Du zitterst ja am ganzen Körper«, stellte Mav fest und unterbrach schwer atmend unsere leidenschaftliche Verbindung.

Seine Finger verharrten an dem Stoffgürtel meines Bademantels. Verblüfft schaute ich an mir hinab und verspürte erst jetzt die Kälte, die sich unbemerkt in meine Glieder geschlichen hatte.

»Draußen sind es mindestens zwanzig Grad unter null und du hast eine ganze Weile dort ausgeharrt, wie es scheint…«, setzte ich zu einer Erklärung an.

»Wenn das so ist, sollte ich die kalten Klamotten wohl besser ausziehen…« Mavs raue Stimme jagte mir einen lustvollen Schauer über den Rücken.

»Ja, das solltest du«, antwortete ich mutig und öffnete den Reißverschluss seiner dicken Winterjacke.

Binnen Sekunden fielen seine Jacke und sein Pullover zu Boden. Ich öffnete ungeduldig die Knöpfe seiner Jeans, während Mav sich seiner Schuhe entledigte. Mit fahrigen Bewegungen öffnete er den Knoten meines Bademantels und ließ ihn von meinen Schultern gleiten. Ich griff nach dem Saum seiner ausgebeulten Boxershorts und zog sie ehrfürchtig hinab. Mavs erigierter Penis ragte mir freudig entgegen. Auf seiner Spitze hatten sich drei glänzende Lusttropfen gesammelt, die ich andächtig mit meinen Fingern auf seiner prallen Eichel verteilte. Mavericks unterdrücktes Stöhnen ließ mich mutiger werden und so umschloss ich seinen prallen Ständer mit meiner Hand und fuhr langsam daran auf und ab. Seine stählernen Bauchmuskeln zuckten unkontrolliert und sein abgehackter Atem vermischte sich mit dem Knacken der Holzscheite im Kamin. Er krallte seine Finger in mein Haar und fuhr mit der anderen Hand unter mein Nachthemd. Besitzergreifend fuhr seine Hand an der Rückseite meines linken Oberschenkels hinauf. Mit einem erregten Knurren umfasste Mav meinen Po und knetete ihn lüstern.

»Du trägst kein Höschen«, stellte er fest und zog mich dichter an sich.

»Das würde ich, wenn du nicht genau in dem Moment an der Tür geklopft hättest.«

»Perfektes Timing«, raunte Mav und zog mich mit sich auf die Couch, sodass ich breitbeinig auf seinem Schoß landete.

Aufreizend glitt ich an seiner pulsierenden Erektion entlang, die zwischen meinen Schamlippen lag und befeuchtete sie mit meinem warmen Saft.

»Küss mich«, forderte Maverick und vergrub auch seine zweite Hand in meinen Haaren.

Er stöhnte genussvoll unter unserem Zungenspiel und stieß mit seinen Hüften in einem trägen Rhythmus gegen meine feuchte Klitoris.

Meine Fingerspitzen fuhren an seinem muskulösen Bizeps entlang, hinauf zu seinen breiten Schultern, bis hin zu seinen wie immer verspannten Nackenmuskeln. Ich liebkoste seinen Nacken mit meinen Händen, während ich mich vollkommen seinem gebieterischen Kuss hingab.

»Wenn du nicht sofort damit aufhörst, komme ich«, keuchte Mav an meinen Lippen und legte abgekämpft seine Stirn gegen die meine.

»Aufhören womit?«, murmelte ich und knabberte an seinem Kinn.

»Mich mit deinen magischen Händen zu massieren. Deine Finger haben eine direkte Verbindung zu meinem Schwanz, falls du es während der zahlreichen Behandlungen noch nicht bemerkt haben solltest.«

»Bist du deshalb immer so verkrampft?« Mir entwich ein ungläubiges Schnauben. Gleichzeitig erfüllte mich das Wissen, dass er aus Angst meine Berührungen zu sehr zu genießen, gegen mich ankämpfte und nicht etwa, weil ihm meine Behandlung missfiel, mit Erleichterung.

»Ich will ungern wie ein totaler Loser auf der Massageliege abspritzen«, brummte Mav verärgert und ließ seine Hände über meinen Rücken gleiten.

Ich kicherte ausgelassen und erntete dafür ein wölfisches Grinsen.

»Was ist daran so lustig? Lachst du mich etwa aus?« Mavericks Hände wanderten zu meinen Oberschenkeln und schoben den Stoff meines Nachthemdes zur Seite. »Du hast viel zu viel an. Lass mich dir helfen«, sagte er unschuldig und zog mir das Nachthemd über den Kopf, bevor er es achtlos neben uns auf den Boden fallen ließ.

»Fuck«, entfuhr es ihm, als er bemerkte, dass ich nicht nur kein Höschen, sondern auch keinen BH trug.

Ohne Vorwarnung senkte er seinen Mund auf meine rechte Brustspitze. Ich unterdrückte meinen Aufschrei, indem ich mir die Hand vor den Mund schlug und rang verzweifelt nach Luft, als er mit seiner talentierten Zunge meine aufgerichtete Knospe umrundete. Während seine rechte Hand meinen Po umfasste, umschloss seine andere Hand meine linke Brust und knetete sie genießerisch.

»Ich will dich, Melody. Ich will dich so sehr.« Er ließ einen Moment von mir ab und sah mich durch halb gesenkte Augenlider an. Sein eisblauer Blick war vor Lust verschleiert und sein hungriger Schwanz pochte ungeduldig an meiner feuchten Pforte.

»Ich will dich auch«, flüsterte ich tonlos und ließ mein Becken auf ihm kreisen, um den süßen Druck zwischen meinen Schenkeln zu verstärken.

»Nimmst du die Pille?«, erkundigte sich Mav schwer atmend.

»Nein. Wir müssen ein Kondom benutzen«, wisperte ich an seinen Lippen und ließ meine Zunge sanft darüber gleiten.

»Hast du eins? Oder besser eine ganze Packung?«

»Nein. Aber du bestimmt«, lächelte ich und vergrub mein Gesicht in seiner Halsbeuge.

»Nein«, zischte Mav frustriert.

»Nein? Was, nein?« Ich lehnte mich zurück und fuhr mit dem Zeigefinger die Inschrift des Tattoos unter seiner linken Brust nach.

»Ich habe keine Kondome«, präsizierte Maverick und bedeckte das Gesicht mit seinen Händen. »Shit.«

Ich seufzte resigniert. »Es tut mir leid, Ice. Seit meiner Trennung von Josh ist mein Sexleben quasi non-existent. Deshalb gab es keinen Grund, die Pille zu nehmen.«

»Du musst dich nicht entschuldigen. Schließlich bin *ich* unvorbereitet bei *dir* reinmarschiert und nicht umgekehrt.«

Dem Eiswolf schien die Situation sichtlich unangenehm zu sein. Seine Hände verdeckten sein schönes Gesicht, was mir die Möglichkeit gab, den nackten, überaus attraktiven Mann auf meiner Couch ausgiebig zu bewundern. Seine schmalen Hüften, der fast schon übernatürlich muskulöse Oberkörper, das Tattoo mit dem geschwungenen Schriftzug »*Trust*«, *Vertrauen*, unter seiner linken Brust, die Ranken Tattoos auf seinem rechten Oberarm, der feine Flaum schwarzer Härchen, der von seinem Bauchnabel bis hin zu seinen Lenden verlief.

Die Gestalt dieses verboten heißen Alphatiers ließ mir das Wasser im Mund zusammenlaufen. Ich hob mein Becken an, rutschte ein wenig nach hinten und umfasste mit meiner rechten Hand seine stahlharte Erektion. Ich genoss es, meine Hand daran auf und ab fahren zu lassen und den Druck dabei stetig zu variieren.

»Was tust du?« Mavs angestrengte Stimme klang gepresst.

»Du willst vielleicht nicht auf meiner Massageliege kommen, aber auf meiner Couch darfst du das gerne tun«, flüsterte ich, überrascht von meinem mutigen

Vorstoß und biss mir beim Anblick der Lusttropfen, die aus der samtigen Eichel drangen, voller Vorfreude auf die Unterlippe.

Maverick löste die Hände von seinem Gesicht und folgte meinem Blick. Seine Augen verdunkelten sich bei dem, was er sah.

»Ich werde ziemlich heftig abspritzen, Melody«, warnte er mich mit bebender Stimme.

»Das will ich dir auch geraten haben.«

Er sog bei meinen Worten scharf die Luft ein und legte seine Hände auf meine vollen Brüste, die er gierig knetete, während er mir unentwegt in die Augen schaute.

Ich erhöhte die Geschwindigkeit meiner Bewegungen und spürte die Feuchtigkeit der sich vermehrenden Lust-tropfen auf meiner Hand.

Mav griff mit seiner linken Hand in meinen Nacken, zog mich fordernd zu sich und fand meine Lippen.

Er stöhnte seinen Orgasmus hemmungslos in meinen Mund. Ein heißer, cremiger Strahl spritzte aus seinem Schwanz und lief über meine Hand. Ich pumpte unablässig weiter, molk seine Latte bis zum letzten Tropfen.

Atemlos ließ sich Maverick in die Kissen fallen. Er schloss die Augen und fluchte leise.

»Ich komme gleich wieder«, sagte ich verunsichert von seiner Reaktion und stand auf.

Ich schwankte leicht, als ich in die Küche ging, um mir die Hände zu waschen. Als ich aufsah, entdeckte ich im Spiegel des Küchenfensters den Eiswolf, der sich hinter mich stellte und seine Hände rechts und links neben mir abstützte. Er lehnte sich vor, woraufhin sein nackter Oberkörper gegen meinen Rücken rieb.

»Hast du auch nur die leiseste Ahnung, was du mit mir anstellst?« Seine heisere Stimme und seine Lippen, die meine Ohrmuschel kitzelten, ließen mich erschaudern.

»Hat es dir nicht gefallen?« Ich schluckte meine Nervosität hinunter und wandte den Kopf, um ihm in die Augen zu sehen.

Er löste seine linke Hand von der Arbeitsfläche und glitt damit an der Außenseite meines Oberschenkels hinab. Dann wanderte er zu der Innenseite und bahnte sich einen Weg zwischen meine Schenkel. Seine geschickten Finger teilten meine Schamlippen und begannen meine Perle zu necken.

»Ob es mir gefallen hat?«, raunte Mav dunkel an meinem Ohr. »Dir scheint es definitiv gefallen zu haben, so heiß, nass und bereit, wie deine süße Pussy ist.«

Ich keuchte erstickt unter der kreisenden Bewegung seiner Finger und den rohen Worten, die er mir ins Ohr flüsterte.

»Willst du, dass ich dich zum Höhepunkt bringe, Melody?« In seiner Frage lag eine Mischung aus Drohung, Forderung und Versprechen.

Ich ließ den Kopf nach vorne kippen und suchte mit meinen Händen am Spülbecken verzweifelt nach Halt.

»Sag es mir, Melody. Willst du auf meinen Fingern reiten? Willst du, dass sie dich vögeln?«

»Ja«, hauchte ich unter Anstrengung all meiner Kräfte.

»Wie viele Finger willst du?«, fragte Mav, der meine

nackten Schultern mit Küssen bedeckte und langsam einen Finger in mich hineinschob.

Ich reckte ihm mein Becken entgegen und nahm seinen Finger tief in mich auf. Meine Hüften wiegten in einem gemächlichen Rhythmus und genossen den willkommenen Druck in ihrer Mitte.

»Mehr«, bat ich.

»Mehr? Bist du sicher? Du bist ziemlich eng, Baby«, knurrte Mav und biss in meinen Hals.

Ich bäumte mich auf und Maverick nutzte diesen Moment, um einen zweiten Finger in mich zu schieben.

»Oh Gott, jaaa«, stöhnte ich leise und begann, mich an ihm zu reiben.

Er löste nun auch seine andere Hand von der Ablage und platzierte sie auf meiner Klitoris. In langsamen Kreisen massierte er meine Perle der Lust.

»Du bist so verdammt schön, Melody.« Sein heißer Atem streifte meinen Hals und die empfindliche Stelle hinter meinem Ohr. »Komm für mich, Baby.«

Die Finger seiner linken Hand fickten mich hart und unnachgiebig, wohingegen die Finger seiner rechten Hand meine Perle träge und federleicht streichelten. Die Mischung aus hart und sanft, roh und zart, fordernd und zurückhaltend, trieb mich an den Rand der Klippen. Ich sog seine Finger tief in mich auf und drängte meine Klit sehnsüchtig gegen seine Hand.

»Nimm dir, was du brauchst. So ist es gut«, spornte mich Mav an und presste seine Erektion gegen meinen Rücken. »Er ist schon wieder steif. Du machst mich so heiß, Melody.«

Mavericks Worte stießen mich über die Klippen. Ich hielt die Luft an, um nicht laut loszuschreien. Tränen schossen mir in die Augen. Die Wucht des Höhepunkts brachte mein Herz zum Zerbersten. Ich schluchzte ergriffen und krallte mich an der Ablage fest.

»Alles ist gut, Baby. Alles ist gut«, beruhigte mich Mav, nachdem die letzte Welle des Orgasmus mich überrollt hatte.

Er drehte mich zu sich um und zog mich in seine Arme. »Schhhhhh«, tröstete er mich und fuhr mit seinen Fingerspitzen über meine Wirbelsäule.

»Tut…tut mir leid«, stammelte ich erstickt an seiner Brust. »Es ist nur…« Meine Stimme brach und eine weitere Träne rollte über meine Wange.

»Was ist es, Melody?«

»Es war…«

»Zu viel?«

Ich nickte und schniefte.

»Mir geht es genauso«, gestand Mav.

»Du bist der erste Mann, mit dem ich…also ich…du bist der erste Mann seit Josh, der mich so berührt hat.«

»Wie lange liegt die Trennung von Josh jetzt zurück?«

»Mehr als sechs Jahre.«

»Sechs Jahre ohne Sex? Das ist eine lange Zeit.«

»Das stimmt. Aber alleinerziehend mit einem kleinen Kind, die Scheidung, das missbrauchte Vertrauen, die eingefrorenen Konten, die ständigen Verhöre…da ist Sex wirklich das Letzte, an das du denkst.«

»Kann ich mir vorstellen«, seufzte Mav und hob mich auf seine Arme.

Er setzte mich auf die Kücheninsel und spreizte meine Beine. Dann nahm er mein Gesicht in beide Hände und zog es behutsam zu sich. Seine Lippen berührten die meinen so zärtlich, dass die Rücksicht, das Verständnis und die Fürsorge, die in seinem Kuss lagen, meine Seele wärmten, wie eine heiße Schokolade mit Schlagsahne und Zimt.

KAPITEL 16
MAVERICK

ICH LEHNTE mich in meinem Sitz zurück als der Flieger beschleunigte und kurz darauf abhob. Am Dienstagmorgen war das Team nach Calgary geflogen, wo wir am Donnerstagabend ein Spiel gegen die *Frozen Wizards* absolvierten und glücklicherweise haarscharf gewannen. Am heutigen Freitagmorgen kehrten wir nach Whitehorse zurück, von wo aus uns der Teambus nach *Arctic Valley* bringen würde.

Wegen des Auswärtsspiels und den dafür notwendigen Vorbereitungen hatte ich am Montagnachmittag nicht mit Ted trainieren können. Da außerdem zwei meiner Teamkollegen über anhaltende Schmerzen in der Hüfte klagten, wurde mein Montagstermin bei Melody kurzfristig von Doktor Logan gecancelt, um den verletzten Spielern Vorrang zu geben.

Melody begleitete das Team zu meinem Bedauern

noch nicht auf die Auswärtsspiele außerhalb des Yukon, da sie Ted nicht über Tage allein lassen wollte.

Somit bot sich mir zunächst einmal keine Möglichkeit, mit ihr über meinen nächtlichen Überfall zu reden. Nachdem Melody in meinen Armen explodiert war und wir uns beide von den intensiven Orgasmen erholt hatten, hörten wir Teds ängstliche, herzzerreißende Schreie aus seinem Zimmer.

»Albträume«, informierte mich Melody knapp, während sie sich hektisch ihren Bademantel überwarf. »Die hat er seit der versuchten Entführung. Am besten gehst du jetzt. Ich weiß nicht, wie ich ihm das hier erklären soll, wenn er dich sieht.«

Also war ich gegangen, obwohl ich am liebsten geblieben wäre.

Das lag nun sechs Tage zurück. Sechs beschissen lange Tage, in denen ich an nichts anderes denken konnte, als an Melodys leicht geöffnete Lippen, die von ihrer Zungenspitze befeuchtet wurden. An ihre nasse, enge Vulva, die sich um meine Finger zusammenzog. An ihre blonde, wilde Mähne, die an ihrer erhitzten Haut klebte. Und an ihre prallen, weichen Brüste, die so perfekt in meinen Händen lagen als wären sie allein dafür geschaffen. Ihr ekstatisches Wimmern hallte in meinen Ohren, wohin ich auch ging. Ihr gequältes Stöhnen. Ihre unterdrückten Lustschreie. Ich hörte sie permanent. Ich konnte sie fühlen. Sie riechen. Sie schmecken.

Gott, ich hatte es mir während der Zeit in Calgary so oft selbst besorgt, dass es mich verwunderte, noch die

Kraft auftreiben zu können, um auf meinen Skates zu stehen, geschweige denn Tore zu schießen.

Ich wollte Melody. Ich brauchte sie. Ich konnte nur noch daran denken, wie es sich anfühlen musste, in ihr zu sein. Und zwar nicht mit meinen Fingern, sondern mit der ganzen Länge meines stahlharten Schwanzes.

Dass sie seit sechs Jahren mit keinem Mann mehr geschlafen hatte, machte mich einerseits fassungslos. Eine so sinnliche, attraktive und anziehende Frau wie Melody *nicht* zu verwöhnen und zu befriedigen, war eine absolute Verschwendung. Andererseits gefiel es dem primitiven Höhlenmenschen in mir, dass sie quasi wieder eine Jungfrau war. Dass kein anderer Mann sie hatte berühren dürfen. Dass allein ich sie zum Höhepunkt bringen konnte. Dass sie sich an *meinem* Schwanz gerieben und ihn mit ihrem Saft benetzt hatte.

Die Frage, die sich nun stellte, war: Wie würde es weitergehen? Würde es überhaupt weitergehen?

Denn wie Melody zu unserer heißen Nummer stand, wusste ich nicht.

Vielleicht wäre es klüger gewesen, erst zu reden und dann zu vögeln, wobei wir ja nicht mal gevögelt hatten. Zumindest nicht richtig.

Ich wusste nicht, wann genau ich beschlossen hatte, meine jahrelange Abstinenz über Bord zu werfen und mit Melody zu schlafen.

Nachdem ich mich am Samstag von ihr mit einem keuschen Wangenkuss verabschiedet hatte, stand ich bestimmt eine viertel Stunde lang auf der Veranda, unfähig, zu meinem Wagen zu gehen und wegzufahren.

Schließlich hatte ich geklopft, ohne zu realisieren, was ich da eigentlich tat. Als die erstaunte Melody mir mit einem knappen Bademantel bekleidet die Tür öffnete, brannten mir sämtliche Sicherungen durch. Mein Verstand verabschiedete sich auf Nimmerwiedersehen, während mein Schwanz die volle Kontrolle über meinen Körper übernahm.

»Du kannst dich dieses Jahr nicht wieder drücken. Das weißt du, oder?«, riss mich Amys Stimme aus meinen höchst unanständigen Gedanken.

»Drücken? Wovor?«, brummte ich und fragte mich, ob Melody ihrer Freundin Amy von uns erzählt hatte.

Wenn es so war, besaß Amy ein ziemlich gutes Pokerface.

»Na die Benefizgala. Der Weihnachtsball der *Arctic Bears*. Was denn sonst?« Amy verdrehte genervt die Augen.

Ich kniff die Augen zusammen und starrte aus dem Fenster des Jets. »Es kommen doch alle anderen Spieler. Wieso kannst du mich nicht damit in Ruhe lassen?«

»Weil die Leute *dich* sehen wollen. *Du* bist unser Kapitän, falls dir das entfallen sein sollte. Es ist für den guten Zweck, Ice. Jede Menge wichtige Leute werden kommen. Sponsoren, Journalisten, Geschäftspartner. Sei ein braver Junge und schüttle fleißig Hände. Nur ein paar Stündchen.«

»Muss das wirklich sein…«

»Melody wird auch da sein. Die Jungs streiten sich seit Tagen darum, wer zuerst mit ihr tanzen darf. Momentan liegt McAllister vorn.«

Mein Kopf schnellte zu Amy, die mich siegessicher angrinste.

»Das glaube ich dir nicht.«

»Was? Dass Melody zum Ball kommt oder dass die Jungs sich um sie streiten?«

»Was ist mit Ted?«

»Übernachtet bei uns. Darauf freuen sich die Kids schon seit Wochen. Bryans Eltern sind über das Wochenende in der Stadt und spielen Babysitter. Bryan und ich haben uns ein Hotelzimmer genommen. *Date Night* sozusagen. Willst du Details hören?«

»Verschone mich damit.«

»Aber nur, wenn du deinen Hintern zum Ball bewegst.«

»Also schön…«, grummelte ich. Auf keinen Fall konnte ich zulassen, dass sich einer der anderen Jungs an Melody ranmachte. Zwar wusste ich nicht, wie sie zu uns stand, aber ich würde das Beste hoffen und bereitwillig nehmen, was sie mir geben wollte.

Missmutig stand ich mit Spencer, Samson und Smith am Rande des weitläufigen Ballsaals und zupfte an der engen Fliege, die Amy uns aufgedrängt hatte.

Hin und wieder unterbrachen uns Sponsoren und Geschäftspartner des Teameigners und baten uns um ein Foto oder ein Autogramm.

Ich ließ es mit einem gezwungenen Lächeln über mich ergehen und rief mir ins Gedächtnis, dass der gesamte Erlös dieses Abends an die Gehirnforschung gespendet werden würde. Da es im Eishockey immer wieder zu teils schweren Kopfverletzungen kam, lag mir viel an dieser Initiative.

Die Band spielte einen Weihnachtshit nach dem nächsten. Auf den runden Galatischen standen opulente Gestecke aus Weihnachtssternen und Stechpalmen zwischen imposanten Kerzenständern und silbernem Besteck. Ein riesiger Weihnachtsbaum mit buntem Lametta und wuchtigen Kugeln zierte den Eingang des Ballsaals. Rote und grüne Schleifen schmückten die weißen Stühle in den Teamfarben der *Arctic Bears*.

Das Team hatte sich nicht lumpen lassen. Es weihnachtete, wo man hinsah. Niemand konnte übersehen, dass Weihnachten unmittelbar vor der Tür stand. Noch knapp zwei Wochen trennten uns von der angeblich schönsten Zeit des Jahres.

Was mich betraf, so konnte ich gut darauf verzichten. Wie in jedem Jahr würde ich mich in meiner Hütte verkriechen und warten, dass es vorüber ging. Auf die alljährliche Familienzusammenkunft in Vancouver, bei der alle nervige Fragen stellten und an meinem Einsiedlerleben rumnörgelten, hatte ich keine Lust.

Dank Sheryl, meiner Ex-Frau, würde Weihnachten wohl für immer einen bitteren Nachgeschmack in mir hinterlassen. Denn an Weihnachten hatte ich herausgefunden, dass unser Sohn Zack überhaupt nicht mein Sohn war. Dass sich meine Ex-Frau munter mit anderen

Männern vergnügt hatte, während ich mir auf Auswärts-spielen die Seele aus dem Leib spielte, um uns eine gute und bequeme Zukunft zu sichern.

»Was ist los, Mann? Warum schaust du so wütend?«, erkundigte sich Spencer.

»Das tut er doch ständig«, gluckste Samson.

»Ist das nicht Melody, unsere Physio?«, grunzte Smith und zeigte auf den Eingang des Ballsaals, durch den soeben eine anmutige, blonde Schönheit trat, die sämt-liche Köpfe in ihre Richtung schnellen ließ.

»Scheiße, ich bin im Himmel«, murmelte Samson.

»Du sabberst«, knurrte ich und heftete meinen Blick auf Melody.

Sie trug ein blutrotes, bodenlanges Kleid, das sich eng an ihre Kurven schmiegte. Es funkelte und brach sich in den Lichtern des Ballsaals, was daher rührte, dass es hunderte von Strasssteinen zierten. Hauchdünne Träger verliefen von ihrem Schlüsselbein über ihre Schultern und überkreuzten sich auf dem Rücken. Da das Kleid rückenfrei war, endeten die Träger unmittelbar über ihrem Poansatz.

Ihre seidigen, blonden Haare trug sie in einer lockeren Hochsteckfrisur, aus der sich einige Strähnen gelöst hatten und die ihr hübsches Gesicht umrahmten. Blut-roter Lippenstift betonte ihre vollen Lippen. Die *Smokey Eyes* und die langen, dichten Wimpern gehörten verbo-ten, genauso wie die roten Fingernägel, die ihre schwarze Clutch umfassten.

Geschockt und gebannt von ihrem umwerfenden

Erscheinungsbild, konnte ich mich keinen Zentimeter von meinem Platz fortbewegen.

Doch das war auch gar nicht nötig. Denn binnen Sekunden wurde Melody bereits von Amy zu einer Gruppe Männer gezogen, die ihr allesamt einen angedeuteten Handkuss gaben und sie in ein Gespräch verwickelten.

»Da habe ich ja ordentlich Konkurrenz heute Abend«, witzelte McAllister, der sich zu uns gesellte.

»Keiner rührt sie an«, bellte ich so laut, dass sich die Köpfe der umstehenden Gäste neugierig nach uns umdrehten.

»Alter, bleib mal locker«, flüsterte Samson. »McAllister will dich bloß aufziehen. Seit wann bist du so empfindlich?«

»Ich bin *nicht* empfindlich«, flüsterte ich drohend zurück.

»Was die Physio Lady angeht schon. Läuft da was?«

»Was soll da laufen?«

Samson zuckte mit den Achseln. »Das Fiasko mit Sheryl liegt mittlerweile drei Jahre zurück, Ice. Ist es nicht langsam an der Zeit, nach vorne zu schauen?«

»Bist du jetzt zum Psychologen mutiert, oder was?«

Samson hob abwehrend die Hände. »Ich meine es nur gut mit dir.«

Seufzend fuhr ich mir durch das Gesicht. »Ich weiß. Tut mir leid.«

»Schon gut.« Samson klopfte mir aufmunternd auf die Schulter. »Wir sollten uns setzen. Das Dinner beginnt gleich.«

Während des Fünf-Gänge Galadinners wurden auf der angrenzenden Bühne Ansprachen und Reden gehalten, akrobatische Tanzeinlagen vollführt und artistische Verrenkungen gezeigt. Das alles interessierte mich herzlich wenig. Stattdessen verweilte mein Blick auf Melody, die mit Amy, Bryan und ein paar weiteren Kollegen an einem der Tische rechts vor uns saß.

Es gefiel mir nicht, dass Aaron von der Buchhaltung ihr andauernd die Hand auf den nackten Rücken legte und ihr irgendetwas ins Ohr flüsterte. Und es missfiel mir gänzlich, dass Stephen aus Amys Team mit seinen Stielaugen ungeniert in Melodys Ausschnitt stierte. Dass Phil, unser Assistenztrainer sie mit zwei Wangenküssen begrüßte als er an ihrem Tisch vorbeiging, ließ mich die Fäuste im Schoß ballen.

Als sich Melody von der Bühne wegdrehte, begegneten sich unsere Blicke. Sie errötete und lächelte zaghaft. Ich nickte ihr zu und versuchte zu verstehen, was sie in diesem Moment dachte.

Freute sie sich, mich zu sehen?

Hatte sie auf dieses Treffen genauso hin gefiebert, wie ich?

Würde sie mir aus dem Weg gehen oder würde sie meine Nähe suchen?

Dachte sie ebenfalls jede freie Minute an unser heißes, wenngleich viel zu kurzes Spiel mit dem Feuer?

Würde es eine Wiederholung geben?

Tausend Fragen schwirrten in meinem Kopf und ich wünschte, wir wären heute Abend dort, wo wir vor genau einer Woche miteinander auf Tuchfühlung gegangen waren. Zu meinem Leidwesen befanden sich jedoch geschätzt fünfhundert Menschen auf dieser Veranstaltung, die jegliche private Kommunikation zwischen uns verhinderten.

KAPITEL 17
MELODY

AMY HATTE RECHT BEHALTEN. Ich musste mir wohl oder übel eingestehen, dass meine langjährige Freundin mich ziemlich gut kannte. Manchmal vielleicht etwas zu gut.

Als ich ihr am Freitagnachmittag nach ihrer Rückkehr aus Calgary gestand, dass ich kein Kleid für die Benefizgala vorzuweisen hatte und hoffte, mich so geschickt aus der Affäre ziehen zu können, ließ sie mich nicht vom Haken, sondern schleppte mich nach der Arbeit in die Stadt, um gemeinsam mit mir ein Kleid zu kaufen.

Das elegante, rote *Fick-Mich* Kleid stach mir sofort ins Auge, doch ohne Amys gutes Zureden hätte ich es nie anprobiert und gekauft.

Jetzt, da ich die bewundernden Blicke auf mir spürte, freute ich mich insgeheim die richtige Entscheidung getroffen zu haben. Während mich die Aufmerksamkeit, die dieses Kleid mir einbrachte, zu Beginn noch einschüchterte, genoss ich mittlerweile das Gefühl, begehrenswert zu sein.

Denn das war ein Gefühl, das ich viele Jahre nicht mehr verspürt hatte.

Erst Mavericks nächtlicher Überfall hatte die Melody in mir geweckt, die ich einst gewesen war. Eine Frau, die nicht nur andere, sondern auch sich selbst gut behandelte. Eine Frau mit Bedürfnissen. Mit sexuellen Begierden. Eine Frau, die Lust nach dem Leben verspürte. Eine Frau, die so viel mehr als nur eine liebende und aufopferungsvolle Mutter verkörperte.

»Amüsiere dich und mache die Nacht zum Tag«, hatte mir Amy zugeflüstert, als sie und Bryan eng umschlungen die Tanzfläche betraten und mit bestem Beispiel vorangingen.

Es dauerte keine zwei Minuten, bis die ersten Männer mich zum Tanzen aufforderten und mich über die Tanzfläche wirbelten.

So gern ich auch tanzte und die ausgelassene Stimmung genoss, die auf dieser Gala herrschte, so ertappte ich mich dennoch andauernd dabei, wie ich nach Mav Ausschau hielt.

Bisher hatten mich bereits drei der Spieler zum Tanzen aufgefordert. Der Eiswolf zählte allerdings nicht dazu, was mich zwar insgeheim enttäuschte, aber nicht sonderlich überraschte.

Nach unserem *Fast-Sex* vor einer Woche, hatte er sich nicht mehr bei mir gemeldet. Seitdem er mir die Liste mit der Ausrüstung für Teds Trainingsstunden geschickt hatte, besaß er meine private Handynummer. Nach seinem Verschwinden am Samstagabend trug ich das dumme Ding nahezu vierundzwanzig Stunden mit mir herum, in der Hoffnung auf eine Nachricht von ihm. Oder einen Anruf. Irgendein Zeichen, das mir zeigte, dass ich ihn nicht verschreckt hatte. Dass ihm unser erotisches Abenteuer genauso durch den Kopf spukte, wie mir. Dass sein Hunger, sein Appetit auf Sex ebenso wenig gestillt war, wie der meine.

Doch mein Handy blieb stumm. Eine ganze Woche lang.

Wer hätte vermutet, dass eine Woche so lang und qualvoll sein konnte?

Meine dunkle Vorahnung, dass Mav absichtlich Abstand suchte, schien sich im Verlaufe des Abends zu bewahrheiten. Während die anderen Spieler und Teammitglieder mich unbefangen begrüßten und mit mir scherzten, hielt er sich im Hintergrund und nickte mir lediglich während des Dinners kurz und brüsk vom benachbarten Tisch aus zu.

Unauffällig rieb ich mir die schmerzenden Füße und beobachtete mit einem Lächeln Amy und Bryan, die aneinandergeschmiegt in Richtung Ausgang gingen.

Ich beschloss, dass es für mich ebenfalls an der Zeit war, aufzubrechen und folgte ihnen und einigen weiteren Menschen, die Mitternacht als Anlass nahmen, die Party zu verlassen.

»Du gehst?«

Ich zuckte zusammen als an der Garderobe plötzlich Maverick wie aus dem Nichts neben mir auftauchte.

»Hi«, begrüßte ich ihn irritiert. »Ja, ich habe meine

Füße lange genug gequält. Diese hohen Dinger sind mindestens so unbequem, wie sie aussehen«, versuchte ich die angespannte Stimmung zwischen uns aufzulockern.

»Du siehst fantastisch aus, Melody«, flüsterte Mav und strich mir unauffällig mit seinem Zeigefinger über das Handgelenk.

»Danke. Du auch«, stieß ich hervor und rang mich zu einem unverfänglichen Lächeln durch.

Das tat er wirklich. Maverick Wolf im Anzug brachte das Eis zum Schmelzen. Ich presste die Schenkel zusammen und versuchte die Hitzewallungen, die sich zwischen meinen Beinen ausbreiteten, zu verdrängen.

»Ich begleitete dich nach draußen«, bot er an und half mir in meinen Mantel. Dabei berührte er scheinbar zufällig meine Schultern und sorgte für eine verräterische Gänsehaut auf meinem Dekolletee.

»Leider sind alle Wagen momentan unterwegs und das Wetter trägt nicht gerade dazu bei, dass es schneller geht.« Der Mann, der die von den *Arctic Bears* zur Verfügung gestellten Wagen am Empfang koordinierte, warf einen bedauernden Blick in den wolkenbehangenen Himmel, von dem Millionen kleiner Schneeflocken fielen und die nächtlichen Straßen in eine weiße Winterlandschaft verwandelten. »Ich kann Sie in einer halben Stunde einplanen, Miss Dawson«, schlug er vor.

»Das ist nicht nötig. Ich werde sie nach Hause fahren«, informierte Mav den Mann und fasste mich sanft am Arm.

»Das musst du nicht. Ich warte gern. Du möchtest bestimmt noch bleiben.«

»Ich bin nur wegen dir gekommen, Melody. Wenn du also gehst, gibt es für mich keinen Grund mehr, auf dieser Veranstaltung zu bleiben.«

Seine Worte trafen mich unvorbereitet und ließen mich auf meinen ungewohnt hohen Schuhen rückwärts taumeln.

»Vorsicht«, zischte Mav und zog mich besitzergreifend an seine starke Brust.

Ein Déjà-Vu von unserer ersten Begegnung im Supermarkt flimmerte durch mein Bewusstsein und entlockte mir ein ungläubiges Schnauben.

»Was?« Er legte den Kopf schief und musterte mich fragend.

»Es ist nur…du hast eine umwerfende Wirkung auf mich. Wortwörtlich.«

»Damit bist du nicht allein«, seufzte der Eiswolf und entließ mich aus seiner rettenden Umarmung. »Wie wäre es, wenn ich dich nach Hause fahre und wir diese Unterhaltung allein und in Ruhe vertiefen?«

»Du bist mit dem Wagen hier?«

Er nickte und schob die Hände in die Taschen seiner Anzughose. »Ich wohne ziemlich weit draußen. Es ist nicht gerade leicht zu erreichen. Für eine Limousine schon gar nicht. Und definitiv nicht bei so einem Wetter.«

Ich überkreuzte die Arme vor der Brust und rieb mir wärmend über meine Oberarme. Der kalte Wind pfiff um die Häuserecken und peitschte unangenehm in mein Gesicht.

Unheilvoll sah Mav in den Himmel, wo die Schneeflocken mit jeder Minute dicker wurden. »Wir sollten langsam los, wenn du es noch nach Hause schaffen willst. Der vorhergesagte Sturm scheint das Yukon Territory früher zu erreichen als angekündigt.«

Ich musste mir ernsthaft angewöhnen, regelmäßig den Wetterbericht zu verfolgen. In Miami schien so gut wie immer die Sonne. Mit Ausnahme der Hurrikan Warnungen im September, musste man sich dort über das Wetter keine Gedanken machen. Im Yukon hingegen spielte das Wetter im Alltag eine zentrale Rolle, vor allem in den Wintermonaten.

»Wenn es dir wirklich recht ist, mich nach Hause zu bringen, lass uns fahren«, lenkte ich mit einem Blick auf die gähnend leeren Straßen von *Arctic Valley* ein, auf denen die Puderzuckerschicht mit jeder Minute höher wurde.

Kurze Zeit später fuhr Mav mit seinem Truck vor und öffnete mir von innen die Tür. Schweigend lenkte er den röhrenden, kraftstrotzenden Chevy Silverado zügig durch die verschneiten Straßen in Richtung Stadtausgang.

Alarmiert blickte ich auf die verschneiten Autos hinab, die am Straßenrand parkten. »Werden wir es noch bis zu mir schaffen?«

»Ich bringe dich sicher nach Hause, Melody.« Der Nachdruck in Mavericks Stimme ließ keinen Zweifel daran, dass er jedes Wort davon ernst meinte.

Zwanzig Minuten später kamen wir vor meinem Haus zum Stehen.

»Wir müssen unser Gespräch leider vertagen«, sagte er entschuldigend. »Wenn ich mein Haus heute Nacht noch erreichen will, muss ich mich beeilen.«

»Hast du einen weiten Weg vor dir?«, fragte ich besorgt.

»Weit ist im Yukon relativ«, zwinkerte er mir zu, doch mir entging nicht die Sorge, die in seinen Augen für einen kurzen Moment aufblitzte.

»Wieso übernachtest du nicht bei mir? Ich möchte nicht, dass du unterwegs stecken bleibst und erfrierst. Das wäre ein ziemlicher Verlust für die *Bears*. Und für Ted.«

»Was ist mit dir?«

»Mit mir?«

»Wäre mein tragischer Kältetod auch ein Verlust für dich?« Mavs Mundwinkel zuckten verräterisch, aber ich erkannte den ernsten und hoffnungsvollen Unterton, der in seiner Frage mitschwang.

»Warum kommst du nicht mit mir ins Haus und wir reden in Ruhe darüber?«, antwortete ich und öffnete die Beifahrertür.

Maverick beugte sich über mich und schloss sie wieder. »Ich muss es wissen, Melody.« Mit einem eindringlichen Blick durchbohrten mich seine eisblauen Augen, die selbst in der Dunkelheit so intensiv leuchteten, dass sie einem die Luft zum Atmen raubten.

Ich konnte nicht widerstehen und strich ehrfürchtig über seine Wange. »Du hast ja keine Ahnung, wie sehr«, wisperte ich und zog sein Gesicht zu mir.

»Zeig es mir«, raunte Mav heiser und lehnte seine glühende Stirn gegen die meine.

Ich neigte meinen Kopf und strich mit meinen Lippen über sein Kinn, über seine Mundwinkel. Als meine Lippen die seinen erreichten, gab ich einen leisen Seufzer von mir.

Mavs Kehle entfuhr ein sehnsuchtsvolles Knurren. Er legte seine Hand in meinen Nacken und neigte meinen Kopf, um mit seiner talentierten Zunge ungeduldig Einlass zu fordern.

Bevor ich wusste, wie mir geschah, saß ich rittlings auf Mavericks Schoss und küsste ihn, als hinge mein Leben davon ab.

»Ich habe dich auch vermisst, Baby«, murmelte er, als wir schwer atmend voneinander abließen.

»Schlaf mit mir.« Ertappt biss ich mir auf die Unterlippe.

Seit wann war ich so forsch und direkt? Verlegen senkte ich den Blick.

»Sieh mich an, Melody«, befahl er und hob mein Kinn als ich nicht reagierte. Seine eisblauen Augen fixierten mich mit einer Intensität, die das Blut in meinen Ohren rauschen ließ. »Sag das nochmal.«

»Schlaf mit mir, Ice«, bat ich und hielt seinem wölfischen Blick stand, der bei meiner Bitte angriffslustig flackerte. Der Wolf bereitete sich darauf vor, seine Beute zu erlegen. Dabei waren die Rollen ganz klar verteilt und ich hatte absolut kein Problem damit, in der Opferrolle zu sein. Im Gegenteil. Ich konnte es kaum erwarten, dass der Eiswolf sich auf mich stürzte.

Mav öffnete die Tür seines Trucks und stieg mit mir auf seinen Armen aus. Seine Schritte knirschten im Schnee. Ich vergrub mein Gesicht an seinem Hals und neckte ihn mit den Bissen, die ich darauf verteilte, bevor ich den Schmerz mit meiner Zunge linderte.

Als er mich auf der Veranda absetzte und ich in meiner Clutch nach dem Haustürschlüssel kramte, revanchierte er sich mit derselben süßen Folter, was dafür sorgte, dass meine Finger zitterten und ich den Schlüssel zwei Mal zu Boden fallen ließ, bevor der Eiswolf ihn mir mit einem ungeduldigen Brummen abnahm und die Tür aufschloss.

Kaum überquerten wir die Türschwelle, warf Mav die Tür krachend ins Schloss und drängte mich ungehalten dagegen. Er öffnete den Reißverschluss meines Mantels und warf ihn achtlos zur Seite. Dasselbe tat er mit seiner Jacke.

»Dieses verdammte Kleid…«, fluchte er und drehte mich in seinen Armen, sodass ich mit dem Bauch an der Tür lehnte.

Aufreizend rieb sich Mav an mir. Er ging leicht in die Knie und ließ mich seine stahlharte Erektion an meinem Po spüren.

»Den ganzen Abend hast du alle mit diesem Kleid verrückt gemacht. Ist dir auch nur ansatzweise bewusst, in wie vielen Männerfantasien du heute Nacht die Hauptrolle spielen wirst?«

»Aber du bist der einzige dieser Männer, der diese Fantasien heute Nacht mit mir ausleben darf«, flüsterte ich und rieb meinen Po an seinem Schritt.

Ein Schauer rieselte über Mavs Körper und er schloss für einen Moment die Augen. Als er sie wieder öffnete, loderte darin ein wildes, unberechenbares Eisfeuer.

»Wo ist dein Schlafzimmer?«

»Erster Stock.« Meine Stimme klang belegt und seltsam entrückt vor Verlangen.

»Zeig mir den Weg«, forderte er und entließ mich widerwillig aus seinen Fängen.

Auf wackeligen Beinen ging ich zur Treppe und stieg hinauf. Die hohen Absätze klackerten auf dem Holzboden und erschwerten den Aufstieg doppelt.

Ich betrat mein Schlafzimmer mit laut klopfendem Herzen und blieb vor meinem Bett stehen. Eine plötzliche Panik überfiel mich und ließ mich regelrecht zur Salzsäule erstarren. Mit dem Rücken zu Mav gewandt starrte ich auf mein Bett und rechnete in Gedanken nach, wann ich das letzte Mal mit einem Mann Sex gehabt hatte.

Ich schluckte heftig bei dem Wissen, dass es über sechs Jahre zurück lag. Meine Handflächen wurden feucht und mein Herzschlag nahm ein grenzwertiges Tempo an.

»Was ist los, Baby?« Maverick legte die Hände auf meine Oberarme und ließ sie langsam daran hinuntergleiten.

»Ich…es…es ist so lange her.«

»Willst du es, Melody? Willst du es mit mir? Heute Nacht?«

Ich nickte langsam.

»Sag es mir, Baby. Ich muss es hören. Du musst es hören.«

»Ich will es. Mit dir. Jetzt.« Meine Stimme klang erstaunlich entschlossen.

»Wovor hast du dann Angst?« Mavs Atem streichelte mein Ohr und ich schloss die Augen, um seiner tiefen Stimme zu lauschen. »Rede mit mir. Was bereitet dir Sorgen?«

Ich drehte mich zu ihm um und nahm all meinen Mut zusammen. »Was ist, wenn ich es nicht mehr kann? Ich bin nach all den Jahren der Enthaltsamkeit praktisch wieder Jungfrau.«

Ein dreckiges Grinsen breitete sich auf seinem Gesicht aus. »Du weißt schon, dass es die Fantasie eines jeden Mannes ist, einer Jungfrau die Unschuld zu nehmen?«

»Du Scherzkeks«, kicherte ich und verdrehte die Augen. »Du weißt, wie ich das meine.«

»Sowas verlernt man nicht, Baby. Und falls doch, sitzen wir im selben Boot. Mein letztes Mal liegt nämlich auch schon ein paar Jahre zurück. Wenn wir es verlernt haben, üben wir einfach so lange, bis wir es wieder können.«

Sein Geständnis beruhigte und berührte mich gleichermaßen.

»Jahre?«

»Jahre.«

»Wow. Also stehen hier zwei komplette Anfänger voreinander«, schnaubte ich belustigt.

»Mein letztes Mal ist nicht ganz so lange her wie deins. Deshalb erinnere ich mich noch grob an den Ablauf. Wenn du willst, zeige ich es dir.« Mavericks jungenhaftes Lächeln war ansteckend und nahm mir den Druck, der auf meinen Schultern lastete.

»Zeig es mir«, verlangte ich und ließ meinen Zeigefinger lockend an seiner Brust bis zu seinem Hosenbund hinabgleiten.

»Punkt Eins: Verhütung.« Mav kramte ein paar Kondome aus seiner vorderen Hosentasche hervor und warf sie auf das Bett.

»Wie ich sehe, bist du dieses Mal vorbereitet. Hattest du etwa geplant, heute Abend jemanden abzuschleppen?« Ich überkreuzte die Arme vor der Brust und Mav fuhr sich ertappt durch seine pechschwarze Lockenmähne.

»Sagen wir, dass ich inständig gehofft habe, eine ganz bestimmte, megaheiße Blondine in einem roten Glitzerkleid abzuschleppen.«

»Mission erfolgreich. Du hast es bis in ihr Schlafzimmer geschafft. Was kommt als nächstes?«

»Idealerweise sollte die Frau beim Sex nackt sein. Deshalb werden wir dir dieses Kleid jetzt ausziehen müssen.«

Mav machte einen Schritt auf mich zu und griff nach dem stretchigen Stoff meines sündigen Kleides. Ich half ihm dabei und zog es mir mit einer fließenden Bewegung über den Kopf.

Lediglich mit einem dünnen Spitzenhöschen und roten High Heels bekleidet stand ich nun vor dem noch vollkommen angezogenen Eiswolf.

»Baby, ich weiß nicht, ob ich dich sanft und rücksichtsvoll entjungfern kann.« Mavs hungriger Blick entfachte ein allesvernichtendes Feuer in meinem Körper.

»Warum nicht?«, keuchte ich atemlos.

»Weil ich ziemlich viel Lust habe, dich richtig hart und fest durchzuficken.«

»Dazu musst du erst mal deine Kleidung loswerden.« Mein Atem zitterte vor Erregung. Genauso wie meine Finger, während ich Maverick das Jackett und das Hemd buchstäblich vom Leib riss und seinen Luxuskörper zum Vorschein brachte. Voller Vorfreude leckte ich mir über die trockenen Lippen.

»Öffne meine Hose, Melody.«

Ich ließ mir einen Moment Zeit, um seinem Befehl Folge zu leisten und kostete das beeindruckende Erscheinungsbild dieses gebieterischen Alphatiers aus.

Mav nahm meine Hände und platzierte sie auf seinem Hosenbund. Eine unmissverständliche Aufforderung, die er kein weiteres Mal wiederholen würde.

Ich löste seinen Knopf und öffnete langsam den Reißverschluss. Die Hose glitt an seinen langen, muskulösen Beinen zu Boden. Meine Hände fanden den Weg in seine Boxershorts und umfassten seine strammen Pobacken. Sein Schwanz presste sich durch den dünnen Stoff seiner Shorts nachdrücklich und einladend an meinen Bauch.

»Was jetzt?«, flüsterte ich atemlos. »Was muss man als nächstes tun?«

»Jetzt«, schnurrte Mav unschuldig und ging vor mir auf die Knie. »Jetzt bereiten wir dich auf deine Entjungferung vor.«

Er hakte seine Finger unter die dünne Schnur meines

Strings und zog es bis zu meinen Knöcheln hinab. Vorsichtig stieg ich aus dem Höschen.

»Hmmmm.« Ein tiefes, gefährliches Knurren drang tief aus seiner Kehle und ließ mich die Luft anhalten, während ich auf den Angriff des Eiswolfs wartete.

Durch meine schwindelerregend hohen High Heels befand sich Mavs Kopf auf Höhe meines Schoßes. Seine Augen brannten sich wie Feuer in meine Haut und in dem verzweifelten Versuch, das schier unerträgliche Brennen und Pochen zwischen meinen Beinen zu lindern, spreizte ich meine Schenkel. Im selben Moment griff der Eiswolf an.

Mavs Gesicht verschwand zwischen meinen geöffneten Beinen und ich schrie vor Entzücken laut auf, als ich seinen hungrigen Mund auf meinem zarten, erhitzten Fleisch spürte.

Meine Beine gaben nach und ich landete mit dem Rücken auf meinem Bett.

Mav nutzte meinen Augenblick der Schwäche und umfasste meine Schenkel mit seinen starken Armen. Er öffnete mich und gab mir keine Möglichkeit, mich ihm zu widersetzen. Sein Griff hielt mich eisern und unerbittlich, während sein Mund sich schamlos an meiner pulsierenden Mitte bediente.

Ich stöhnte hemmungslos, da ich wusste, dass mich außer dem Eiswolf niemand hören konnte. Mit dem Wissen, dass ich mich vollkommen gehenlassen durfte, ließ ich all meine Hemmungen fallen. Ich drückte Maverick mein Becken entgegen und rieb mich ausgehungert an seinem Mund.

»Gefällt dir das, Baby?« Aus gesenkten Augenlidern sah Mav zwischen meinen Schenkeln zu mir auf.

»Bitte hör nicht auf«, flehte ich vollkommen betrunken von den Glücksendorphinen, die seine geschickte Zunge meinem Lustzentrum entlockte.

»Willst du meinen Mund oder meinen Schwanz, Melody?«

»Beides«, flehte ich und vergrub meine Finger in seinen Haaren.

»Beides?« Mav lächelte teuflisch. »Meine sexy Jungfrau hat hohe Ansprüche. Das gefällt mir.«

Er senkte seinen Mund auf meine Perle und leckte mich so hingebungsvoll, dass ich mich nicht einmal auf meinen Orgasmus vorbereiten konnte. Stattdessen explodierte ich ohne jegliche Vorwarnung und schrie meine Ekstase laut in die Stille der Nacht.

»Fuck Baby, du bringst mich um, bevor mein Schwanz überhaupt in dir ist«, fluchte Mav und ließ von mir ab.

Er ertastete eines der Kondome und riss es auf.

Ich stützte mich auf meine Ellenbogen und beobachtete ihn dabei, wie er sich das Kondom über seinen prallen Schwanz streifte. Das abklingende Rauschen in meinen Ohren erwachte bei dem Gedanken von dem Eiswolf, der in mich eindrang, von Neuem. Zu versuchen meinen flachen, abgehackten Atem zu beruhigen, würde mir nicht gelingen. Deshalb versuchte ich es erst gar nicht.

»Bist du bereit für deine Entjungferung?«

Ich nickte und konnte meine Augen nicht von Maverick lösen, der dunkel und gefährlich, wie ein Wolf auf mich zukam und sich über mir positionierte.

Er beugte sich zu mir hinab und küsste mich ausgiebig. Ich schloss die Augen und genoss den intensiven Kuss und meinen Geschmack auf seinen Lippen.

»Ich bin vorsichtig«, versprach er heiser. »Obwohl es nicht leicht sein wird, mich zurückzuhalten.«

Maverick robbte über mich, sodass mein Gesicht in seiner Halsbeuge ruhte und spreizte mit seinem Bein meine Schenkel. Willig öffnete ich sie für ihn. Mir stockte der Atem, als ich seine ungeduldige Spitze an meiner engen Pforte spürte.

Mein Rücken krümmte sich unter der süßen Qual, die sein Schwanz mit seinen gezielten Stößen in mir auslöste.

Zentimeter für Zentimeter schob sich der Eiswolf in mich. Sein Keuchen vermischte sich mit meinen verzückten Seufzern. Ich spürte, wie schwer es ihm fiel, nicht mit einem entschlossenen Ruck ganz in mich einzutauchen und rechnete es ihm hoch an, dass er seine eigenen Bedürfnisse zurückstellte, um mir die Zeit zu geben, mich an ihn zu gewöhnen.

»Ich liebe es, wie eng du bist«, zischte er angestrengt. »Du melkst ihn so verflucht geil.«

Meine Fingernägel krallten sich in Mavs Rücken und ich schlang meine Beine um seine Hüften, um ihn bis zum Anschlag in mich aufzunehmen.

»Machs mir, Ice«, flehte ich und drängte ihn mit meinen Fersen dazu, sich schneller zu bewegen.

»Lass es uns das erste Mal langsam machen, Melody. Ich will dir nicht wehtun.«

»Nein«, widersprach ich. »Ich will mehr. Bitte…«

»Melody…«

»Fick mich, Ice. Ich will es. Ich will dich. Verdammt, ich brauche es.«

Mav atmete geräuschvoll aus und stützte sich auf seine Unterarme. Er umfasste mein Becken mit seinen Händen und fesselte mich mit seinem hypnotisierenden Blick, der jede meiner Regungen aufmerksam verfolgte. Mit gezielten, harten Stößen pfählte er mich so fest in die Matratze, dass ich Sterne sah.

Ich schrie enthemmt Mavs Namen, während er dem Begriff *Ficken* eine ganz neue Bedeutung verlieh.

»Lauter, Baby«, forderte Maverick. »Ich will, dass alle wissen, dass du allein mir gehörst.«

Er erhöhte sein Tempo und änderte den Winkel leicht, sodass ich ihn noch tiefer und intensiver in mir spürte.

Meine Finger bohrten sich in Mavs straffen Po und kneteten ihn im Takt seiner unnachgiebigen Stöße.

Gott sei Dank lag dieses Haus im Gegensatz zu unserer Wohnung in Miami fernab von den nächsten Nachbarn. Denn ich war davon überzeugt, dass man uns problemlos bis nach draußen stöhnen und schreien hören konnte.

»Fühlt sich mein Schwanz gut an? Gibt er dir, was du brauchst?«, keuchte Mav und verlagerte das Gewicht.

»Ja«, flüsterte ich erstickt.

Er umfasste meine Fußgelenke und legte sie sich über die Schulter. Dann kniete er sich vor mich und drang so tief in mich ein, dass ich glaubte, zu schweben.

Binnen Sekunden befand ich mich auf der Abschussrampe und raste ungebremst in die endlose Weite der Galaxie, wo ich mit einem markerschütternden Schrei zu Sternenstaub zerbarst.

Mav ließ meine Beine los, warf sich auf den Rücken und zog mich auf sich. Er umfasste meine Hüften, spießte mich auf und animierte mich zu einem wilden Ritt auf seinem dicken Schwanz. Ich ritt ihn gierig und hungrig, bäumte mich auf, als er seine Hände auf meine schweren Brüste legte und sie genussvoll massierte.

»Schneller«, bat er und bog sich mir entgegen.

Meine Oberschenkel brannten, aber nichts in der Welt konnte mich davon abhalten, ihm genau das zu geben, wonach er verlangte, was er brauchte, was er wollte.

Mit einem primitiven Schrei explodierte Mav in mir und riss mich mit.

Der Sog des Orgasmus zog uns hinab in die Tiefe des Ozeans, während wir in der Hoffnung auf Rettung den Namen des jeweils anderen schrien.

KAPITEL 18
MAVERICK

ICH KONNTE meine Augen nicht von Melody losreißen, die sich ohne jegliche Scham ihren Gefühlen hingab und sich unter ihrem Orgasmus aufbäumte.

Falls ich mir aussuchen durfte, wie ich starb, sollte es genau so sein und genau jetzt: Mein bis auf den letzten Tropfen ausgequetschter Schwanz in der engen und weichen Mitte dieser betörend sinnlichen Frau, die meinen Namen rief und nach den Sternen griff, während ich selbst langsam von meiner Reise zu den Sternen zurückkehrte.

Das Wissen, dass allein ich für ihre Ekstase verantwortlich war, entfachte das Feuer der Leidenschaft in mir von neuem.

Ich fing Melody in meinen Armen auf und hielt sie fest.

Ihr Herz wummerte an meiner Brust und ihr Atem ging rasend schnell. Ihre Oberschenkel zitterten und ihre blonden Haare wellten sich von der Feuchtigkeit, die der wilde Ritt ihr entlockt hatte.

»Für eine Jungfrau hast du dich ziemlich gut angestellt«, zog ich sie auf und küsste ihr Haar.

Ich spürte ihr Kichern an meiner Brust. »Du warst auch nicht schlecht.«

»Nicht schlecht?«, rief ich gespielt entrüstet und rollte mich auf sie. »Wenn das so ist, machen wir es gleich nochmal. Und nochmal. Und nochmal.«

»Das klingt verlockend. Aber vielleicht drosseln wir das Tempo ein bisschen.«

»Auf einmal?« Ich hob amüsiert die Augenbrauen. »Warst du nicht diejenige, die es härter und schneller wollte?«

Melody errötete und verdeckte das Gesicht mit ihren Händen. »Tut mir leid.«

Ich umschlang ihre Finger mit den meinen und zog ihre Hand zu meinem Mund, um sie mit Küssen zu bedecken. »Du musst dich niemals für deine Lust entschuldigen, Melody. Ich will, dass du mir sagst, was du willst. Und ich werde es dir geben. Immer.«

Sie schlang ihre Arme um meinen Hals und drückte ihre vollen, geschmeidigen Brüste an mich. Ihre Lippen streiften zärtlich über die meinen und verlangten nach einem langsamen, intensiven Kuss. Meine Zunge glitt bedächtig in Melodys Mund und fickte sie in einem gemächlichen, behutsamen Tempo. Meine Hände fanden ihren süßen Po und umfassten ihn besitzergreifend.

Noch nie zuvor hatten mich Küsse so dermaßen angetörnt. Ich war Melodys Küssen restlos verfallen. Welche

Erklärung gab es sonst dafür, dass ich lieber an Sauerstoffmangel starb, als unsere Küsse zum Atmen zu unterbrechen?

Ihre Finger wanderten von meinem Nacken zu meinen Schultern und streichelten mich ausgiebig, bevor sie sich einen Weg zurück zu meinem Nacken und hin zu meinem Haaransatz bahnten.

Ich schloss die Augen und genoss ihre Berührungen auf meiner Haut. Ausnahmsweise musste ich mich nicht dafür schämen, dass ich unter ihrer Zuwendung hart wurde und dabei nichts als pure Lust empfand.

Melody schnappte sich ein neues Kondom und rollte es über meinen aufgerichteten Schwanz.

»Du hast noch nicht genug?«

»Wir haben gerade erst angefangen, Ice. Ich habe mehr als sechs Jahre an Sex aufzuholen. Ich hoffe du bist so durchtrainiert und fit, wie du aussiehst.«

»Es gibt nur einen Weg, das herauszufinden«, murmelte ich und rollte mich auf sie.

Langsam und tief drang ich mit entspannten Stößen in sie ein und schnurrte unter ihren Händen, die mich sanft massierten und verwöhnten.

Wer hätte gedacht, dass zarter, einfühlsamer Blümchensex hartem, primitivem Vögeln in nichts nachstand?

Das schwache Morgenlicht schien in meine Augen und weckte mich aus dem erholsamen Tiefschlaf, in den ich irgendwann in der Nacht gefallen war, nachdem mich Melody in Gnaden entlassen hatte.

Melody.

Sie wandte mir den Rücken zu und schlief seelenruhig. Ihr langes blondes Haar bedeckte einen Teil ihres von meinen Küssen markierten Halses.

Ich verdrängte den Gedanken daran, dass der Morgen unsere magische Nacht abgelöst hatte und mit ihm all die Sorgen und Probleme zurückkehrten, die wir in den vergangenen Stunden erfolgreich ausgeblendet hatten. Stattdessen suchte ich auf dem Nachttisch nach einem weiteren Kondom und streifte es mir über.

Wie konnte man besser in den Tag starten als in der warmen Mitte der bezauberndsten und schärfsten Frau in ganz Yukon?

Ich hob Melodys linken Oberschenkel leicht an und glitt scheinbar mühelos in sie.

Meine Schneekönigin war selbst im Schlaf bereit und feucht für mich.

Mit dem rechten Arm stützte ich mich auf der Matratze ab, um in Melodys gelöstes Gesicht blicken zu können. Ich wollte den Moment, in dem sie aufwachte und ihre Augen aufschlug, während ich sie vorsichtig nahm, auf keinen Fall verpassen.

Meine linke Hand spielte mit ihren nackten Brüsten und neckte ihre kirschroten Knospen, die sich unter meinen Berührungen zusammenzogen und steif wurden.

Aus Melodys Kehle drang ein leises Wimmern, gefolgt von einem entzückenden Seufzer.

Flatternd öffneten sich ihre Augenlider. Sie drehte den Kopf und lächelte mich träge an, was meinem Herz einen lebensbedrohlichen Aussetzer bescherte.

»Hi.«

»Selber hi. Das nenne ich mal einen Weckservice der ersten Klasse.«

»Wie wäre es mit ein bisschen Frühsport?«

»Ich liebe Frühsport«, kicherte Melody und absolvierte eine ehrgeizige, ausgedehnte Bettsporteinheit mit mir.

Hatte ich erwähnt, dass auch ich Frühsport liebte? Und wie…

»Was ist das denn?« Melody hielt auf dem Weg ins Bad inne und schaute erstaunt aus dem Fenster.

Ich riss mich von ihrer kurvigen und höchst ansehnlichen Kehrseite los und stieg ebenfalls aus dem Bett.

»Willkommen im Yukon Territory. Es hat die ganze Nacht durchgeschneit«, raunte ich und küsste ihr Schulterblatt. Melody roch nach Patschuli, Zimt und Sex. Eine unwiderstehliche Mischung, die ich tief in mich aufsog.

»Wie soll ich so Ted abholen?« Ich erkannte die Sorge in Melodys Stimme und zog sie in meine Arme.

»Am Mittag sind die Straßen meist geräumt. Und bis

dahin kann er mit Amys Kindern draußen herumtollen, Schlitten fahren und Schneemänner bauen. Ich wette, dass er jede Minute davon genießt.«

»Das sagst du nur, weil du mich zurück ins Bett kriegen willst.«

Ich gluckste heiter und strich Melody durch das seidige Haar. »Wer von uns beiden hier das Sexmonster ist, liegt doch wohl auf der Hand.«

Melody stieß mich spielerisch mit dem Ellenbogen in die Hüfte und warf sich den Bademantel über. »Ich rufe mal Amy an.«

»Tu das. Ich mache uns in der Zwischenzeit Frühstück.«

»Du willst mit mir frühstücken?«

Ich hielt inne und legte fragend den Kopf schief. »Ja, klar. Wieso nicht?«

»Ich dachte, dass du vielleicht lieber nach Hause gehen willst, jetzt, da du…«

»Jetzt, da ich was?«

»Ach nichts.« Melody schüttelte eilig den Kopf und drehte sich von mir weg.

Ich versperrte ihr den Weg und überkreuzte demonstrativ die Arme vor der Brust. »Jetzt, da ich was? Du kommst hier nicht raus, bis du mit der Sprache rausrückst, Melody.«

Sie strich sich die Haare aus dem Gesicht und blickte unsicher zu mir auf. »Jetzt, da du mit mir geschlafen hast.«

Ich schnaubte verärgert. »Verstehe. Du dachtest, dass

ich dich abschleppe, dich ausgiebig vögele und mich dann nach getaner Sache aus dem Staub mache?«

»Ist das so abwegig?«

»Ja, verdammt.« Meine Stimme klang lauter und schneidender als beabsichtigt. »Ja, das ist es.«

»Ich muss wirklich telefonieren«, murmelte Melody und drängte sich an mir vorbei aus dem Zimmer.

Ich zog meine Boxershorts an und ging hinunter in die Küche, um uns Kaffee zu kochen und Eier mit Speck zu braten.

Draußen kämpfte sich die Sonne mühsam hinter den Wolken hervor und zauberte Millionen von winzigen Glitzersteinen auf die weiße Schneepracht, die die Waldwege, die Bäume und selbst den angrenzenden See zierte.

»Alles okay mit Ted?«, fragte ich Melody, die ihr Gespräch beendet hatte und zu mir in die Küche kam.

»Ja. Sie waren gerade mitten in einer Schneeballschlacht mit den Nachbarskindern als ich angerufen habe.«

Ich nickte und konzentrierte mich auf die brutzelnde Pfanne vor mir.

Melodys Worte spukten in meinem Kopf umher und obwohl ich es nicht zugeben wollte, verletzten sie mich. Dachte sie allen Ernstes, dass ich sie flachlegen und danach ohne ein klärendes Gespräch verschwinden würde? Oder *wollte* sie womöglich, dass ich genau das tat? Was Frauen betraf, war ich sichtlich aus der Übung. Wer sagte mir, dass Melody nicht bloß auf eine schnelle Nummer aus gewesen war und sich nun insgeheim wünschte, dass ich aus ihrem Haus verschwand und sie und ihren Sohn ihrem Alltag nachgehen ließ? Schließlich waren die beiden seit sechs Jahren ein eingeschworenes Team und hatten bewiesen, dass sie wunderbar allein zurechtkamen.

»Was bin ich für dich, Melody?« Ich stocherte weiter in der Pfanne und vermied es, sie anzusehen.

»Wie meinst du das?« Sie trat neben mich und lehnte sich an die Arbeitsplatte.

An genau dieselbe Arbeitsplatte, an der ich ihr vor acht Tagen ihren ersten gemeinsamen Orgasmus verschafft hatte. Ich verwarf die heißen Bilder, die sich vor meinem inneren Auge abspielten und fokussierte mich stattdessen auf das Hier und Jetzt.

»So, wie ich es sage. Was bin ich für dich? Wieso hast du mich gestern zu dir nach Hause eingeladen? Wolltest du einfach mal wieder Spaß haben? Einen unverbindlichen One-Night-Stand? Wolltest du, dass ich es dir ordentlich besorge und anschließend verschwinde?«

»Rede nicht so abwertend«, flüsterte sie und starrte aus dem Fenster.

»Du bist doch diejenige, die abwertend redet. Das, was du von mir denkst, ist abwertend, Melody. Dass ich mich mit dir amüsiere und mich dann aus dem Staub mache.«

»Ich weiß nicht, was ich denken, soll, Mav. Okay? Ich weiß es nicht. Das hier war alles nicht geplant. Es ist einfach passiert und jetzt stehe ich vor dir und bin vollkommen verwirrt und überfordert mit der Situation. Ist es das, was du hören wolltest?«

Melody stieß sich von der Arbeitsplatte ab und tigerte rastlos durch den Raum.

»Was verwirrt dich? Was überfordert dich? Für mich ist die Sache ehrlich gesagt ziemlich einfach und eindeutig.«

»Ist sie das?« Melody zog die Stirn kraus und sah mich ungläubig an.

»Ja. Ich mag dich, Melody. Ich mag dich mehr, als gut für mich ist. Und ich mag Ted. Er ist ein toller Junge, was bei der Mutter allerdings kein Wunder ist. Ich hätte nicht gedacht, dass ich nach der bitteren Erfahrung, die ich in meiner Ehe machen musste, jemals wieder eine Frau an mich ranlassen würde. Aber dann kamst du und hast mich schlichtweg umgehauen. Auch wenn ich mich anfangs wie verrückt dagegen gewehrt habe: Ich will dich in meinem Leben. Das mit uns fühlt sich absolut richtig an. Warum lassen wir es nicht laufen und sehen, wohin uns die Reise führt?«

»Das geht nicht so leicht, wie du dir das vorstellst, Mav.«

»Und warum nicht?« Ich schaltete die Kochplatte aus und nahm zwei Teller aus dem Schrank. So schnell würde ich mich nicht geschlagen geben.

»Es geht hier nicht nur um dich und mich. Alle Entscheidungen, die ich im Hinblick auf mein Leben fälle, betreffen auch Ted. Ich bin keine alleinstehende Frau, die sich kopfüber in eine Affäre, in eine Beziehung oder was auch immer stürzen kann. Ich habe eine Verantwortung gegenüber meinem Sohn. Was, wenn das zwischen uns nicht funktioniert? Wenn wir es versuchen und feststellen, dass es keinen Sinn macht? Dass wir es nicht hinbekommen? Ted würde es nicht verstehen. Er vergöttert dich, Mav. Du bist sein Idol. Wenn du ein Teil unseres Lebens wirst, wird er sich noch mehr an dich gewöhnen. Und wenn du eines Tages gehen solltest, weil das zwischen uns nicht funktioniert, würde es ihm das Herz brechen. Was für eine Mutter wäre ich, wenn ich mein eigenes Wohl über das meines Kindes stelle?«

»Melody« Ich ging auf sie zu und legte ihr beruhigend meine Hände auf die Arme. »Egal, wie sich das zwischen uns entwickelt: Ted wird immer mein kleiner Kumpel bleiben. Ich werde für ihn da sein und ihn fördern, selbst wenn das zwischen uns aus irgendeinem völlig absurden und abwegigen Grund nicht gut gehen sollte.«

»Aus deinem Mund klingt das so unkompliziert. Aber er wird mich fragen, warum du nicht mehr bei uns ein- und ausgehst, wenn es nicht funktioniert. Und er wird dich an mich und an unsere gemeinsame Zeit erinnern. Du wirst ihn möglicherweise nicht mehr sehen wollen, weil du daran nicht erinnert werden willst. Und was dann? Dann leidet Ted, obwohl ihn keinerlei Schuld trifft, dass die Erwachsenen um ihn herum es vermasselt haben.«

»Wieso gehst du automatisch davon aus, dass es nicht funktionieren wird?«

»Weil ich dieses Szenario nicht ausschließen kann. Ich muss alle Risiken meiner Entscheidung abwägen, egal wie groß oder klein das Risiko ist.«

»Ich werde Ted nicht im Stich lassen, egal was zwischen uns passiert.«

»Das sagst du jetzt…«

»Das verspreche ich dir jetzt. Und ich halte meine Versprechen.«

»Warum?«

»Warum was?« Ich atmete geräuschvoll aus und versuchte, Ruhe zu bewahren.

»Du bist reich, berühmt und begehrt. Du bist so unglaublich toll. Im Gegensatz zu mir. Ich bin alleinerziehend. Verbittert. Verängstigt. Problembeladen. Vorbelastet. Ich könnte ewig so weiter machen.«

»Du hast ja keine Ahnung, Melody.« Ich lachte sarkastisch auf. »Du *bist* reich. Reich an Liebe, an Fürsorglichkeit, an Hilfsbereitschaft, an Geduld. Und du *bist* berühmt. Jeder spricht über deine magischen Hände und alle reißen sich darum, von dir behandelt zu werden. Darüber, wie begehrt du bist, will ich lieber nicht reden, weil ich sonst komplett durchdrehe vor Eifersucht. Und was mich betrifft, ich bin zwar nicht alleinerziehend, aber verflucht allein und verbittert. Ich habe Angst. Jede Menge Angst. Angst davor, bei einem Spiel so hart getackelt zu werden, dass ich nicht mehr aufstehen kann. Angst davor, dass mir die jüngeren Spieler den Rang ablaufen. Angst davor, dass mir jemand erneut das Herz bricht. Du hast ja keine Ahnung, wie vorbelastet und problembeladen ich bin. Eigentlich müsste ich dir raten, dich auf keinen Fall mit mir einzulassen, weil du definitiv die bessere Partie von uns beiden bist. Aber ich bin egoistisch und selbstsüchtig. Ich hoffe, dass du darüber hinwegsiehst, wie kaputt ich bin und mich trotzdem irgendwann lieben kannst.«

Eine einzelne Träne rollte über Melodys Wange. Ich beugte mich vor und küsste sie weg. Melody schlang ihre Arme um meinen Hals und vergrub ihre Finger in meinem Haar.

»Gib uns eine Chance. Bitte«, flüsterte ich in ihr Ohr.

»Ich behandele dich, Mav. Du bist mein Patient…«

»Steht irgendwo in deinem Arbeitsvertrag, dass es verboten ist, eine Beziehung mit einem Spieler einzugehen?«

»Nein. Das muss es auch nicht. Es versteht sich von selbst, dass es nicht erwünscht ist.«

»Das tut es nicht, Melody. Wusstest du, dass die Eventchefin der *Arctic Bears* mit unserem Trainer verheiratet ist? Und der wiederum ist ein *Ex-Bears* Spieler. Die beiden haben sich verliebt und gedatet, als Wayne noch als Profi für die *Bears* aufs Eis ging.«

Melodys Augen weiteten sich. Vielleicht bildete ich es mir bloß ein, aber ich glaubte, einen Funken Hoffnung darin aufglimmen zu sehen.

»Ich habe ein massives Vertrauensproblem, Mav.«

»Ich auch. Außerdem bin ich eifersüchtig, besitzergreifend und misstrauisch.«

»Offenkundig sind wir also das perfekte Paar.« Melody stöhnte gequält auf.

»Genau das versuche ich dir seit einer halben Stunde begreiflich zu machen. Im Leben gibt es keine Garantien. Nur verpasste Chancen. Eine Ehe kann nach zwei oder nach zwanzig Jahren zu Bruch gehen. Eine Beziehung ebenfalls. Aber sie kann genauso gut für immer halten und zwei Menschen eine glückliche und lebensfrohe gemeinsame Zeit schenken. Was das Leben für dich vorgesehen hat, wirst du nur wissen, wenn du die Chancen ergreifst, die es für dich bereithält.«

»Du kannst furchtbar überzeugend sein, Maverick Wolf.«

»Ist das ein *Ja*?« Ich hob ihr Kinn an und blickte hoffnungsvoll auf sie hinab.

»Das ist ein *Ich-denke-darüber-nach.*«

»Wieso musst du darüber nachdenken? Wir haben doch alles durchgespielt…«

»Ich möchte das erst mit Ted besprechen. Außerdem kann ich keinen klaren Gedanken fassen, wenn du lediglich mit Boxershorts bekleidet in meiner Küche stehst und deinen Luxuskörper an mir reibst.«

»Ach so?« Ich wackelte anzüglich mit den Augenbrauen. »Dann schlage ich dir einen Deal vor: Du lässt mich deinen Luxuskörper jetzt noch einmal ganz genau betrachten und im Gegenzug gebe ich dir achtundvierzig Stunden Zeit, mir eine Antwort zu liefern.«

»Eine Woche«, forderte Melody.

»Auf keinen Fall. Ich halte es keine Woche ohne dich aus. Die letzte Woche war schon eine Qual. Jetzt, da ich weiß, wie schön es ist, in dir zu sein, sind achtundvierzig Stunden das beste Zugeständnis, das ich dir machen kann.«

»Was ist, wenn ich nein sage?«

»Das wirst du nicht.«

»Du bist ziemlich von dir überzeugt, Ice.« Melody lächelte verschmitzt und ich entspannte mich ein wenig, da sich die emotionsgeladene Stimmung zwischen uns langsam aufzulösen schien.

»Ich bin von uns überzeugt, Baby.« Ich schob ihr den Morgenmantel von den Schultern und küsste mich genussvoll an ihrem Hals hinab. »Komm schon, nimm den Deal an, damit ich mich um diese schönen Brüste kümmern kann.« Ich ließ meine Hand zwischen ihre Beine gleiten und streichelte sie aufreizend.

Sie schloss die Augen und ließ den Kopf resigniert in den Nacken fallen.

Ich hatte gewonnen.

»Also gut. Achtundvierzig Stunden«, keuchte sie erregt und reckte mir ihre weichen Brüste entgegen.

KAPITEL 19
MELODY

»DU SIEHST ANDERS AUS, Mel.« Amy reichte mir eine Tasse Früchtetee mit Rumtrauben und Orangenaroma.

»Wie, anders?« Ich legte meine Hände um die wärmende Tasse, während ich Ted und die anderen Kids durch Amys Küchenfenster beim Herumtoben im verschneiten Garten beobachtete.

»Tiefenentspannt. Ausgeglichen. Glücklich. Hattest du Sex?«

Ertappt blickte ich auf die Tasse in meinen Händen.

»Du *hattest* Sex! Mit dem Eiswolf?« Amy grinste wissend.

»Könnte schon sein…«

»*Ich fasse es nicht!* Und? Erzähl mir alles! Wie war es? Wenn man den Gerüchten Glauben schenkt, lebt er seit Jahren abstinent.«

»Das hat er gesagt, ja.«

»Oh mein Gott! Ich fasse es nicht! Du hast Ice von den Toten auferweckt. Du, Melody Dawson, hast den Eiswolf aus seiner dunklen Höhle gelockt und ihn verführt.« Amy stieß einen anerkennenden Pfiff aus. »Lass dir nicht alles aus der Nase ziehen. Wie war er? Wieso kannst du überhaupt noch aufrecht gehen? Nach Jahren ohne Sex muss er dich doch bis zur Besinnungslosigkeit gevögelt haben.«

»Amy…«, mahnte ich und sah mich beschämt um.

»Außer uns ist hier niemand, Mel. Jetzt spiel mal nicht das schüchterne Mauerblümchen. Wir wissen beide, was für ein Vamp du sein kannst.«

»Das war, bevor ich Ted bekommen habe.«

»Man kann auch Mutter sein und trotzdem gern und oft hammermäßigen Sex haben.«

»Du vielleicht…«

»Du anscheinend auch. Wieso solltest du sonst wie ein Tannenbaum mit zehntausend Lichtern strahlen? Ich will Details. Sonst fessele ich dich an den Küchenstuhl und kitzele es aus dir heraus.«

»Bitte nicht«, lachte ich. »Ich erzähle es dir auch so.«

»Ich will dir da nicht reinreden, Mel«, sagte Amy ernst als ich sie über den Stand der Dinge mit Mav aufgeklärt hatte. »Du und Ted seid ein eingeschworenes Team. Ihr kommt allein klar. Sehr gut sogar. Ted ist ein cleveres, liebenswürdiges und aufgewecktes kleines Kerlchen. Die Frage, die nur du beantworten kannst, ist, ob du das Team auf Ice erweitern willst. Nicht etwa, weil du ihn oder sein Geld brauchst, denn das tust du nicht, sondern weil er euer Leben lebenswerter und glücklicher macht. Willst du das Duo in ein Trio verwandeln? Oder gar ein Quartett?«

»Quartett?« Entgeistert musterte ich Amy, die leichthin mit den Achseln zuckte.

»Dass Ice ein totaler Familienmensch ist, weiß jeder. Er hat sich damals so auf das Kind gefreut und war am Boden zerstört als er herausgefunden hat, dass es nicht sein Kind ist. An seinem Kinderwunsch wird sich nichts geändert haben. Mir ist nicht entgangen, wie vernarrt er in Ted ist. Wenn das zwischen euch funktioniert, wird er früher oder später womöglich ein eigenes Kind mit dir haben wollen.«

»Ich glaube, ich brauche jetzt was Stärkeres als Tee.«

»Wir könnten uns mit Glühwein betrinken und du übernachtest heute im Gästezimmer? Ted freut sich bestimmt, wenn er noch eine Nacht hier schlafen kann. In der Schule läuft sowieso fast nichts mehr. Alle sind mit den Gedanken längst in den Weihnachtsferien.«

»Das ist lieb von dir, aber Maverick hat mir achtundvierzig Stunden Zeit gegeben, um eine Entscheidung zu treffen und mein Bauchgefühl sagt mir, dass er vorher die Geduld verlieren wird. Also sollte ich besser einen klaren

Kopf bewahren und mich ausschlafen, bevor ich ihn morgen Nachmittag auf der Arbeit wiedersehe.«

»Wahrscheinlich hast du recht. Berücksichtige bei deiner Entscheidung, dass du nur ein Leben hast, Mel. Jeden Tag, den du ungenutzt verstreichen lässt, ist ein verlorener Tag. Verschwendete Lebenszeit, die dir niemand zurückgibt. Und bedenke, dass nicht alle Männer wie Josh sind. Vor allem nicht Ice. Er ist ein feiner Kerl. Ich glaube, dass er es verdient, von dir geliebt zu werden. Und ich glaube, dass du es verdienst, von ihm geliebt zu werden.«

»Hast du eine Antwort für mich?« Mav zog sich sein Sweatshirt über den Kopf und kam geschmeidig wie ein Raubtier auf mich zu.

Ich schluckte bei dem Anblick seines muskulösen Oberkörpers und den rebellischen Tattoos, die ihn zierten.

»Melody? Hast du eine Antwort für mich?«, wiederholte er leise drohend. Er stand unmittelbar vor mir. So nah, dass mir sein Duft nach Duschgel und frischem Aftershave in die Nase stieg.

Mavericks pechschwarze, lockige Haare waren von der Dusche, die er nach dem Training genommen hatte, noch feucht und hingen ihm verwegen in die Stirn.

»Ich werde sie dir mitteilen, wenn ich soweit bin«,

sagte ich mit erstaunlich fester Stimme und wies auf die Liege. »Doktor Logan meinte, dass deine Bewegungen auf dem Eis heute nicht sonderlich locker und gelenkig wirkten. Was ist los? Tut dir was weh?«

»Mein linkes Knie nervt mich schon seit ein paar Tagen. Aber das geht vorbei«, antwortete er leichthin.

»Ich möchte es mir ansehen. Zieh bitte deine Hose aus.«

Mav hob herausfordernd eine Augenbraue und lächelte wölfisch.

»Komm nicht auf falsche Gedanken, Ice. Das hier ist mein Arbeitsplatz«, tadelte ich ihn und drehte mich eilig zu meinem Schreibtisch, damit er die verräterische Röte nicht bemerkte, die mir bei dem verbotenen Gedanken, es mit Ice in meinem Behandlungszimmer zu treiben, ins Gesicht schoss.

»Na schön. Zum Glück muss ich meinen Ständer nicht mehr länger vor dir verbergen, da du weißt, was deine Hände auf meinem Körper anrichten.«

Ich verkniff mir eine Antwort und wartete darauf, dass Mav sich auf die Liege legte. Behutsam tastete ich sein linkes Knie ab. Dass er die Arme hinter dem Kopf verschränkte und meine Handgriffe aufmerksam verfolgte, erleichterte mir meine Aufgabe nicht gerade. Ich bearbeitete sein Knie konzentriert und schaffte es, mich mit jedem routinierten Griff ein wenig mehr zu entspannen. Als ich die Behandlung beendete und Maverick sich anzog, atmete ich erleichtert auf.

»Ich hole Ted von der Schule ab und bringe ihn zu dir in die Halle. Heute kann ich leider nicht bei eurem Training dabei sein, weil Doktor Logan eine Besprechung mit dem Team einberufen hat. Zu der komme ich sowieso schon zu spät, wenn ich Ted noch mit seinen Schlittschuhen und seiner Montur helfe.«

»Dann begleite ich dich zur Schule.« Mav griff nach seiner Jacke und kramte nach den Autoschlüsseln. »Nehmen wir meinen Wagen? Oder lieber deinen?«

Perplex hielt ich inne und hob den Blick von meinem Computer Monitor. »Du hast doch sicher Besseres zu tun, als Ted mit mir von der Schule abzuholen.«

»Rein zufällig nicht, nein. Gehen wir?« Er öffnete die Tür und machte eine einladende Handbewegung.

»Du musst wirklich nicht mitkommen.«

»Ich komme gern mit. Wir holen ihn einfach gemeinsam ab. Danach gehst du pünktlich zu deiner Besprechung und ich helfe ihm mit seiner Ausrüstung.«

»Okay…«, gab ich mich geschlagen und freute mich insgeheim über die Selbstverständlichkeit und den Nachdruck, mit der der Eiswolf mir sein Angebot unterbreitete.

»Ice!« Ted winkte uns schon von Weitem zu und rannte voller Begeisterung auf uns zu. »Hey Ice, was geht?«, begrüßte er Maverick, der lässig an seinem Truck lehnte und sich nun zu Ted hinunterbeugte, um mit ihm abzuklatschen.

»Wie war die Schule?«, fragte Mav und hob Ted auf seine Arme.

»Ganz in Ordnung. Wir haben Weihnachtssterne gebastelt. Wenn du willst, schenke ich dir meinen.«

»Das ist nett von dir. Aber schenke ihn lieber deiner Mom. Sonst ist sie traurig.«

»Wir können ihr ja einen neuen Stern basteln. Ich zeige dir, wie man ihn faltet. Dann kannst du auch einen Stern für sie basteln. Mom willst du, dass Ice einen Weihnachtsstern für dich bastelt?«

Ich biss mir in dem Versuch ernst zu bleiben, auf die Zunge. Das fiel mir sichtlich schwer. Denn Ted schien sich über alle Maße zu freuen, dass Maverick ihn von der Schule abholte und redete wie ein Wasserfall ohne Punkt und Komma auf ihn ein. Mav wiederum hörte ihm geduldig zu und amüsierte sich offenbar prächtig.

»Wieso sucht Ice am Wochenende nicht den Weihnachtsbaum mit uns aus? Er könnte uns beim Schmücken helfen und anschließend bastelt ihr beide mir einen Weihnachtsstern«, schlug ich vor und spürte Mavs überraschten Blick auf mir. »Es sei denn, du bist nach dem Spiel gegen die *Ontario Blizzards* am Freitag zu müde, um den Samstag mit uns zu verbringen«, bot ich ihm einen unkomplizierten Ausweg.

Ted nickte begeistert und der Eiswolf grinste breit. »Ist das ein *Ja*, Melody?«

Ich ließ mich von seinem Grinsen anstecken und gab ihm die Antwort, die wir uns beide wünschten. »Geben wir dem Ganzen eine Chance, ja.«

Mav stieß einen Jubelschrei aus und wirbelte Ted

übermütig durch die Luft. Der quietschte vergnügt und fühlte sich offenkundig pudelwohl in Mavericks Armen.

Meine beiden Jungs wirkten zufrieden und glücklich.

Und ich war es auch. So zufrieden und glücklich, wie schon viele Jahre nicht mehr.

KAPITEL 20
MAVERICK

DIE *BLIZZARDS* SPIELTEN von Anfang an rücksichtslos, dreckig und provokant. Sie legten es geradezu auf einen Faustkampf mit uns an. Ich versuchte, mich nicht aus der Reserve locken zu lassen und führte die Mannschaft sicher durch das erste Drittel.

»Zwischenbilanz«, kläffte ich, als der Schiedsrichter abpfiff.

»Smith, Spencer, Wellington und Derek sind angeschlagen«, informierte mich Samson. »Die Dreckskerle kennen unsere Schwachstellen. Sie wissen genau, wo sie uns die Schläger reinrammen müssen.«

»Lassen wir Wellington und Derek im nächsten Drittel auf der Bank. Samson und ich werden für sie auf dem Eis bleiben.«

Der Coach sah mich skeptisch an. »Sie werden dich jagen, Ice.«

»Dazu müssen sie mich erst mal kriegen. Wellington

und Derek sollen sich behandeln lassen, damit sie für das letzte Drittel fit sind. Vertrau mir, Coach. Ich regele das.«

»Na gut. Samson und Wolf bleiben auf dem Eis«, blaffte der Coach das Team an und trat allen kräftig in den Allerwertesten, bevor die Mannschaft für das zweite Drittel zurück auf das Eis ging.

Wie erwartet, witterten die *Blizzards* Blut und jagten mich über das Eis. Obwohl es mir gelang, die Gegner die meiste Zeit erfolgreich auszutricksen oder zu blocken, musste ich einige harte Bodychecks einstecken. Kurz vor Ende des zweiten Drittels wurde ich vom Eis genommen, weil ich bei einem Zusammenprall zu Boden ging und mir eine Platzwunde über dem linken Auge zuzog, die genäht werden musste.

»Dawson, sie assistieren Cook beim Zusammenflicken. Es muss schnell gehen, damit Wolf wieder raus kann«, verlangte der Coach und wies auf Melody, die mich mit einem sorgenvollen Blick musterte. »Los, los! Vielleicht kann er vor Ende des Drittels nochmal aufs Eis.«

Schweigend kniete sich Melody neben den Arzt, der mir das Blut vom Gesicht wischte und reichte ihm die Utensilien, um meine offene Wunde zu nähen.

»Es geht mir gut«, flüsterte ich, als Doktor Logans Assistenzarzt sich wegdrehte und in seinem Koffer kramte.

Ich strich flüchtig über Melodys Handrücken. Zu meiner Überraschung umklammerte sie meine Finger und hielt sie fest. »Pass bitte auf dich auf.«

»Versprochen.« Ich strich ihr unbemerkt über die Wange und stand auf. »Bereit, Coach.«

»Dann beweg deinen Arsch aufs Spielfeld und mach sie fertig. Sierra! Wechsel! Wolf geht rein.«

Nach dem Spiel ließ ich mich erschöpft auf die Bank in der Umkleide sinken und lauschte dem Gelächter meiner Teamkollegen, die sich nach unserem dritten Sieg in Folge für unschlagbar hielten. Ausnahmsweise würde ich ihnen das abgehobene Geprahle durchgehen lassen. Sie hatten es sich nach dem harten Kampf redlich verdient. Vor allem, da das Spiel gegen die *Blizzards* das Letzte vor dem Weihnachtsfest gewesen war. Nun galt es Kraft und Motivation zu tanken und sich mental auf den straffen Spielplan nach den Weihnachtstagen vorzubereiten.

Es fiel mir schwer, nicht vor Schmerzen das Gesicht zu verziehen, als ich meine Ausrüstung ablegte und meinen geschundenen Körper unter die Dusche schaffte.

Zum Glück musste ich heute nicht der obligatorischen Pressekonferenz beiwohnen. Somit konnte ich mir Zeit lassen und warten, bis alle Spieler die Umkleidekabine verlassen hatten. Ich wollte nicht, dass meine Teamkameraden sahen, wie viel ich heute hatte einstecken müssen. Als Kapitän der Mannschaft stand es mir nicht zu, Schwäche zu zeigen.

Müde schloss ich die Augen und lehnte den Kopf

gegen die Wand. Die Wunde über meinem Auge pochte unangenehm von dem heißen Wasser der Dusche, das über mein Gesicht lief.

Als ich zurück zur Bank schlurfte, saß dort Melody und blickte stumm auf ihre Hände.

»Hi«, sagte ich überrascht und setzte mich neben sie, wobei mir ein leiser Ächzer entfuhr.

»Ich wollte nach dir sehen.«

»Beruflich oder privat?«

»Beides. Geht es dir gut?«

»Ja, klar.«

»Lüg mich nicht an, Ice. Ich habe mir ernsthafte Sorgen um dich gemacht.«

Ich seufzte. »Es kann sein, dass ich ein bisschen was abbekommen habe. Aber das ist nicht der Rede wert.«

»Soll ich mir das, was nicht der Rede wert ist, mal ansehen?«

»Beruflich oder privat?«

»Maverick…«

Ich lachte leise und legte den Arm um ihre Schultern. »Meinst du, du könntest in ein enges, kurzes Krankenschwesteroutfit mit Reißverschluss an den Brüsten schlüpfen und dich ausgiebig um mich kümmern?«

»Du bist unmöglich«, lachte nun auch Melody.

»Wir befinden uns in einer Eishockey Umkleidekabine. Was erwartest du? Niveauloses, sexistisches Gequatsche ist hier Pflicht.«

»Ich kann verstehen, wenn du für morgen absagen willst und dich lieber schonst. Ted würde es ebenfalls verstehen.«

»Kommt nicht in Frage. Ich lasse mir das nicht entgehen.«

»Bist du sicher?«

»Einhundertprozent. Können wir jetzt nochmal auf das Krankenschwesteroutfit zu sprechen kommen?«

Melody stand kopfschüttelnd auf. »Bald ist Weihnachten. Schreib es auf deinen Wunschzettel, Ice.«

»Meinst du nicht, dass der Weihnachtsmann zu prüde für solche Wünsche ist?«

»Der Weihnachtsmann vielleicht. Ich allerdings nicht.«

Ich knurrte lüstern und griff nach Melody. Doch sie wich mir kichernd aus und gab mir einen Klaps auf den Arm.

»Wie viele solcher Wünsche darf ich bei dir einreichen?«

Ein fiebriges Glitzern lag in ihren Augen als sie sich zu mir hinabbeugte. »So viele du dir zutraust, Ice. Aber überschätz dein Durchhaltevermögen nicht. Krankenschwestern können ausgesprochen fordernd und anspruchsvoll sein«, wisperte sie und streifte mit ihren Lippen meine Wange. »Wir sehen uns morgen früh. Ich kann es kaum erwarten, deinen Wunschzettel zu lesen.«

KAPITEL 21
MELODY

TED LAG BEREITS in aller Früh auf der Lauer und
wartete auf glühenden Kohlen darauf, dass Mav eintraf.

»Mom, du kannst nicht einfach ohne Ice frühstücken.
Das ist unhöflich«, tadelte er mich und nahm mir den
Bagel aus der Hand, um ihn auf den Teller zurück-
zulegen.

»Wir wissen doch gar nicht, wann Ice kommt, Teddy.
Gut möglich, dass er nach dem gestrigen Spiel erst mal
ausschläft.«

»Er hat mir versprochen, dass er zum Frühstück bei
uns ist.«

»Du solltest Ice nicht immer so vereinnahmen,
Schatz«, sagte ich sanft und strich Ted über den Rücken.

Im gleichen Moment vernahm ich das Geräusch eines
Autos, das neben dem Haus zum Stehen kam. Ted rannte
los und riss die Tür auf. Ich folgte ihm lächelnd.

»Jetzt lass Ice doch erst mal aussteigen«, rief ich von

der Veranda aus und winkte Mav zu, der vorsichtig die Tür öffnete, um sie Ted, der unmittelbar davor wartete, nicht gegen den Kopf zu schlagen.

Wenig später saßen wir um den Frühstückstisch und ich hörte den beiden Jungs dabei zu, wie sie sich über das gestrige Spiel unterhielten. Wieder einmal bewunderte ich, wie respektvoll und geduldig Maverick auf Teds kindliches, ausgelassenes Geplapper einging.

Ich saß stumm daneben und fotografierte mit der Seele den Anblick der beiden, die vollkommen in ihrer Diskussion aufgingen.

Mav legte seine Hand unter dem Tisch auf meinen Oberschenkel und ließ sie darauf verweilen. Ich legte meine Hand auf die seine und hielt sie fest. Eine innige, wenngleich unschuldige Geste, die sich völlig selbstverständlich und absolut richtig anfühlte.

»Geh nach oben und zieh dich um, Ted. Sonst sind alle Weihnachtsbäume verkauft, bis wir kommen«, bat ich und räumte das Geschirr, das Mav mir reichte, in die Spülmaschine.

»Ich dachte eigentlich, dass wir in den Wald fahren und uns dort den schönsten Weihnachtsbaum aussuchen«, entgegnete Mav verblüfft. »Du willst ihn *kaufen*?« Er schaute mich an, als hätte ich einen total abwegigen Vorschlag gemacht.

»Ich dachte, das mit dem Weihnachtsbaum fällen und ihn auf dem Schlitten nach Hause ziehen gibt es nur im Film?«

Mav schmunzelte und strich mir behutsam die Haare

hinter die Schultern. »Du bist so süß.« Er beugte sich vor und legte zärtlich seine Lippen auf die meinen.

Alarmiert sah ich zu Ted. Doch der stand bloß in der Ecke und grinste wissend.

»Teddy, was Ice und mich betrifft...« Ich löste mich von Ice und ging zu meinem Sohn.

Wie zur Hölle erklärte eine Mutter ihrem sechsjährigen Kind, dass sie sich verliebt hatte? Ted wusste ja nicht einmal, was das bedeutete. Dieses Gespräch hatte ich eindeutig nicht hier, nicht jetzt und nicht so mit Ted führen wollen.

»Magst du Ice?«, fragte Teddy.

Ich kniete mich vor ihn und nahm ihn in den Arm. »Ja, das tue ich. Sehr sogar.«

Ted spielte mit meinen Haaren und blickte zufrieden zu Mav. »Ice mag dich auch.«

»Meinst du?«

»Ich weiß es. Er hat es mir gesagt.«

»Hat er das?« Ich hob vielsagend die Augenbrauen und sah ebenfalls zu Maverick.

»Ja, das hat er«, lächelte der und kam zu uns herüber.

»Ist es okay für dich, wenn Ice und ich uns mögen, Ted?«

»Klar. Ice beschützt dich, sagt er. Und mich.«

»Hast du denn Angst, mein Schatz?« Ich strich Ted besorgt durch sein blondes Haar.

»Ice sagt, ich muss keine Angst haben. Also habe ich auch keine.«

Mit diesen Worten lief er hoch in sein Zimmer, um sich für die Weihnachtsbaumsuche umzuziehen.

Ich richtete mich auf und wandte mich an Mav. »Wie ich sehe, redet ihr beiden nicht nur über Eishockey.«

»Wir reden über Eishockey und über Frauen.«

»Tatsächlich? Eine interessante Kombination. Und was redet ihr so über Frauen?«

»Wusstest du, dass Ted in Sally aus der zweiten Klasse verliebt ist?«

Mir fiel die Kinnlade herunter. »Nein. Das wusste ich nicht. Wieso erzählt er dir sowas und mir nicht?«

Mav zuckte die Achseln und zwinkerte mir zu. »Das sind Männergespräche, Baby.«

»Von wegen. Ich will alles wissen.«

»Das geht nicht. Streng vertraulich«, gluckste er.

»Mom, ich finde meinen grünen Pullover mit dem Rentier nicht«, rief Ted von oben.

»Ich komme gleich, Schatz«, rief ich zurück. »Und was eure Frauengespräche betrifft, Ice: Darüber reden wir noch.«

Da wir keinen Schlitten besaßen, telefonierte ich mit Amy, die sofort anbot, uns die von Maya und Sam zu leihen. Als wir die Schlitten wenig später dort abholten und auf der Ladefläche von Mavericks Truck verstauten, wunderte ich mich, dass Amy sich mit ihren zweideutigen Kommentaren ausnahmsweise zurückhielt und mich stattdessen zum Abschied fest umarmte.

»Ruf mich an«, flüsterte sie und schloss winkend die Tür des Beifahrersitzes.

Wir fuhren auf einen wenig besuchten Waldparkplatz etwa fünfzehn Minuten von *Arctic Valley* und spazierten zusammen über den schneebedeckten Weg in den verschneiten Winterwald. Ted saß auf einem der Schlitten, den Mav scheinbar mühelos hinter sich herzog. Ich zog den zweiten Schlitten und hielt Mavericks Hand fest umschlossen. Selbst durch die Handschuhe konnte ich die Wärme spüren, die von ihm ausging.

Die Sonne, die zwischen den Baumkronen hindurchlugte, wärmte die kalte Luft und brachte die Schneelandschaft zum Glitzern. Feuerrote Hakengimpel und leuchtend orangene Fichtenkreuzschnabel saßen auf den Ästen und schauten neugierig auf uns hinab. Irgendwo bearbeitete ein Specht fleißig einen Baumstamm. Im Schnee um uns herum, fanden sich zig Tierspuren, die Ted mit Mavs Hilfe als Bisons, Elche und Rentiere identifizierte.

Ich war erstaunt, wie gut sich der Eiswolf in der Natur auskannte und es freute mich, wie sehr sich Ted dafür begeisterte.

Vor einem kleinen Tannenwald blieben wir stehen und Ted kletterte vom Schlitten, um zusammen mit Mav die einzelnen Bäume kritisch zu begutachten und zu bewerten.

Ich beobachtete belustigt die beiden Jungs, die gewissenhaft und pflichtbewusst nach dem perfekten Weihnachtsbaum suchten und speicherte diesen idyllischen, wahrhaft perfekten Augenblick tief in meiner Seele ab, damit ich ihn an weniger perfekten Tagen hervorkramen und Energie daraus ziehen konnte.

»Wir haben ihn«, schrie Ted und winkte mich ungeduldig herbei.

Ich schnappte mir die Axt, die Mav mitgebracht hatte und ging zu ihnen hinüber. Vor einem etwa ein Meter sechzig großen, gerade gewachsenen und bemerkenswert buschigen Tannenbaum blieb ich stehen.

»Ein wirklich schönes Exemplar. Er gefällt mir«, lobte ich den stolzen Ted und reichte Mav die Axt.

Ich verfolgte mit einer Mischung aus Stolz und Bewunderung, wie der Eiswolf mit kraftvollen und gezielten Schlägen den Baum für uns fällte. Mit jeder Faser seines Körpers strahlte dieses beispiellose Alphatier Macht und Sexappeal aus.

Als er sich aufrichtete, begegnete sein Blick dem meinem. Er erkannte meine Gedanken sofort und der diabolische Glanz in seinen Augen ließ mich vermuten, dass er genau dasselbe dachte und wollte, wie ich.

Obwohl ich am liebsten sofort über ihn hergefallen wäre, genoss ich die knisternde Atmosphäre, die sich zwischen uns auflud und wusste, dass es episch sein würde, wenn sich die sexuelle Anspannung schließlich in einem fulminanten Feuerwerk entlud.

»Hilfst du mir, ihn auf den Schlitten zu laden und festzubinden?«, wandte sich Mav an Ted, der sich sofort ans Werk machte.

Kurze Zeit später stapften wir durch den Schnee zurück zum Parkplatz. Während Maverick den Tannenbaum auf seinem Schlitten hinter sich her balancierte, saß Ted auf dem Schlitten, den ich durch den Schnee zog.

Plötzlich blieb Mav stehen und bedeutete uns, dasselbe zu tun. »Ein Polarfuchs«, zischte er fasziniert und streckte den Arm aus.

Ich folgte seinem Fingerzeig und entdeckte ein kleines, weißes Knäul, das sich geschickt und schnell wie ein Wiesel einen Weg durch die Schneemassen bahnte.

»Wie knuffig«, flüsterte ich entzückt und beäugte den weißen Fuchs, der sich perfekt in die Schneelandschaft einfügte, bis er hinter einer Schneewehe verschwand.

Es war doch erstaunlich, zu welch kunstvollen Meisterwerken die Natur fähig war. Und noch erstaunlicher, dass wir Menschen uns so selten die Zeit nahmen, sie gebührend zu würdigen.

Auf dem Parkplatz angekommen, befreiten wir den Tannenbaum von seinem weißen Puderzuckerkleid und luden ihn zusammen mit den Schlitten auf den Truck. Ich kuschelte mich in den beheizten Sitz und genoss die wohlige Wärme, von Mavs Hand auf meinem Oberschenkel, mit der er entspannt, obgleich unmissverständlich seinen Besitzanspruch markierte. Ich imitierte die Geste, da auch ich den unbändigen Drang verspürte, den Eiswolf allein für mich zu beanspruchen.

Den Rest des Tages verbrachten wir damit, den Baum ins Haus zu tragen und aufzustellen und schmückten ihn mit der Deko, die ich mit Amy bei unserem letzten Einkaufsbummel erstanden hatte. Dabei tranken wir heißen Kakao und Chai Latte mit Zimt, aßen die Lebkuchenmänner, die Ted und ich am Donnerstagabend gebacken hatten und ließen uns von den weihnachtlichen Songs, die im Radio spielten, von der Vorfreude auf das Weihnachtsfest anstecken.

Während Mav und Ted auf dem Wohnzimmertisch den Weihnachtsstern bastelten, den Ted mir versprochen hatte, zündete ich im Haus die selbstgegossenen Duftkerzen an, die ich in dem kleinen Laden gegenüber von Teds Schule erworben hatte.

Die Düfte von Kardamom und Mandarine, Zimt und Vanille, Bratapfel und Karamell, Teakholz und Tanne sowie Amber und schwarzer Johannisbeere erfüllten die Räume unseres gemütlichen Heims und vermischten sich mit dem intensiven Holzgeruch des knisternden Kaminfeuers.

Nach einem deftigen *Makkaroni and Cheese* Abendessen, lümmelten wir uns zusammen auf die Couch und ließen den schönen, ereignisreichen Tag mit »Santa Clause – Eine schöne Bescherung«, einem wundervollen Klassiker, ausklingen.

Es dauerte keine zwanzig Minuten, bis Ted auf Mavs Schoß die Augen zufielen.

Als ich ihn in sein Bett getragen und zugedeckt hatte, kehrte ich beschwingt ins Wohnzimmer zurück, um ein paar Stunden wertvolle Zweisamkeit mit meinem Eiswolf zu genießen. Doch zu meiner Enttäuschung erwartete mich im Wohnzimmer kein allzeit bereiter, sondern ein selig schlafender Eiswolf.

So gern ich ihn auch mit in mein Schlafzimmer genommen und dort vernascht hätte, brachte ich es nicht übers Herz, ihn zu wecken und ihn mit meinen Bedürfnissen um den Schlaf zu bringen. Denn einen erholsamen Schlaf hatte er sich nach dem brutalen Spiel am Freitag und dem heutigen Ausflug an der frischen Luft mit uns, eindeutig verdient.

Ich schob meine lüsternen Fantasien beiseite und schnappte mir stattdessen eine Wolldecke vom Stapel, mit der ich den Eiswolf zudeckte. Zärtlich strich ich ihm durch seine Locken und verspürte ein überwältigendes Ziehen in meiner Brust.

Genauso musste sich vollkommenes Glück anfühlen.

Unendliche Dankbarkeit.

Grenzenlose Demut.

Pure Lebensfreude.

Ich dankte Gott, oder was immer dort draußen über uns wachte dafür, dass es Maverick Wolf in unser Leben gesandt hatte. Denn dieser Mann war alles und so viel mehr als das, was ich je zu träumen gewagt hatte.

KAPITEL 22
MAVERICK

ALS ICH AUFWACHTE, wusste ich im ersten Moment nicht, wo ich mich befand. Ich schaute mich in dem in Dunkelheit gehüllten Zimmer um und entspannte mich, als mir einfiel, dass ich genau dort war, wo ich sein sollte: Bei Melody.

Allerdings konnte ich Melody nirgendwo entdecken. Ein Blick auf meine Armbanduhr verriet mir, dass sie längst zu Bett gegangen sein musste.

Da ich keine weitere Sekunde ohne sie verschwenden wollte, hievte ich mich vom Sofa und stieg leise die Treppen zu ihrem Schlafzimmer hinauf. Heiße Flashbacks schossen mir bei dem Gedanken daran, was Melody und ich vor einer Woche in genau diesem Schlafzimmer getrieben hatten, in mein Gedächtnis und auf direktem Weg zwischen meine Lenden.

Ich drehte den Knauf und öffnete vorsichtig die Tür.

In dem schwachen Mondlicht erkannte ich Melody,

die tief und fest in ihr Kissen gekuschelt schlief. Ihr Atem ging ruhig und regelmäßig. Ihr Gesicht wirkte vollkommen sorglos und unbekümmert.

Darauf bedacht, sie nicht zu wecken, zog ich mich aus und schlüpfte neben sie in das wunderbar vorgewärmte Bett.

Mein ausgehungerter Schwanz, der fest entschlossen schien, die Dürreperiode der letzten drei Jahre mit Siebenmeilenstiefeln aufzuarbeiten, drängte sich fordernd an Melodys Po, doch ich widerstand dem Drang, sie zu wecken, um meine Bedürfnisse zu befriedigen. Zu ihrer Arbeit, die sie so fleißig und gewissenhaft erledigte, kümmerte sie sich auch noch aufopferungsvoll und liebevoll um ihren kleinen Sohn. Sie war eine echte Powerfrau mit einem Herz aus Gold. Deshalb verdiente sie es, sich auszuschlafen und sich zu erholen, statt dass ich sie die halbe Nacht mit meinen wilden Fantasien auf Trab hielt und sie mit meiner Lust an ihre Grenzen trieb.

Ich schmiegte mich an Melodys verführerischen Körper und genoss ihre Nähe, die Wärme, die sie ausstrahlte und den betörenden Duft von Patschuli und Zimt, der meine Sinne flutete und mich leise seufzen ließ.

Während ich meine Nase in ihrer Halsbeuge vergrub und meine Hand sich um ihre weiche Brust schloss, dachte ich darüber nach, wie unfassbar glücklich ich mich schätzen konnte, dass das Schicksal mir einen Weihnachtsengel gesandt hatte. Den sinnlichsten, schärfsten und bewundernswertesten Engel, den ich mir wünschen konnte.

Mehr, so viel mehr als ich je zu hoffen und zu

träumen gewagt hatte.

Mit einem überwältigenden Gefühl von Dankbarkeit, Glück und Zufriedenheit entschwand ich ein zweites Mal in dieser Nacht völlig losgelöst in das Land der Träume.

Das zärtliche Streicheln von Melodys Fingern, die südwärts an meinem Körper hinabwanderten, weckte mich früh am nächsten Morgen. Ich öffnete blinzelnd meine bleiernen Augenlider und erkannte, dass ich vollkommen nackt auf dem Rücken lag. Die ebenfalls unbekleidete Melody kniete zwischen meinen Beinen und umfasste in diesem Moment meinen pulsierenden Schwanz, der steif und schwer auf meinem Bauch ruhte.

»Guten Morgen«, gurrte sie und begann meine erregte Männlichkeit mit ihren Händen zu liebkosen.

»Das sieht mir eher nach einem absolut fantastischen Morgen aus«, keuchte ich und genoss die Zuwendung, die sie mir schenkte.

»Du hast mehr Flecken als ein Dalmatiner, Ice. Das muss doch höllisch weh tun.«

»Wenn ich dir sage, dass du vollkommen recht hast, wirst du dich dann um sie kümmern? Als meine persönliche Krankenschwester?« Ich spannte meine Bauchmuskeln an und stieß ihren Bewegungen mit meinem Becken entgegen.

»Ist denn heute schon Weihnachten?«, erwiderte sie

neckend und verstärkte den Druck um meine Erektion.

»Es fühlt sich definitiv so an«, murmelte ich und wand mich unter ihrem Griff.

»Na dann bin ich gespannt, wie sich das hier für dich anfühlt.« Melody beugte sich vor und bevor ich verstand, was sie vorhatte, umschloss ihr süßer Mund bereits meinen steifen Schwanz und begann, an ihm zu saugen.

Als wüsste sie, was diese Empfindung in mir auslöste, streckte sie im selben Moment ihren freien Arm aus und bedeckte mit ihrer Hand meinen Mund, um so den animalischen Schrei, der sich meiner Kehle entrang, abzufangen.

»Oh Gott, Baby, du bringst mich um«, krächzte ich und versuchte verzweifelt, leise zu sein. Ich tastete nach meinem Kopfkissen und drückte es mir ins Gesicht, um meine ekstatischen Schreie darin zu ersticken.

Melody saugte hingebungsvoll an meinem Schwanz, lutschte ihn so genüsslich wie ein Eis am Stiel und brachte mich damit vollends um den Verstand.

Mit der freien Hand griff ich in ihr Haar, um ihren Kopf zu fixieren und fickte sie in einem Anflug grenzenloser Gier schamlos in den Mund.

Ihrem lustvollen Stöhnen nach zu urteilen, bereitete ihr dieser wilde Ritt ebenso viel Befriedigung wie mir. Unter ihrem Stöhnen schwoll mein Schwanz in ihrem Mund weiter an. Er pulsierte beinahe schon schmerzhaft zwischen ihren Lippen und bettelte um Erlösung.

»Ich komme gleich, Baby.« Ein warmer Schauer rieselte über meinen Körper und ich lockerte meinen Griff, um sie in die Freiheit zu entlassen.

Doch Melody umgriff mit einer Hand die Wurzel meiner Erektion und bearbeitete sie rastlos mit ihrer Hand, während ihr Mund unermüdlich weiter an ihr saugte. Mit der anderen Hand massierte sie meine schweren Eier, die sich unter ihren geschickten Fingern voller Entzücken zusammenzogen und meinen unaufhaltsamen Orgasmus ankündigten.

Ich ergoss mich hart und lang in Melodys hungrigen Mund. Als ich mir das Kissen vom Gesicht riss und beobachtete, wie sich Melody meinen cremigen Saft von ihren geschwollenen Lippen leckte, überrollte mich ein zweiter, nicht minder intensiver Orgasmus.

Mit geröteten Wangen und zerzausten Haaren saß Melody zwischen meinen gespreizten Beinen und sah mich aus fiebrig glänzenden Augen erwartungsvoll an.

»Hat dir das gefallen?«, fragte ich mit heiserer Stimme.

Sie nickte, wobei sich ihre Wangen noch eine Nuance röter färbten.

Mein Engel verwöhnte mich mit einem phänomenalen Blowjob und es machte ihr genauso viel Freude, ihn mir zu schenken, wie es mir Lust bereitete, ihn von ihr entgegenzunehmen.

Wow.

Diese Erkenntnis ließ eine warme Welle der Zuneigung über mich schwappen, die jedoch im nächsten Augenblick von einem Schwall heißer Leidenschaft verdrängt wurde, als Melody begann, ihre steifen Knospen zwischen Zeigefinger und Daumen zu rollen und aufreizend mit ihren vollen Brüsten spielte.

»Brauchst du es, Baby?« Meine Stimme klang dunkel und rau. Ich konnte das Höllenfeuer, das diese Frau in mir auslöste, nicht löschen. Also versuchte ich es erst gar nicht.

»Ja«, hauchte sie und bog den Rücken durch.

»Willst du meinen Schwanz oder machst du es dir selbst?«

»Deinen Schwanz. Bitte.« Sie schloss die Augen und schluckte überwältigt.

»Du bekommst ihn, Baby. Ich werde ihn dir bis zum Anschlag reinschieben und deine enge Pussy bis zum Rand ausfüllen.«

»Ice…« Sie stöhnte gequält und ließ die linke Hand zwischen ihre Beine gleiten.

»Ich will dich auf allen Vieren. Jetzt!«

In Melodys Nachttisch fand ich die Kondome, die ich das letzte Mal in der Hoffnung auf eine Fortsetzung unserer hemmungslosen Nacht dort gelassen hatte.

Ungeduldig streifte ich mir eines der Kondome über und kniete mich hinter sie.

Ich packte ihren Nacken und griff mit der anderen Hand in ihre Spalte, um zu ertasten, ob sie bereit für mich war.

Ein zufriedenes Lächeln breitete sich auf meinem Gesicht aus, als ihre Feuchtigkeit meine Hand benetzte. »So ist es gut, Baby«, lobte ich sie. »Du kannst es kaum erwarten, dass ich es dir mache.«

Ich nahm meinen Schwanz in die Hand und führte ihn vorsichtig in sie ein. Sie umschloss ihn mit ihrer engen Mitte, presste ihn aus, melkte ihn, sog ihn tief in sich hinein, bis er gänzlich zwischen ihren Schenkeln verschwunden war.

Ich stieß ein primitives Knurren aus und umfasste ihre kurvigen Hüften, genoss den Anblick ihres knackigen Pos, den sie mir voller Vertrauen entgegenreckte.

Gemächlich begann ich in sie zu stoßen und merkte schon bald, dass weder ihr noch mir das entspannte Tempo genügte.

Wir wollten mehr. Brauchten mehr.

Ich steigerte meine Geschwindigkeit und intensivierte die Härte meiner Stöße.

»Einmal die Woche ist nicht genug, Baby«, schnaubte ich erregt, während ich unaufhörlich in sie pumpte. »Ich bin süchtig nach dir. Ich muss dich jeden Tag haben. Jede Nacht. Gott, ich will dich vor jedem gottverdammten Spiel ficken, Melody. Und danach. Und in den Spielpausen.«

Sie wimmerte leise und ließ sich auf die Unterarme fallen.

»Ich besorge es dir jetzt und anschließend reden wir darüber, wie oft ich dich von nun an pro Woche vögeln darf.«

Eine Gänsehaut bildete sich auf ihrer Wirbelsäule und kletterte hinauf zu ihren Schultern. Ihr schien der Gedanke, regelmäßig von mir befriedigt zu werden, also zu gefallen.

»Sag mir, dass nur ich dich besteigen darf, Baby«, keuchte ich und löste eine Hand von ihrer Hüfte, um damit ihre Perle zu reiben.

»Ich…« Melody brach ab und seufzte selig, als meine Finger ihre Schamlippen teilten und sie aufreizend an ihrer empfindlichsten Stelle streichelten.

»Sag es mir. Sag mir, dass nur ich Zugang zu deiner süßen, kleinen Pussy habe.« Ich pfählte sie mit schnellen, gezielten Stößen und spürte, dass sie kurz davor war, loszulassen.

»Ich muss es wissen. Sag mir, dass dich kein anderer Mann anfassen darf. Dass du allein mir gehörst. So wie ich allein dir gehöre. Nur du darfst meinen Schwanz reiten, Baby. Ich komme nur in deinem Mund. Und ich spritze nur in dir ab.«

Melody bäumte sich auf. Ein Schluchzen entwich ihrer Kehle und ihre enge Mitte zog sich hungrig um meine Latte zusammen. »Ich will nur dich«, beteuerte sie atemlos, während der Orgasmus ihren Körper erschütterte.

Ich zog mich aus ihr zurück, warf sie auf den Rücken, legte mich auf sie und drang mit einem einzigen, festen Ruck in sie ein.

»Sag es noch einmal«, forderte ich. »Sag es mir.« Ich pumpte getrieben von Gier und Lust in ihre klatschnasse Mitte und erschauderte, als sie mir ins Ohr flüsterte, dass sie mir gehörte.

Allein mir.

Nur mir.

Ich ließ los und erbebte unter einem weiteren markerschütternden Höhepunkt. Angefeuert von den gedämpften, animalischen Lauten, die meinen Orgasmus begleiteten, riss ich Melody mit mir.

KAPITEL 23
MELODY

NACH DER AUSGEDEHNTEN Morgengrauen-Sporteinheit mit meinem unzähmbaren Eiswolf waren Mav und ich eng umschlungen eingenickt, bis uns ein paar Stunden später ein lautes Klappern aus der Küche weckte.

Ted hatte versucht sich Pancakes zuzubereiten, was mit zwei kaputten Eiern auf dem Fußboden und jeder Menge verschüttetem Mehl auf dem Esstisch endete. Immerhin hatte er gewusst, welche Zutaten in einen Pancake Teig gehörten.

Mav beseitigte, ohne mit der Wimper zu zucken, das Chaos. Ted half ihm dabei und konnte sein Glück kaum fassen, dass sein großer Kumpel auch den Sonntag mit ihm verbringen würde. Ich wagte einen zweiten Versuch, was die Pancakes betraf und zauberte uns ein gebührendes Sonntagsfrühstück.

Gegen Mittag rief Amy an und fragte, ob Ted und ich

Lust hätten mit ihnen die Weihnachtsparade in der Innenstadt von *Arctic Valley* anzusehen. Da Weihnachten unmittelbar bevorstand, wimmelte es in *Arctic Valley* nur so vor Weihnachtsveranstaltungen.

Mav hatte mir die Arme um die Taille geschlungen und angeboten, uns zu begleiten. Ich horchte in mich hinein und da es sich absolut richtig und vollkommen selbstverständlich anfühlte, sagte ich zu.

Nun standen wir hier am Straßenrand der *Arctic Lane* und bestaunten die kunstvoll geschmückten Umzugswagen, die begleitet von traditioneller Weihnachtsmusik langsam die Straße entlang rollten.

Ein Santa Claus nach dem anderen zog winkend an uns vorbei. Santa Claus auf einem Schlitten voller Rentiere, auf einem Schneemobil, in einer Kutsche mit Eisbären und sogar auf einem aus bunten Glühbirnen bestehenden Motorrad. Weihnachtselfen mischten sich mit Rauschgoldengeln, mit überdimensionalen, menschlichen Geschenken, den *Heiligen Drei Königen* samt echten, als Kamele verkleideten Elchen und wandelnden Tannenbäumen. Die Fantasie der Bewohner von *Arctic Valley* schien grenzenlos.

Selten hatte ich Mav so ausgelassen und heiter erlebt, wie während dieser Parade. Er und Bryan unterhielten sich zu meiner Rechten über den als Polarexpress umgebauten Löschzug, der gerade eben vorbeigefahren war, während die Kids fleißig die Süßigkeiten einsammelten, die die Teilnehmer der Parade an die kleinen Mitbewohner von *Arctic Valley* verteilten. Amy hatte erfahren, dass in einem der angrenzenden Läden heißer Glühwein verkauft wurde und war losgezogen, um uns ein paar Tassen davon zu besorgen.

Ich ließ meinen Blick unbekümmert über die weihnachtlich dekorierte Innenstadt gleiten und fühlte mich wunschlos glücklich und angekommen.

Das änderte sich jedoch schlagartig als ich zwischen den Menschenmassen auf der gegenüberliegenden Straßenseite ein allzu bekanntes Gesicht zu erkennen glaubte, das mir das Blut in den Adern gefrieren ließ.

Josh.

Aber das war unmöglich.

Oder?

Ein vorbeifahrender überdimensionaler Weihnachtsschlitten samt Tannenbaum verdeckte mir die Sicht. Als er endlich mein Sichtfeld räumte, war die Gestalt, die mir sämtliche Luft aus den Lungen weichen ließ, nicht mehr zu sehen.

»Du siehst aus als wärst du in einer Geisterbahn und nicht auf einer Weihnachtsparade. Alles okay, Mel?« Amy reichte mir eine der vier dampfenden Tassen, die sie geschickt balancierte.

Ich umfasste die heiße Tasse mit meinen Händen. Doch weder die Hitze, die von dem Becher ausging, noch die hochprozentige Flüssigkeit, die ich in mich schüttete, konnten die paralysierende Kälte, die sich in meinem Inneren ausbreitete und sich in meine Eingeweide fraß, vertreiben.

»Er ist hier«, raunte ich fassungslos und so leise, dass nur Amy es hören konnte.

Meine Augen ruhten auf Ted und ich trat instinktiv hinter ihn.

»Wer ist hier? Ted? Ice?«

»Josh«, sagte ich tonlos.

»*Josh?*«, zischte Amy entgeistert.

Ich nickte.

»Das ist unmöglich.«

»Ich weiß. Aber ich bilde mir das doch nicht ein…«

»Vielleicht war es jemand, der Josh ähnlich sieht. Woher sollte er wissen, dass du hier bist?«

»Keine Ahnung.« Meine Augen füllten sich mit Tränen und meine Hände begannen unkontrolliert zu zittern.

»Melody.« Amy legte mir beruhigend die Hand auf die Schulter. »Beruhige dich und atme tief durch. Es gibt für deine Beobachtung bestimmt eine logische Erklärung und die lautet nicht Josh. Du siehst Gespenster. Morgen früh rufst du deinen Vertrauensmann beim Miami Police Department an und der wird dir dasselbe sagen, wie ich: Dass du in Sicherheit bist.«

»Was, wenn nicht?«

»Stimmt etwas nicht?« Maverick gesellte sich zu uns und hob prüfend mein Kinn an.

Ich rang mit mir und überlegte, ob ich ihm von meiner furchteinflößenden, mysteriösen Sichtung erzählen sollte oder ob ich unser frisches Glück unberührt von meinen Sorgen ließ. Zumindest so lange, bis ich in Miami angerufen und mir Klarheit verschafft hatte.

»Es geht mir gut«, antwortete ich ausweichend, da ich Maverick nicht anlügen wollte.

Und es stimmte: Es ging mir gut. Es ging mir so gut, wie seit Jahren nicht mehr. Bis auf den Schrecken, den mir der vermeintliche Doppelgänger von Josh eingejagt hatte, ging es mir gut und ich würde nicht zulassen, dass mein Ex-Mann mir selbst tausende Kilometer von Miami entfernt, noch Angst machte und mein Leben ein drittes Mal zerstörte.

Am Montagmorgen brach Maverick zum Training auf und nahm Ted mit, um ihn bei Amy abzuliefern, die sich im Gegensatz zu mir schon im wohlverdienten Weihnachtsurlaub befand. Ich verbrachte den Morgen damit, mich mit dem Einpacken von Geschenken abzulenken, was mir nur mäßig gelang. Um elf Uhr hielt ich es nicht mehr länger aus und rief mit unterdrückter Nummer die einzige Person an, der ich im Miami Police Department, wo auch mein Ex-Mann bis zu seiner Verhaftung gearbeitet hatte, vertraute.

»Williams«, meldete sich Detective Cameron Williams mit der üblichen Ungeduld in der Stimme.

»Cam, ich bin's, Melody.«

»Warte kurz«, wies mich der Detective brüsk an.

Es knackte und raschelte in der Leitung. Dann hörte ich, wie eine Tür ins Schloss fiel und Cameron sich räusperte. »Wie geht es dir?«

»Gut, danke.« Ich spielte mit dem Reißverschluss

meines Sweatshirts und versuchte nach außen hin ruhig und sortiert zu wirken.

»Hast du dich gut eingelebt?«

»Ja, es gefällt uns hier.«

»Aber du rufst nicht an, um mit mir über das Wetter zu plaudern, nehme ich an?«

»Nein.« Ich seufzte und holte tief Luft, um Cam von meiner beunruhigenden Beobachtung zu erzählen.

Am anderen Ende der Leitung blieb es still und fast glaubte ich, die Leitung sei tot, als Cam leise hüstelte.

»Ich habe ihn auf dem Radar, Melody. Soweit ich informiert bin, ist er in kein Flugzeug gestiegen. Weder nach Kanada, noch sonst wohin. Mein Kumpel bei der Flugsicherheit hätte mich sofort angerufen.«

Cam hatte einen großen Gefallen bei seinem Kontakt in der Flugsicherheit eingelöst, in dem er Josh inoffiziell auf die sogenannte *Watch-List* setzen ließ. Buchte sich Josh also ein Flugticket, egal wohin, würde Cam umgehend eine Nachricht von der Flugsicherheit erhalten.

»Kennst du seinen aktuellen Aufenthaltsort? Hat ihn jemand in Miami gesehen in letzter Zeit? Seine alten Kumpels beim Dezernat?«

»Kaum einer hat noch Kontakt zu ihm und die, die sich mit ihm treffen, würden es mir nicht sagen. Ich habe letzte Woche eine Zivilstreife bei ihm vorbeigeschickt. Er wohnt in einem Apartment in North Miami.«

»Haben die ihn dort angetroffen?«

»Ja, haben sie, Melody.«

»Aber seitdem könnte er überall sein…«

»Nicht überall. Wie sollte er es in den paar Tagen von

Miami ohne Flugzeug bis zu euch geschafft haben? So einfach geht das nicht.«

»Aber ausschließen kannst du es nicht, oder?«

Cams Schweigen verriet mir, dass ich recht hatte, obwohl ich liebend gern falsch gelegen hätte.

»Ich schicke heute noch eine Streife bei ihm vorbei und lasse mir ein Foto schicken, okay? Ruf mich heute Abend wieder an, dann haben wir Klarheit. Und bis dahin versuche ruhig zu bleiben und klar zu denken. Nur wer klar denkt, behält in jeder Situation die Kontrolle. Verstanden?«

»Verstanden«, murmelte ich leise.

»Bis später, Melody. Ich bin mir sicher, dass die Sache heute Abend vom Tisch sein wird. Mach dir keine Sorgen.«

»Okay«, stimmte ich wenig überzeugt zu und legte auf.

Ich ging die Treppe hinunter, um mir in der Küche ein schnelles Mittagessen zuzubereiten, bevor ich zum Stadion der *Bears* aufbrach, wo ich am Nachmittag ein paar der Spieler behandeln würde. Anschließend hatten Mav und ich einen Termin bei der Geschäftsleitung, um unsere Beziehung bekanntzugeben. Mir war es wichtig, von Anfang an mit offenen Karten zu spielen und glücklicherweise hatte Maverick sofort eingewilligt, als ich ihn um diese Transparenz gebeten hatte.

In Gedanken versunken, ließ ich die Hand am Geländer hinabgleiten. Auf der letzten Stufe hielt ich abrupt inne und fasste mir reflexartig an die Brust. Mein Herz erlitt zunächst einen kompletten Stillstand, bevor es so heftig gegen meinen Brustkorb hämmerte, dass es jeden Moment die Knochen durchbrechen musste.

»Hallo Schatz«, begrüßte mich die Stimme, die ich niemals wieder hören wollte.

Josh saß auf der Couch und hatte die Arme entspannt auf der Lehne abgelegt.

Seine Kleidung wirkte dreckig und ein Blick in seine Augen genügte, um zu wissen, dass er getrunken hatte.

»Was tust du hier, Josh?« Ich ärgerte mich über meine dünne Stimme, die ihm meine Angst verriet.

»Begrüßt man so seinen Ehemann?« Noch immer saß er seelenruhig auf der Couch und verhielt sich, als sei es das Normalste auf der Welt, bei seiner Ex-Frau, die zudem ein Kontaktverbot erwirkt hatte, mitten am Tag einzubrechen.

»Ex-Mann und selbst diesen Titel hast du dir nicht verdient«, flüsterte ich und versuchte, mich zu beruhigen. Denn im Moment konnte ich keinen einzigen klaren Gedanken fassen.

»Kein Gericht dieser Welt kann trennen, was du und ich uns vor dem Altar geschworen haben, Melody. In guten wie in schlechten Zeiten. Bis das der Tod uns scheidet.«

»Das hast du dir selbst zuzuschreiben. Hättest du nicht die Seiten gewechselt und Blutgeld angenommen, würden wir diese Unterhaltung jetzt nicht führen.«

»Du weißt, dass ich das für uns getan habe.«

»Schwachsinn!« Ich spie das Wort regelrecht aus. »Uns ging es gut. Nichts in der Welt rechtfertigt, dass du Drogenbossen dabei geholfen hast, ihr Dreckszeug in die

Venen tausender Menschen zu schießen. Weißt du eigentlich, wie viele Menschen du indirekt getötet hast?«

Josh lachte höhnisch auf. »Wenn ich ihnen nicht geholfen hätte, wäre es jemand anders gewesen. Es gibt in Miami mehr korrupte Cops als Sand am Strand. Und die Junkies kommen so oder so an ihren Scheiß. Es ist ihre freie Entscheidung, sich zu Grunde zu richten.«

»Du biegst dir die Realität so zurecht, wie sie dir gefällt, nicht wahr? In welcher kranken Welt lebst du bloß, Josh.«

»Das frage ich mich neuerdings auch. Denn meine Frau würde mich nur in einer total abgefuckten Welt mit einem anderen Typen betrügen.«

Ich überkreuzte die Arme vor der Brust und verkniff mir jeglichen Kommentar. Es war völlig zwecklos, ihm erneut zu erklären, dass unsere Scheidung sechs Jahre zurücklag.

»Wie lange fickst du ihn schon?«

Ich schwieg eisern und erwiderte Joshs Blick, der zusehends an Gleichgültigkeit verlor. Wut und Rage nahmen den Platz der Gleichgültigkeit ein, was mein Herz noch fester gegen meine Brust hämmern ließ.

Ruhig bleiben und klar denken hatte Cam gesagt. *Nur wer klar denkt, behält in jeder Situation die Kontrolle.* Ich rief mir seine Worte ins Gedächtnis und versuchte krampfhaft sie zu befolgen.

»Rede mit mir, Melody. Wie lange fickst du diesen Arsch schon?«

»Was spielt das für eine Rolle, Josh? Mein Leben geht

dich nichts mehr an. Du solltest verschwinden, bevor ich die Polizei rufe und den Einbruch melde.«

»Ich gehe nirgendwohin. Und du wirst auch niemanden anrufen.«

»Was wird das hier, Josh? Was willst du von mir?« Ich verbarg meine zitternden Hände hinter dem Rücken und schalt mich dafür, dass meine Stimme versagte.

»Ich will meine Frau und meinen Sohn.«

»Ich bin nicht deine Frau und Ted ist nicht dein Sohn. Nur weil dein Sperma meine Eizelle befruchtet hat, heißt das nicht, dass du nach allem, was du getan hast, ein Anrecht darauf hast, ihn deinen Sohn zu nennen.«

»Sei still«, zischte Josh erbost und erhob sich. »Es ist deine Schuld, dass ich ihn nie kennenlernen durfte. Du hast mich nie besucht. Hast ihn mir nie gezeigt. Hast lediglich auf einen meiner Briefe geantwortet, in dem du mir mitgeteilt hast, dass du dich scheiden lässt. Es ist alles deine gottverdammte Schuld. Du hast dich verpisst und mir meinen Sohn weggenommen.«

»Wie es scheint, haben wir in dieser Hinsicht unterschiedliche Auffassungen und ich werde meine nicht ändern, bloß weil du hier einbrichst und mich bedrohst. Was ist dein Plan, Josh? Willst du mich zwingen, zu dir zurückzukommen? Wie soll das gehen?«

»Mit der Zeit wirst du mich wieder so lieben, wie vor unserer kleinen Krise. Alles, was ich will, ist eine zweite Chance. Lass uns irgendwo von vorn anfangen. Du, Ted und ich. Ich habe Geld, Melody. Viel Geld. Es befindet sich gut versteckt auf einem Offshore Konto auf den

Caymans. Wir können in die Karibik auswandern oder nach Südamerika…«

»Nein. Nein, nein und nochmal nein. Ich will keinen Cent von deinem beschissenen Drogengeld. Dass du es noch immer hast, widert mich an. Du widerst mich an. Ich werde nirgendwo mit dir hingehen. Und Ted auch nicht. Uns gefällt es hier. Ein weiteres Mal wirst du uns nicht vertreiben. Reicht es nicht, dass wir wegen dir unsere Heimat verlassen mussten?«

»Niemand hat dich gezwungen aus Miami wegzuziehen. Ich am wenigsten.«

»Jemand hat versucht Ted zu entführen. Und ich wurde zusammengeschlagen. Ist das bei dir angekommen? Hätte ich auf einen zweiten Entführungsversuch warten sollen? Oder darauf, dass sie mich das nächste Mal nicht halb tot, sondern ganz totschlagen? Diese Leute waren wegen dir hinter uns her, Josh. Wegen dir und deinem Scheiß!«

»Ich habe das geklärt, Melody. Ich habe meine Schulden bezahlt. Sie werden euch in Ruhe lassen. Wenn das der Grund ist, aus dem du aus Miami weg bist, kannst du jetzt mit mir dorthin zurückkehren.«

Ich warf die Arme in die Luft und stieß einen frustrierten Schrei aus. »Verstehst du es nicht, Josh, oder willst du es nicht verstehen? Es ist aus zwischen uns. Vorbei. Für immer.«

Josh kniff die Augen zusammen und kam auf mich zu. Instinktiv wich ich zurück und spürte nach drei Schritten die Wohnzimmerwand im Rücken.

Ich saß in der Falle.

»Du wirkst gestresst, Süße. Aber das lässt sich ändern. Ich weiß zum Glück noch sehr gut, was meiner Frau gefällt und wie man sie am besten beruhigt.«

Konnte einem das Blut gleichzeitig in den Adern gefrieren und kochend heiß in den Ohren rauschen?

Voller Entsetzen starrte ich auf Josh, der den Gürtel und die Knöpfe seiner Hose öffnete.

»Hör auf damit. Ich will das nicht«, krächzte ich voller Angst.

Er kam unbeirrt auf mich zu und stützte sich mit seinen Armen links und rechts neben mir an der Wand ab.

»Küss mich«, befahl er.

»Nein!« Ich drehte den Kopf zur Seite und schloss die Augen.

Er senkte seinen Mund auf meinen Hals und leckte mit der Zunge daran hinab. Mein gesamter Mageninhalt drohte sich zu entleeren und ich bekam keine Luft mehr.

Josh umfasste mein Kinn und zerrte es zu sich. Er presste seine Lippen grob auf meinen Mund und ließ sein Becken gegen meines kippen. Ich konnte seine Erektion durch den Stoff seiner Jeans spüren. Blanke Angst mischte sich mit unsäglicher Panik. Als er mit seiner Zunge Einlass forderte, schaltete sich mein Überlebensinstinkt ein. Ich ließ ihn gewähren und biss in dem Moment, in dem seine Zunge in meinen Mund glitt, zu.

Josh taumelte fluchend zurück und ich nutzte die Gelegenheit, um an ihm vorbei in Richtung der Haustür zu rennen. Doch dank seiner jahrelangen Polizeierfahrung besaß Josh den Vorteil, dass er genau wusste, was ich vorhatte. Er schnitt mir den Weg ab und drängte mich zurück.

Ich hastete zur Treppe. Vielleicht konnte ich im ersten Stock durch ein Fenster in die Freiheit springen. Als ich die dritte Treppenstufe erreichte, packte mich Josh an den Haaren und zog mich die Treppe hinab. Er riss mir die Leggins mitsamt meiner Unterhose hinunter und hielt mich in seinem eisernen Griff gefangen. Hinter mir hörte ich, wie seine Hose zu Boden fiel.

»Wieso machst du es uns beiden so schwer, Melody? Du wirst schon sehen, wenn er erst mal drin ist, gefällt es dir.«

Ich schrie um mein Leben und versuchte, mich aus Joshs Griff zu lösen, was sich aufgrund der Leggins um meine Knöchel und Josh, der auf meinen Waden saß, als unmöglich gestaltete.

»Lass mich los, Josh! Bitte!", flehte ich ihn an und spürte die bitteren Tränen der Verzweiflung, die auf meine Wange tropften.

»Du wirst mich noch bitten, nicht mehr aufzuhören, Melody«, grunzte er spöttisch.

Ich wappnete mich innerlich für das, was jetzt folgen würde, doch im nächsten Moment hörte ich Joshs gellenden Aufschrei, gefolgt von einem ohrenbetäubenden Krachen.

Ich war frei.

Aus welchem Grund auch immer war ich frei.

Hastig rappelte ich mich auf und zog meine Leggins hoch.

Als ich mich umdrehte, erkannte ich Maverick, der

auf Josh kniete und immer wieder mit der Faust auf ihn einschlug. Blut spritzte in alle Richtungen und Mavericks erzürnte Schreie hallten wie ohrenbetäubender Donner durch das Haus.

»Ich bring dich um!«, schrie er hasserfüllt und versenkte seine Faust erneut in Joshs Gesicht. In diesem Augenblick erinnerte er mich mehr denn je an einen gefährlichen Eiswolf, der seine Gegner erbarmungslos zerfleischte.

Auf zitternden Beinen lief ich die Treppe hinauf in Teds Zimmer und schloss die Tür hinter mir. Dann ließ ich mich kraftlos auf den Boden sinken und schlang die Arme um meine Beine. Ich verbarg das Gesicht zwischen meinen Beinen und schluchzte leise. Mein ganzer Körper zitterte unkontrolliert und ich blendete alles aus dieser grausamen Welt, die ich nicht mehr verstand, aus. Ich wünschte mir, dass ich mich in einem Albtraum befand, aus dem ich jede Sekunde aufwachen würde.

»Sie steht unter Schock«, hörte ich irgendwann eine Stimme in weiter Ferne. »…nicht ansprechbar…Krankenhaus…«

Irgendjemand legte eine Decke über meine Schultern. Mein Kopf wurde angehoben. Etwas leuchtete in meine Augen und ich spürte ein leichtes Pieken in meinem Arm.

Ich glaubte Amys Stimme zu hören, aber mir wurde schwarz vor Augen, bevor ich verstand, was sie sagte und mit wem sie redete.

Mein Körper entspannte sich und mein Geist driftete losgelöst und seltsam befreit in die Dunkelheit.

KAPITEL 24
MELODY

BLINZELND ÖFFNETE ich meine Augen und stellte verwirrt fest, dass ich keine Ahnung hatte, wo ich mich befand. Ich ließ den Blick durch den Raum schweifen. Die sterile Einrichtung und der intensive Geruch nach Desinfektionsmitteln ließen mich vermuten, dass ich in einem Krankenhaus lag.

Aber warum?

»Mel!« Amy kam mit einem Krug Wasser in mein Zimmer gestürmt und umarmte mich so fest, dass mir die Luft wegblieb. »Gott sei Dank ist dir nichts passiert. Es tut mir so leid, dass ich dir nicht geglaubt habe, als du mir auf der Weihnachtsparade von Josh erzählt hast.«

Josh!

Mit einem Mal setzte in meinem Gehirn ein Flashback an Erinnerungen der schrecklichen Ereignisse ein. Josh in meinem Haus. Josh, der mich bedrängt. Josh, der…

Nicht einmal in meinen Gedanken konnte ich aussprechen, was Josh mir um ein Haar angetan hätte. Ich weigerte mich zu glauben, dass der Mann, den ich einst von Herzen geliebt hatte, zu so etwas Grausamen fähig wäre.

»Zum Glück hat Ice eingegriffen. Nicht auszudenken, was sonst passiert wäre.« Amys Redeschwall mischte sich mit der Bestürzung und dem Entsetzen, die meinen Körper nach wie vor lähmten.

Ice...

Die Flashbacks wechselten von Josh, der mich gefangen hielt, zu Maverick, der ihn wie ein wildes Tier am Boden liegend, zu Grunde richtete.

»Ted hat von dem ganzen Drama übrigens nichts mitbekommen. Im Gegenteil. Ihm gefiel die unverhoffte Pyjamaparty mit Maya und Sam.«

Bei dem Gedanken an Ted und was womöglich passiert wäre, wenn Mav ihn nicht am Morgen zu Amy gebracht hätte, füllten sich meine Augen mit Tränen.

»Reg dich nicht auf, Melody. Euch kann nichts mehr passieren. Josh ist Geschichte. Ein für alle Mal.«

»Hat Mav ihn umgebracht?« Ich umklammerte Amys Arm und hoffte inständig, dass er seine Drohung nicht wahr gemacht hatte.

Amy seufzte und strich mir beruhigend über die Haare. »Ich will dich nicht anlügen, Mel. Wenn die Polizei ihn nicht mit drei Mann daran gehindert hätte, würde dein Arschloch von Ex-Mann jetzt wahrscheinlich nicht mehr unter den Lebenden weilen.«

»Ich verstehe es nicht, Amy. Ich verstehe überhaupt nichts mehr. Woher wusste Josh, wo er uns findet? Wie konnte er unbemerkt aus den USA verschwinden und in Kanada einreisen? Wieso ist Maverick nicht beim Training gewesen? Woher wusste die Polizei von der ganzen Sache? In meinem Kopf dreht sich alles…«

Amy hielt mir ein Glas Wasser hin und zog einen Stuhl an mein Bett. »Trink das«, forderte sie mich auf und wartete, bis ich ausgetrunken hatte.

»Als Ice gestern Morgen Ted bei uns ablieferte, habe ich ihm von deiner vermeintlichen Beobachtung am Vortag erzählt. Ich war zwar fest davon überzeugt, dass du dich täuschst, aber ich konnte nicht mit Sicherheit ausschließen, dass an deiner Sichtung etwas dran ist. Also wollte ich, dass Ice Bescheid weiß. Er schien besorgt, als er zum Training aufbrach und es überraschte mich nicht sonderlich, als er mich nach dem Morgentraining anrief, um mir mitzuteilen, dass er zu dir fährt, um dich persönlich zur Arbeit zu bringen und dich abzuschirmen, bis die Angelegenheit geklärt ist.«

»Das erklärt, warum er so unerwartet bei mir aufgeschlagen ist…«

»Er wollte, dass du dich sicher fühlst und keine Angst haben musst.«

»Und die Polizei?«

»Ice hat vor deinem Haus ein fremdes Auto bemerkt und als er ausgestiegen ist, um es sich genauer anzusehen, hat er laute Hilfeschreie aus dem Haus gehört. *Deine* Hilfeschreie. Er hat mir eine Nachricht geschickt: *Ruf die Polizei*, stand darin. Dann ist er ins Haus gestürmt.«

»Und du hast die Polizei verständigt?«

»Ja. Vom Wagen aus. Ich bin sofort zum Auto gestürmt und losgefahren.«

»Wohin?«

»Na zu dir.«

»Du warst bei mir?«

Amy nickte und musterte mich sorgenvoll. »Wir haben dich in Teddys Zimmer gefunden. Die Polizei hat die Sanitäter gerufen. Die haben dich untersucht, doch du warst nicht ansprechbar. Du warst da und irgendwie doch nicht. Also haben sie dir ein Beruhigungsmittel gespritzt und dich ins Krankenhaus gebracht, um dich in Ruhe durchzuchecken.«

»Mir fehlt nichts. Aber wenn Maverick nicht aufgetaucht wäre...« Ich brach ab und presste mir die Hand vor den Mund.

»Er hat mir erzählt, wie er euch vorgefunden hat, Süße«, flüsterte Amy und umarmte mich tröstend.

Schamesröte stieg mir ins Gesicht. Ich wollte mir gar nicht vorstellen, was dieser Anblick in Mav ausgelöst haben musste.

»Wo ist er?«

»Die Polizei hat ihn mitgenommen. Er musste seine Aussage zu Protokoll geben. Danach ist er ins Krankenhaus gekommen, um nach dir zu sehen. Aber die Ärztin meinte, dass du trotz nachlassender Wirkung des Beruhigungsmittels nicht aufwachen willst. Möglicherweise, weil dein Verstand sich weigert, sich der Realität zu stellen und das Erlebte erst einmal verarbeiten muss. Zum Ende der Besuchszeit haben sie uns dann weggeschickt.«

»Und Josh?«

»Ist zusammengeflickt worden und sitzt in Abschiebehaft.«

»Wie konnte er wissen, wo er uns findet? Und wieso wusste niemand, dass er nach Kanada gereist ist? Das ist unmöglich…«

Amy verzog bedauernd das Gesicht. »Ich kann dir darauf keine definitive Antwort geben. Gegen Abend hat dein Handy wie verrückt zu klingeln begonnen. Also bin ich rangegangen. Am anderen Ende der Leitung war jemand vom Miami Police Department.«

»Cam…«

»Genau, Cameron Williams. Er wirkte ziemlich aufgeregt und wollte unbedingt mit dir sprechen. Als ich ihm gesagt habe, warum das im Moment nicht möglich ist, hat er verstanden, dass seine Warnung zu spät kommt. Josh hat seine illegalen Kontakte genutzt und sich falsche Papiere ausstellen lassen. Damit konnte er unbemerkt aus den USA ausreisen und in Kanada seelenruhig einreisen. Das erklärt, wie er hergekommen ist, jedoch nicht, wie er dich ausfindig gemacht hat. Und was das betrifft, gibt es momentan mehrere Theorien. Zwar wusste kaum jemand, wohin du gezogen bist, aber du hast eben doch ein paar Spuren hinterlassen. Dein altes Bankkonto hast du erst aufgelöst, nachdem du in Kanada ein Neues eröffnet hast. Dasselbe gilt für deine Krankenversicherung. Auf ein paar Social Media Fotos der *Arctic Bears* bist du, wenn auch nur verschwommen, zu erkennen. Josh wusste außerdem, dass wir eng befreundet sind. Vielleicht hat er bei der Suche nach dir gezielt bei deinen

Freunden und Bekannten angesetzt. Wie genau er Wind von deinem Aufenthaltsort bekommen hat, wissen wir nicht. Aber du bist eben kein Top Agent, der sich in Luft auflösen kann. Und da wir davon ausgegangen sind, dass Josh nicht ohne unser Wissen in Kanada einreisen kann, haben wir es auch nicht für nötig gehalten, die volle Zeugenschutzprogrammmaschinerie aufzufahren...«

»Was passiert jetzt mit Josh?«

»Er wird an die USA ausgeliefert und muss sich dort wegen Dokumentenfälschung, illegaler Einreise, Einbruch, Freiheitsberaubung, Nötigung und versuchter Vergewaltigung verantworten. Da kommt einiges zusammen. Und einen Deal wird es dieses Mal nicht geben.«

»Er hat gesagt, all das sei meine Schuld...«

»Nein!« Amy schüttelte eindringlich den Kopf. »Das darfst du nicht einmal denken. Er hat Drogenbossen, Schleusern und Zuhältern dabei geholfen sehr reich zu werden und dabei selbst kräftig abkassiert. Nicht, weil ihr auf das Geld angewiesen wart, sondern aus purer Habgier. Durch sein Handeln hast du hochschwanger miterleben müssen, wie eine Sondereinheit euer Schlafzimmer gestürmt und deinen Ehemann verhaftet hat. Du hast dein Kind allein zur Welt gebracht und großgezogen, während du permanent von der Polizei in die Mangel genommen wurdest, um dir eine Mitwisserschaft nachzuweisen, weil sie einen Teil des Geldes nicht finden konnten. Josh hat dein Leben zerstört. Nicht umgekehrt. Und als wäre das, was er dir vor sechs Jahren angetan hat nicht schon schlimm genug, hat er es gewagt, sich nach seiner Haftentlassung ungefragt und ungeniert in dein

Leben zu drängen, das du dir mühsam und vollkommen allein aufgebaut hast. Er hat nichts aus seinen Fehlern gelernt, Mel. Im Gegenteil. Durch sein egoistisches Handeln hat er Ted und dich ein zweites Mal in Gefahr gebracht. Wenn Josh also einen Schuldigen sucht, muss er bei sich anfangen.«

Ich betrachtete Amy schweigend und dachte über ihre Worte nach.

»Lass das Grübeln. Diese Krankenhausluft ist nicht gut für dich. Ich rufe jetzt die Ärztin, damit sie mit dir spricht und dann machen wir, dass wir nach Hause kommen.«

Eine Stunde später saß ich in Amys Wohnzimmer und lauschte dem heiteren Gekicher von Maya, Sam und Ted, das aus der Küche drang, wo die drei mit Bryan Plätzchen ausstachen und sich mehr Teig in den Mund schoben, als er es auf die Backbleche schaffte.

»Du kannst heute Nacht hierbleiben. Ich richte dir das Gästezimmer her«, bot Amy an und reichte mir eine Tasse von dem dampfenden Orangen-Zimt-Nelken Tee, den sie gekocht hatte.

»Das ist lieb von dir, aber ich möchte nach Hause. Ich will alle Spuren von Josh in meinem Haus beseitigen. Und danach muss ich zur Arbeit. Es reicht schon, dass ich gestern nicht dort war.«

»Was dein Haus betrifft: Ich habe jemanden beauftragt, der dein Wohnzimmer gründlich gereinigt hat. Darum musst du dich also nicht mehr kümmern.«

»Danke Amy. Das weiß ich zu schätzen.«

»Du brauchst mir nicht zu danken. Das ist völlig selbstverständlich. Aber sag mir, dass du nicht ernsthaft in Erwägung ziehst, heute zur Arbeit zu gehen. Du bist gestern überfallen und beinahe vergewaltigt worden, Melody. Ist das bei dir angekommen?«

»Glaub mir, Amy, das ist es. Aber was soll ich machen? Allein daheim rumsitzen und darauf warten, dass die Endlosschleife in meinem Kopf mir den Verstand raubt? Mir in allen Farben ausmalen, was hätte passieren können? In den letzten vierundzwanzig Stunden ist mein Leben ziemlich aus den Fugen geraten. Das muss ich erst mal verdauen und verarbeiten. Und das gelingt mir am besten, wenn ich mich beschäftige. Wenn ich arbeite. Wenn ich einem geregelten Tagesablauf nachgehe und mich ablenke.«

»Gib dir Zeit dafür, Melody. Reicht es nicht, wenn du ab morgen wieder arbeitest und heute hier bei uns bleibst?«

»Ich will das nicht auf die lange Bank schieben. Ich will mich nicht in meinem eigenen Haus fürchten. Diese Macht gestehe ich Josh nicht zu. Und je länger ich es aufschiebe, desto stärker wächst die Angst in mir.«

»Du meinst wie bei einem Reiter, der vom Pferd fällt?«

Ich lächelte bei diesem seltsamen, jedoch durchaus treffenden Vergleich. »Genauso ist es. Ein Reiter, der vom

Pferd fällt, sollte sich umgehend aufrappeln und wieder aufsteigen. Sonst verliert er womöglich den Mut dazu. Ich will zurück in mein Haus, zurück in mein Leben und das alles verarbeiten. Ich will es so schnell wie möglich hinter mir lassen.«

»Das verstehe ich. Du tust, was auch immer du tun musst. Und ich unterstütze dich dabei. Also, was ist der Plan?«

»Der Plan ist derselbe wie gestern, bevor Josh unser Leben aufgemischt hat. Ich fahre nach dem Mittagessen zur Arbeit und hole Ted heute Abend bei euch ab. Morgen ist mein letzter Arbeitstag und danach freuen wir uns erst einmal auf Weihnachten und tanken Kraft. Alles wie gehabt.«

»In Ordnung. Dann lass uns jetzt die wilden Racker raus in den Schnee schicken und das Mittagessen vorbereiten. Anschließend fahre ich dich nach Hause und du kannst dich für die Arbeit fertigmachen. Falls du es dir in der Zwischenzeit anders überlegen solltest und doch hierbleiben möchtest, musst du es mir nur sagen.«

Ich umarmte Amy und drückte sie fest an mich. »Du bist die beste Freundin, die man sich wünschen kann. Danke, dass du mir den Rücken freihältst.«

»Du würdest dasselbe für mich tun.«

Und damit hatte sie recht.

Das würde ich.

Jederzeit.

Nach dem Mittagessen verabschiedete ich mich von Ted und versprach, ihn später abzuholen. Dass sich Ted bei den anderen Kids so wohl fühlte und viel zu sehr damit beschäftigt war, eine Schneemannfamilie zu bauen, als dass er Zeit hatte, mich zu vermissen, erleichterte mir den Abschied.

Amy fuhr mich nach Hause und setzte sich in den Sessel in meinem Schlafzimmer, während ich duschte und mich für die Arbeit fertig machte.

»Ice hat mir eine Nachricht geschickt und gefragt, wie es dir geht. Er hat im Krankenhaus angerufen und erfahren, dass sie dich entlassen haben«, informierte sie mich, als ich aus dem Badezimmer trat. »Er hat bereits vor einer guten Stunde geschrieben, aber ich habe es erst jetzt gesehen.«

»Warum schreibt er dir und nicht mir?« Stirnrunzelnd griff ich nach meinem Handy und kontrollierte es auf eingegangene Nachrichten.

Nichts.

Keine Nachricht und kein Anruf von Maverick.

»Vermutlich will er dir Zeit geben, dich zu erholen und dich nicht bedrängen«, mutmaßte Amy.

»Was, wenn er angewidert ist von dem, was er gesehen hat? Wenn er mich nicht mehr will?«

»Glaubst du das im Ernst?« Amy zog ungläubig die Augenbrauen in die Höhe.

»Du kennst seine Vorgeschichte. Du weißt, dass seine Ex-Frau ihn betrogen hat.«

»Vergleichst du jetzt die Affäre seiner Ex-Frau mit der versuchten Vergewaltigung, der du gestern zum Opfer gefallen bist? Sag mal, hat dein Kopf während der Rangelei mit Josh etwas abbekommen oder schieben wir diese absurde Spinnerei auf den Schockzustand, unter dem du anscheinend immer noch leidest?«

»Siehst du ihn hier irgendwo, Amy? Ich nicht. Und ins Krankenhaus ist er heute auch nicht gekommen. Er hat mir nicht geschrieben und mich nicht angerufen. Sind das nicht ziemlich eindeutige Zeichen dafür, dass er auf Abstand geht? Dass ich ihn abstoße?«

»Du reimst dir da was zusammen, Mel. Hör ganz schnell auf damit und beweg deinen Hintern zur Arbeit. Findet heute nicht das letzte Training vor der Weihnachtspause statt? Er wird dort sein. Schnapp ihn dir und rede mit ihm. Dann wirst du feststellen, dass deine Vermutungen komplett an den Haaren herbeigezogen sind.«

Ich zog den Reißverschluss meiner Trainingsjacke zu und scrollte durch den Kalender auf meinem Handy. »Mav hat heute einen Termin bei mir. Vielleicht kann ich vor oder nach der Behandlung mit ihm reden.«

Amy erhob sich und scheuchte mich aus dem Zimmer. »Na also. Dann nichts wie los. Worauf wartest du?«

KAPITEL 25
MAVERICK

SEUFZEND WARF ich meine Sporttasche in die Ecke und schlurfte in die Küche, um mir einen Kaffee zu kochen.

Das heutige Training war das Letzte vor der nun beginnenden Weihnachtspause gewesen. Dabei hätte ich gerade jetzt die Ablenkung gut gebrauchen können. Denn das auspowernde Training auf dem Eis lenkte mich zumindest für kurze Zeit von den Gedanken an Melody ab, die mich permanent heimsuchten und quälten.

Ich nahm zum bestimmt eintausendsten Mal mein Handy in die Hand und begann, eine Nachricht an Melody zu tippen, nur um die geschriebenen Zeilen dann wieder zu löschen und mich über meinen fehlenden Mut zu schämen.

Missmutig betrachtete ich meine aufgeplatzten Fingerknöchel, die ich mir bei der Schlägerei mit Melodys

Ex zugezogen hatte, als mich ein Klopfen an der Tür aus meinen düsteren Erinnerungen riss.

Ich grummelte verärgert als ich zur Tür ging und sie aufriss und bereitete mich darauf vor, dem Störenfried, der mich um meine Ruhe brachte, ordentlich die Meinung zu geigen.

Doch vor meiner Haustür stand nicht etwa einer meiner Teamkollegen, mit dem Vorhaben, mich aufzuheitern, sondern Melody, die mich mit wütend funkelnden Augen taxierte.

»Hi«, begrüßte sie mich knapp.

»Hi«, erwiderte ich perplex. Ihr Besuch überrumpelte mich dermaßen, dass mein Verstand das Sprechen verlernt zu haben schien.

»Kann ich reinkommen?«

»Klar.« Ich trat zur Seite und bat sie herein.

»Du bist heute nicht zu deiner Behandlung erschienen. Warum?«

Verdattert sah ich sie an und hatte nicht den geringsten Schimmer, wovon sie redete.

»Welche Behandlung?«

»Nun tu doch nicht so. Du hattest heute Nachmittag einen Termin bei mir und hast ihn sausen lassen. Statt dich von mir behandeln zu lassen, bist du nach dem Training lieber nach Hause gefahren.«

»Ich verstehe nicht…du warst heute auf der Arbeit?«

»Ja. Und alle Spieler haben ihren Termin bei mir wahrgenommen. Alle außer dir. Und nun möchte ich gerne den Grund dafür wissen.«

»Ich hatte keine Ahnung, dass du am Tag nach…« Ich brach ab und überlegte, wie ich den gestrigen Vorfall am besten umschreiben sollte. »…also nachdem, was dir gestern zugestoßen ist, wieder arbeiten gehst.«

»Du willst mir also sagen, dass du deinen Termin verpasst hast, weil du nicht wusstest, dass ich heute arbeite?«

»Ja…«

»Und das ist keine Ausrede dafür, dass du nicht den Mut hast, mir ins Gesicht zu sagen, dass du von nun an nichts mehr mit mir zu tun haben willst?«

»Was? Nein. Natürlich nicht.« Ich verspürte den Drang, Melody in die Arme zu nehmen und sie festzuhalten, hielt mich jedoch zurück, da ich sie nicht verängstigen wollte. »Ich dachte eher, dass du nichts mehr mit mir zu tun haben willst.«

»Wieso sollte *ich* nichts mehr mit *dir* zu tun haben wollen?« Melody legte verwundert den Kopf schief und überkreuzte abwartend die Arme vor der Brust.

»Weil ich deinen Ex ziemlich übel zugerichtet und vollkommen die Kontrolle über mich verloren habe. Und weil du das alles mitansehen musstest.«

»Weil *ich* das mitansehen musste? Was ich gesehen habe, ist ein mutiger, starker Mann, der mich vor der Hölle gerettet und beschützt hat.«

»Du denkst also nicht, dass ich ein brutaler Schläger bin?«

»Um Gottes willen, nein.«

»Und du hast keine Angst vor mir?«

»Warum sollte ich?«

»Weil du gesehen hast, zu was ich fähig bin.«

»Ich habe gesehen, dass du das, was dir wichtig ist, mit deinem Leben verteidigst. Wieso sollte mir das Angst machen? Im Gegenteil. Es erfüllt mich mit einem Gefühl von Sicherheit und Geborgenheit.«

Ich atmete erleichtert aus und spürte, wie mir eine tonnenschwere Last von den Schultern fiel.

»Hat Josh das getan?« Melody zeigte auf die Wunde an meinem Kinn, die mit fünf Stichen genäht worden war.

»So ungern ich es zugebe, Josh hat auch ein paar Treffer gelandet.«

»Tut es sehr weh?«

»Nein. Gar nicht«, wiegelte ich ab, weil ich nicht wollte, dass sie sich meinetwegen sorgte.

»Bist du sicher?«

»Ja. Vollkommen sicher.«

»Okay, sprechen wir über das, was *du* mitansehen musstest«, bat Melody und hob abwehrend die Hand, als ich mich ihr näherte. »Hat dich das, was du gesehen hast, abgestoßen?«

Ein Schauer des Entsetzens durchrieselte mich bei der Erinnerung an Melody, die gefangen und entblößt auf der Treppe gelegen hatte, während ihr Ex versuchte, mit Gewalt in sie einzudringen.

»Es gibt keine Worte, die stark genug sind, um der Wut Ausdruck zu verleihen, die mich erfasst hat, als ich euch auf der Treppe gesehen habe«, knurrte ich rasend vor Hass und Zorn.

Melody zuckte zusammen und senkte traurig den Blick. »Es tut mir leid, Maverick.«

»Dir tut es leid? *Dir?* Dir muss nichts, absolut nichts leidtun, Melody. Du bist das Opfer. *Mir* tut es leid, dass es überhaupt so weit kommen musste. Dass ich nicht schon früher da war, um dich vor ihm zu beschützen.«

Melody zuckte erneut zusammen und schlug die Hände vor dem Gesicht zusammen. »Ich will dein Mitleid nicht, Mav. Und ich will nicht, dass du mich so siehst.«

»Wie denn? Wie sehe ich dich?«

»Als ein gottverdammtes Opfer. Ich will, dass du mich so ansiehst, wie du es vor Joshs Auftauchen getan hast. Voller Begehren. Voller Lust. Voller Leidenschaft. Ich bin immer noch dieselbe, Mav. Es hat sich nichts geändert.«

»Alles hat sich geändert, Melody. Du bist gestern vor meinen Augen fast vergewaltigt worden. Ich entschuldige mich bestimmt nicht dafür, dass mir das, was du erlebt hast, furchtbar leidtut. Und auch nicht dafür, dass ich mir riesige Sorgen um dich gemacht habe. Du hättest dich sehen sollen in Teds Zimmer. Du warst völlig panisch und verängstigt. Es hat mir in der Seele weh getan, dich so zu sehen.«

»Begehrst du mich noch, nach dem, was du gesehen hast?«

»Selbstverständlich. Was ist das für eine Frage?«

»Sag mir die Wahrheit, Ice.«

»Das tue ich.«

»Du musst mich nicht schonen. Ich verkrafte die Wahrheit. Und ich kann verstehen, wenn ich dich nicht mehr scharf mache, weil du gesehen hast, wie ein anderer Mann mich anfasst. Ich…«

Weiter kam sie nicht. Denn ich schloss die Lücke zwischen uns mit drei entschlossenen Schritten. Ungeduldig zog ich Melody an mich, legte meinen Mund auf den ihren und brachte sie so zum Schweigen. Stürmisch und verzweifelt bedienten sich meine Lippen an ihr. Ich bekam keine Luft mehr, weil ich sie so heftig küsste. Aber das war mir scheißegal. Nichts in der Welt würde mich von den weichen Lippen dieser Frau losreißen. Und wenn das bedeutete, dass ich dabei draufging, dann war es das wert.

Ich griff nach ihrer Hand und legte sie auf meinen Schwanz, der lustvoll in meiner Hose pulsierte.

»Wie kannst du auch nur für eine Sekunde glauben, dass ich dich nicht mehr begehre? Allein deine Küsse schaffen es, mich zum Höhepunkt zu bringen. Willst du, dass ich es dir beweise? Willst du, dass ich in meiner Hose abspritze, während ich dich küsse?«

Melody sah mich in einer Mischung aus Erregung, Erstaunen und Faszination an. Ihre Augen schimmerten verdächtig und ich küsste sanft ihre Augenwinkel, um die Tränen darin zu vertreiben.

»Schlaf mit mir«, flüsterte sie und ließ ihre Hand in meine Trainingshose wandern. »Ich brauche dich.«

»Bist du sicher, Baby? Ich will nicht, dass du eine Panikattacke erleidest, wenn ich in dich eindringe. Wir haben Zeit…«

»Hilf mir, die schrecklichen Bilder aus meinem Kopf

zu vertreiben. Lass uns Erinnerungen schaffen, die das, was ich gestern erlebt habe, ersetzen.«

Melody griff nach meiner Hand und führte mich zu dem Sofa in meinem Wohnzimmer. Zögernd folgte ich ihr.

Ich ließ zu, dass sie mir meine Hose auszog und mich auf das Sofa stieß. Mit glühenden Augen beobachtete ich, wie sie sich ihrer Kleidung entledigte. Wie konnte diese unglaublich schöne und wundervolle Frau auch nur für eine Sekunde glauben, dass ich sie nicht mehr begehrenswert fand? Sie war der Inbegriff all meiner Träume – körperlich, wie seelisch.

»Die Kondome sind in meiner Trainingstasche«, informierte ich sie und verfolgte gebannt, wie sie zur Tasche ging, die Kondompackung herausnahm und mir eines der Kondome über meinen steinharten Schwanz rollte.

Ich hielt es nicht länger aus, von ihr getrennt zu sein und zog sie zu einem intensiven Kuss an meine Brust.

Obwohl ich es kaum erwarten konnte, in ihr zu sein, überließ ich Melody die Führung und somit die Kontrolle über uns. Ich wollte, dass sie sich sicher fühlte. Dass allein sie entschied, wie es passierte und wann es passierte.

Als hätte sie mein Verlangen gespürt, nahm sie meinen Schwanz in die rechte Hand und ließ sich langsam darauf nieder.

Ich stöhnte gequält auf und genoss die Empfindungen, die ihre enge, feuchte Mitte, die meine Männlichkeit fest umschloss, in mir auslöste.

Sie nahm mich bis zum Anschlag in sich auf und genoss für einen Moment das Gefühl, vollkommen von mir ausgefüllt zu sein. In einem langsamen Rhythmus begann sie, ihr Becken kreisen zu lassen, während wir uns unablässig küssten. Sie ritt träge und gemächlich meinen Schwanz, während ich sie genauso träge und gemächlich mit meiner Zunge in den Mund fickte. Eine doppelte Penetration, die sich wie das Paradies auf Erden anfühlte.

»Ich liebe dich«, murmelte ich an ihrem Mund und es überraschte mich selbst, wie natürlich und selbstverständlich mir diese Worte über die Lippen kamen.

Aber tatsächlich gab es bloß ein Wort, das stark genug schien, um das auszudrücken, was ich empfand, wenn ich mich mit dieser Frau vereinte. Wenn sich unsere Körper ineinander verloren. Sich gegenseitig Lust und Erlösung schenkten.

Liebe.

Grenzenlose, bedingungslose und berauschende Liebe.

Ich spürte, wie sich Melodys hungrige Mitte bei diesem Geständnis um meinen Schwanz zusammenzog, sie den Rücken durchbog und ihren Orgasmus mit einem langgezogenen Stöhnen genoss.

Ich heftete meine Augen auf sie und sog gierig jeden ihrer ekstatischen Laute, jede ihrer zuckenden Regungen und jeden ihrer befriedigten Seufzer in mich auf.

Langsam öffnete Melody die vor Sehnsucht verschleierten Augen und beugte sich zu einem ausgedehnten Kuss zu mir vor.

»Ich liebe dich auch«, wisperte sie an meinen Lippen

und setzte ihren leidenschaftlichen Kuss fort, der keinen Zweifel daran ließ, wie ernst sie ihre Worte meinte.

Beflügelt von ihrem Bekenntnis und ihrem verheißungsvollen Kuss, überrollte mich ein Orgasmus, der mich alle Strapazen, Ängste und Sorgen der vergangenen Tage für immer vergessen ließ.

KAPITEL 26
MELODY

»TED, wenn du nicht bald ins Bett gehst, bist du morgen zu müde, um deine Geschenke auszupacken«, mahnte ich meinen Sohn, der hartnäckig versuchte, wach zu bleiben.

»Wie wäre es mit einer kleinen Nachtwanderung am See?«, schlug Mav vor.

»Au ja!«, rief Ted begeistert.

»Um die Uhrzeit?«, fragte ich skeptisch. »Es ist bitter kalt und nicht jeder von uns ist ein Eiswolf mit einem dicken Fell.«

»Vertrau mir, Baby. Es wird sich lohnen.« Maverick gab mir einen Klaps auf den Po und begleitete dann Ted nach oben, um ihm in den Schneeanzug zu helfen.

Wenig später marschierten wir mit Teddy in unserer Mitte zum nahegelegenen See. Der Schnee knirschte unter unseren Winterstiefeln und unser warmer Atem hinterließ weiße Wölkchen in der Luft.

Ted hielt heimlich nach dem Weihnachtsmann und seinen Rentieren Ausschau. Obwohl die Kids in der Schule ihn damit aufzogen, ließ er sich den Glauben an den Weihnachtsmann nicht gänzlich nehmen. Insgeheim hoffte er nach wie vor, allen das Gegenteil beweisen zu können.

»Ich verstehe immer noch nicht den Sinn dieser Wanderung«, zischte ich Mav leise zu, der mich nur geheimnisvoll anlächelte und am Seeufer stehen blieb.

»Du wirst es in den nächsten Minuten verstehen«, sagte er kryptisch und zog mich in seine Arme. Ich lehnte mich mit dem Rücken an seine Brust und legte meine Hände auf Teds Schultern.

»Warten wir auf den Weihnachtsmann?«, erkundigte sich Teddy hoffnungsvoll.

»So ähnlich, Kumpel«, lachte Mav und erntete dafür einen Seitenhieb von mir. »Mach dich nicht über ihn lustig«, zischte ich, konnte mir aber ein Lächeln nicht verkneifen.

»Was sind das für Lichter, Mom?«, riss mich Ted aus dem zärtlichen Kuss, den ich mit Mav austauschte.

Ich folgte seinem Fingerzeig und schnappte verblüfft nach Luft.

Am schwarzen Nachthimmel hatte sich ein hellgrüner Streifen gebildet, der über den See huschte und schnell näherkam. Von links gesellte sich ein lilafarbener Streifen dazu und vermischte sich mit dem grünen bogenförmigen Etwas zu einem zweifarbigen Regenbogen. Binnen Minuten erstrahlten weitere Streifen, Kreise, Bögen und Nebelschwaden am Himmel und tanzten in völliger

Harmonie über dem gefrorenen See. Grelles Grün traf auf kräftiges Lila und knalliges Pink. Staunend und mit offenem Mund bewunderten Ted und ich dieses Naturphänomen, das Mav uns als *Aurora Borealis*, oder auch als Polarlichter, vorstellte.

»Woher wusstest du das?«, flüsterte ich ehrfurchtsvoll. »Ich habe sie noch nie gesehen, seitdem wir hier wohnen.«

»Ich würde dich ja gerne mit meinem fundierten Polarlichterwissen beeindrucken, aber die Wahrheit ist, dass ich es aus dem Radio weiß. Dort sagten sie, dass die Wahrscheinlichkeit, die Nordlichter heute zwischen zweiundzwanzig Uhr und Mitternacht zu sehen, aufgrund der atmosphärischen Bedingungen und des guten Wetters sehr hoch sei.«

»Sie sind wunderschön. Und so magisch. Einfach perfekt«, hauchte ich vollkommen überwältigt von dem Schauspiel, das sich wenige Meter von uns entfernt abspielte.

»Genau wie du, mein Schatz«, murmelte Mav und küsste meine Schläfe.

Ich verlor jegliches Gefühl für Raum und Zeit. Maverick, Teddy und ich standen dicht aneinander gekuschelt am See und genossen jede Sekunde dieses weihnachtlichen Zaubers.

Als die Polarlichter sich verabschiedeten und in der Dunkelheit verschwanden, kehrten wir ins Haus zurück. Wir lümmelten uns mit Wolldecken auf die Couch und schalteten das Licht aus. Das knisternde Kaminfeuer diente als einzige Lichtquelle zu den bunten Lichtern des Tannenbaums, der festlich geschmückt auf seinen Einsatz wartete.

Irgendwann schlief Ted ein und Mav und ich trugen ihn in sein Bett, bevor wir uns vorsichtig zurückzogen, um die Geschenke unter den Weihnachtsbaum zu legen.

Zweifellos würde Teddy vor uns aufwachen und sofort kontrollieren, ob ihn der Weihnachtsmann auch nicht vergessen hatte.

Als Mav sich im Badezimmer seiner Kleidung entledigte, fiel ihm ein Zettel aus der Jackentasche. Neugierig bückte ich mich und hob ihn auf.

»Was ist das?«

Mav verzog das Gesicht zu einem schiefen Grinsen und nahm mir den Zettel ab. »Meine Weihnachtswunschliste. Ich habe in all dem Trubel vergessen, sie dem Weihnachtsmann zu schicken.«

Ich schnappte mir den Zettel und faltete ihn auseinander. Mav versuchte, ihn mir abzunehmen, doch ich war schneller und las kichernd die Wünsche vor, die auf seiner Wunschliste standen.

»Melody im Krankenschwesteroutfit mit Reißverschluss«, zitierte ich und warf Mav, der am Türrahmen lehnte und mich amüsiert beobachtete, einen spöttischen Blick zu. »Den Wunsch kannte ich bereits. Mal sehen, was noch auf dem Zettel steht.«

Ich ließ meine Augen in dem schwachen Lichtschein über das Papier schweifen und errötete. »Melody als Polizistin im Minirock mit Handschellen. Melody als ungezogene Sekretärin mit Strapsen. Melody als sexy Stripperin mit Korsage.«

Ich hob den Kopf und biss mir auf die Unterlippe, um nicht auf der Stelle laut loszulachen. »Du bist so unglaublich primitiv und versaut, Ice.«

»Ich bin Eishockeyprofi. Was erwartest du…«, gluckste er. »Außerdem habe ich eine verboten scharfe Freundin, die meine Fantasie permanent auf Hochtouren bringt.«

Mit heißen Wangen las ich die letzten Zeilen von Mavericks Wunschzettel. *Harmony und Myles* stand dort mit einem Herzen versehen.

»Was sind Harmony und Myles?«, fragte ich verwundert.

Mav stieß sich von der Wand ab und machte seinem Nachnamen alle Ehre, als er geschmeidig wie ein Raubtier und mit einem gefährlichen Funkeln in den Augen auf mich zu kam. »Nicht was, sondern wer«, flüsterte er mit rauer Stimme und nahm mir den Zettel ab. »Ich möchte unsere Tochter Harmony nennen. Melody und Harmony, das klingt mir nach den perfekten Namen für meine Schneeköniginnen. Und falls wir einen Jungen bekommen, möchte ich ihn Myles nennen. Das bedeutet nicht nur *Geschenk Gottes*, sondern war auch der Name meines Großvaters, dem ich meine Begeisterung für das Eishockey verdanke.«

»Du willst ein Kind mit mir?«, keuchte ich atemlos.

»Ich will ein zweites Kind mit dir. Denn eines haben wir mit Ted schon.«

»Ich…«

»Du kannst in Ruhe darüber nachdenken. Ich werde dich nicht drängen. Wir haben Zeit«, versprach Mav und küsste sich an meinem Hals hinab. »Und ich freue mich auf jede Minute meines Lebens, solange ich sie mit dir verbringen darf.«

Ich schloss die Augen und horchte tief in mich hinein. Ein Beitrag meines Lieblingsautors, den ich vor kurzem gelesen hatte, leuchtete in den Farben der Aurora Borealis vor meinem inneren Auge auf:

Es ist okay, wenn die Leute denken, dass du verrückt bist, weil deine Träume nicht in ihr Weltbild passen. Die einzige Person, für die deine Träume einen Sinn ergeben müssen, bist du selbst. Warum? Weil die einzige Meinung, die zählt, wenn du an deinem Lebensende dein gelebtes Leben mit dem Leben vergleichst, das du dir gewünscht hast zu leben, die deine ist.

»Warte kurz«, wisperte ich erregt von Mavs hungrigen Küssen und kniete mich neben das Bett, um eine Schachtel darunter hervorzuziehen.

»Was ist das?« Maverick machte ein erstauntes Gesicht als ich sie ihm überreichte.

»Das, mein lieber Eiswolf, ist dein Weihnachtsgeschenk.« Erwartungsvoll und aufgeregt zugleich, forderte ich ihn dazu auf, das Geschenkpapier zu entfernen und die Schachtel zu öffnen.

Breit grinsend legte Mav das Geschenk auf dem Bett ab und machte sich an die Arbeit.

»Was zur Hölle…« Sein breites Grinsen wich einem teuflischen Lächeln.

In Mavericks eisblauen Augen loderte ein wildes Feuer der Leidenschaft als er das ultrakurze Krankenschwesterkostüm entdeckte und aus der Schachtel zog.

»*Dein Ernst?*«

»Was schenkt man einem reichen Eishockeystar, der eigentlich schon alles hat?«

»Einen Pornostar als Freundin?«, prustete Mav belustigt.

Ich zuckte verlegen mit den Achseln und lächelte verschmitzt.

»Wie wäre es, wenn ich mich rasch umziehe und mich dann ausgiebig um dich kümmere?«

»Das klingt nach dem schönsten Weihnachtsgeschenk, das ich je bekommen habe«, raunte mein Eiswolf heiser vor Vorfreude.

»Und hättest du in diesem Zusammenhang unter Umständen Lust, mit deiner Krankenschwester an deinem anderen Weihnachtswunsch zu arbeiten?«

Er riss überrascht die Augen auf. »An welchem Weihnachtswunsch?«

Ich beugte mich vor und küsste ihn. »An Harmony und Myles.«

»Bist du sicher?«

»Bist du dir denn sicher?«

»Ja, absolut sicher.«

»Ich auch.«

»Geht dir das nicht zu schnell?« Mav sah mich

aufmerksam an. »Ich will dich zu nichts drängen, wenn der richtige Zeitpunkt dafür noch nicht gekommen ist.«

Ich stieß ihn sanft auf das Bett und entledigte mich meiner Kleidung, um mir das Kostüm überzustreifen. »Den richtigen *Zeitpunkt* für etwas gibt es nicht. Es gibt nur die *Zeit,* die unweigerlich voranschreitet und wir selbst entscheiden, ob und wie wir sie nutzen wollen. Wie war das nochmal mit den verpassten Chancen im Leben?«

»Na wenn das so ist, lass uns keine weitere Sekunde mehr mit Reden verschwenden.« Mav zwinkerte mir frech zu. »Mein Schwanz fühlt sich irgendwie total hart und schwer an. Er pocht außerdem wie verrückt. Vielleicht könntest du dir das als pflichtbewusste Krankenschwester mal ansehen?«

EPILOG

MELODY

12 MONATE SPÄTER

«HINTERMANN! HINTERMANN", schrie Maverick neben mir auf der Tribüne und gestikulierte wild mit den Armen.

Mein Eiswolf mochte einer der besten Eishockey-spieler Nordamerikas sein, aber er war ein verdammt schlechter Zuschauer. Grinsend sah ich zu ihm auf, als er bei einem unbemerkten Foul der gegnerischen Mann-schaft von seinem Sitz aufsprang und den Schiedsrichter anbrüllte, genauer hinzusehen.

»Ich muss mal kurz zum Spielfeld runter und unserem Sohn ein paar Tipps für das nächste Drittel geben«, eröffnete er mir, als der Schiedsrichter das erste Spieldrittel von Teds Eishockeyspiel abpfiff.

Er beugte sich zu mir hinab und gab mir einen liebevollen Kuss, der im krassen Kontrast zu dem rauen Ton stand, mit dem er den Schiedsrichter und die gegnerische Mannschaft bedachte.

»Geht's meinem anderen Sohn gut?« Vorsichtig zog er an der Decke, in die ich unseren kleinen Engel auf meinem Arm eingemummelt hatte.

»Es ist ein Wunder, dass er bei deinem Gebrüll noch nicht aufgewacht ist«, neckte ich Mav.

»Ich müsste nicht brüllen, wenn der Schiedsrichter seine Arbeit machen würde und keine Tomaten auf den Augen hätte.«

»Schatz…« Ich hielt ihn am Ärmel fest als er sich einen Weg an mir vorbei bahnte. »Das sind Kinder. Es geht hier nicht um die Weltmeisterschaft. Es geht hier genaugenommen um gar nichts. Das hier ist ein Freundschaftsspiel. Vergiss das nicht, wenn du dort unten aufräumst, okay?«

Mav strich mir zärtlich über die Wange und erwiderte mein Lächeln. »Baby, du weißt doch: Es geht immer um was. Verlieren ist etwas, in dem wir Wolfs nicht gut sind. Egal ob im Finale der Weltmeisterschaft oder in einem Freundschaftsspiel zwischen Siebenjährigen. Darf ich jetzt meinem Sohn erklären, wie er seinen Angriff besser tarnen kann, bevor die Pause vorbei ist?«

»Okay, Mister Wolf. Tu, was du nicht lassen kannst«, lachte ich kopfschüttelnd.

»Bis gleich, Mrs Wolf. Ich liebe dich.«

»Ich liebe dich auch.«

»Na ihr Lovebirds? Was habe ich verpasst?« Amy ließ

sich schnaufend neben mich plumpsen. »Tut mir leid, dass ich es nicht früher geschafft habe. Bryan holt Maya gerade vom Basketball ab. Sie sollten pünktlich zum Spielende eintreffen. Ich kann es kaum erwarten, mit dir auf die Weihnachtsferien anzustoßen.«

Ich wies mit dem Kinn auf Mav, der über die Bande gebeugt mit Ted und Sam sprach, die wissbegierig jedes Wort aufsogen.

»Aha. Der Meister bei der Arbeit. Hat er wieder die ganze Halle zusammengeschrien?«, witzelte Amy.

»Bisher nicht. Aber es wurde erst ein Drittel gespielt. Gib ihm noch zehn Minuten«, sagte ich trocken, was Amy losprusten ließ.

»Gott, ich liebe ihn so sehr«, brach es aus mir heraus.

Ich betrachtete den hochgewachsenen, bärenstarken Mann, der unsere Kinder und mich vor allem Bösen dieser Welt beschützte und uns gleichzeitig jeden Tag die Welt zu Füßen legte.

»Sie sagt sie liebt dich, Ice«, schrie Amy und ich stieß ihr lachend den Ellenbogen in die Seite.

Maverick drehte sich zu uns um und bedachte mich mit seinem dunklen Eiswolf Blick, unter dem mir abwechselnd heiß und kalt wurde.

»Wann reisen Ices Eltern an, Mel?«

»In zwei Tagen. Einen Tag vor deinen und meinen Eltern.«

Dieses Weihnachten würden wir zusammen mit Amys, Bryans, Mavs und meiner Familie im großen Kreis feiern. Das hatten wir bei Myles' Geburt vor zwei

Monaten spontan beschlossen und ich freute mich riesig darauf.

Die traurigen und einsamen Weihnachten gehörten definitiv der Vergangenheit an. Mav und ich hatten gemeinsam neue, wundervolle Weihnachtserinnerungen geschaffen, die all den Schmerz der vorangegangenen Jahre in Vergessenheit geraten ließen.

An Silvester würden Mav und ich außerdem ganz offiziell heiraten. Zwar hatten wir uns schon vor ein paar Monaten klammheimlich das *Ja-Wort* gegeben, aber wir wollten diesen besonderen Moment auch mit den Menschen teilen, die wir liebten und die uns wichtig waren. Also würden wir pünktlich zum Jahreswechsel ein rauschendes Fest feiern. Sogar ein paar meiner engsten Freunde aus Miami hatten sich zu diesem Anlass angekündigt, was mein Herz vor lauter Freude und Glück aus der Brust hüpfen ließ.

Die Zweifler, Nörgler und Neider dieser Welt mochten das alles für übereilt halten.

Sollten sie doch.

Die unsagbare Liebe, die ich für diesen Mann empfand und die er mir und unseren Kindern jeden Tag von Neuem entgegenbrachte, ließ den Neid und die Missgunst dieser Menschen mühelos an mir abprallen.

»Na, was sagt Ted?«, begrüßte ich Mav, als er zu uns zurückkam und sich neben mich setzte.

»Ich soll seinem kleinen Bruder einen Kuss von ihm geben.«

»Und seiner Mom nicht?«, fragte ich gespielt entrüstet.

»Er kommt jetzt in ein Alter, in dem es peinlich ist, seine Mom zu küssen«, informierte mich Maverick. »Aber keine Angst. Ich küsse dich liebend gern doppelt so oft, um die Differenz auszugleichen.« Um seine Worte zu untermauern, beugte er sich zu mir und legte seine Lippen auf die meinen. Ich schloss die Augen und genoss jede Sekunde seines langsamen, lockenden Kusses.

Anfangs war ich etwas besorgt, wie Ted die Nachricht aufnehmen würde, dass ich ein zweites Kind bekam. Schließlich hatten wir beide die ersten sechs Jahre seines Lebens allein zusammen verbracht. Dass sich innerhalb eines Jahres nicht nur ein Mann in unser Leben gesellte, sondern auch noch ein weiteres Kind, hatte mir Sorgen bereitet. Zu Unrecht, wie sich bald darauf herausstellte.

Denn Ted liebte Mav abgöttisch, was auf Gegenseitigkeit beruhte. Maverick liebte Ted genauso sehr wie Myles und behandelte ihn stets wie seinen eigenen Sohn.

Und Ted fand den Gedanken, dass ich nicht allein sein würde, wenn ihn seine Eishockeyprofikarriere zum Reisen zwang, äußerst beruhigend. Der kleine Kerl glaubte felsenfest an seinen Profitraum und Mav unterstützte ihn unermüdlich dabei.

Außerdem nahm er seine Rolle als großer Bruder bemerkenswert ernst und erklärte mir stets, dass wir bei all den männlichen Eishockeyspielern in der Familie nun auch eine Cheerleaderin bräuchten, die ihre Brüder und ihren Vater bei den Spielen kräftig anfeuerte.

Diese Forderung war Musik in Mavs Ohren, der sich dem Projekt *Harmony* mit Hingabe und Leidenschaft widmete. Zwar wollte ich meinem Körper mindestens ein Jahr Erholung gönnen, aber mein Eiswolf betonte stets, dass wir diese Zeit unbedingt zum Üben nutzen sollten.

Es war verrückt, wie sehr wir trotz zwei Kindern, Job und Karriere harmonierten. Vielleicht harmonierten wir auch genau deswegen. Wir waren beste Freunde, Geliebte und Ehepartner. Wir hatten zwei Kinder, die wir über alles liebten und wir gingen Jobs nach, die uns erfüllten.

In all dem Stress und Chaos vergaßen wir nie, uns bewusst die Zeit zu nehmen, Gott, dem Schicksal oder was auch immer dort draußen über uns wachte, für das Glück, das unsere Liebe uns jeden Tag schenkte, zu danken.

Vor allem jetzt, in der Weihnachtszeit, riefen wir uns ins Gedächtnis, dass wir uns unsagbar glücklich schätzen konnten, frei entscheiden zu dürfen, wie und mit wem wir unsere wertvolle Lebenszeit verbringen wollten. Und dass wir diese Zeit nicht damit verschwenden sollten, uns zu ärgern, uns zu stressen oder uns zu streiten.

Wir hielten uns stets vor Augen, dass das Leben und die begrenzte Zeit auf der Erde das größte Geschenk waren, das einem Menschen zu Teil werden konnte. Ein Geschenk voller Möglichkeiten, Träume und Chancen, die es zu nutzen galt.

Gute Neuigkeiten für dich:
Der Roman ist noch nicht zu Ende.
Weiter geht es auf der nächsten Seite mit einer
Bonusgeschichte, die die Hochzeit von Maverick & Melody
erzählt.

*Übrigens: »Puck for Love« findest du in seiner
ursprünglichen Fassung unter dem Namen:
»Arctic Ice Love«
auch als Hörbuch.

BONUSROMAN: EISBLUMEN UND SILVESTERKÜSSE

Melodys und Mavericks Hochzeit

MAVERICK

ICH WACHTE FRÜH AUF, noch früher als sonst und spürte die kühle Winterluft, die sich trotz der isolierten Fenster in unser Schlafzimmer hereinschlich. Der Dezembermorgen war still und friedlich. Einzig das leise Summen der Heizung erfüllte den gemütlichen Raum.

Draußen schneite es. Weiße Flocken wirbelten sanft vom Himmel herab und legten sich wie eine zarte Decke über die Welt. Der letzte Tag des Jahres hatte begonnen und stellte gleichzeitig den ersten Tag unseres neuen Lebens dar. Denn heute würden Melody und ich ganz offiziell heiraten.

Zwar hatten wir uns schon vor ein paar Monaten klammheimlich das Ja-Wort gegeben, doch die eigentliche Zeremonie im Kreis von unseren Familien und Freunden, würde heute, an Silvester, im Stadion der *Arctic Bears* stattfinden.

Mein Blick glitt zur Seite. Neben mir lag Melody in all

ihrer Schönheit, eingehüllt in die weiche Decke, die wir uns in der Nacht geteilt hatten. Ihr Atem ging ruhig, fast unmerklich, und ihre blonden, langen Haare breiteten sich wild und zerzaust auf dem Kissen aus.

Ihr Gesicht wirkte entspannt und unschuldig und doch voller Leben und Liebe. Ich konnte nicht anders, als zu lächeln. Jeder Morgen, den ich an ihrer Seite aufwachte, fühlte sich wie ein Geschenk an. Doch heute fühlte es sich nochmal besonderer an, weil ich wusste, dass wir heute ganz offiziell und für alle sichtbar den Bund fürs Leben eingehen würden.

Vorsichtig streckte ich eine Hand aus und strich ihr eine Haarsträhne aus dem Gesicht. Meine Fingerspitzen berührten dabei vorsichtig ihre geschmeidige Haut und ich konnte spüren, wie warm sie war.

Melody bewegte sich leicht. Ein zufriedener Seufzer stahl sich über ihre Lippen, weil sie meine Berührung wahrgenommen und sie offenbar als angenehm empfunden hatte.

Das war mein Mädchen. Selbst im Schlaf wusste sie, dass ich stets an ihrer Seite kämpfte und sie vor allem Bösen beschützte.

»Guten Morgen, Baby«, flüsterte ich leise, um sie nicht abrupt zu wecken.

Melody regte sich erneut. Dieses Mal jedoch etwas bewusster.

Ihre Augenlider flatterten leicht, bevor sie sich langsam öffneten und sie mich aus ihren sturmgrauen Augen verschlafen und zugleich voller Zuneigung anschaute.

Das liebevolle Lächeln, das auf ihren Lippen lag, wärmte mich von Innen und rief mir einmal mehr ins Bewusstsein, wie sehr ich diese Frau liebte.

Sie war mein Leben. Mein Ein und Alles.

»Morgen Ice«, wisperte sie mit einer Stimme, so weich wie der Schnee vor unserem Fenster. »Heute ist unser Tag.«

Bei ihren Worten schlug mein Herz noch ein bisschen schneller.

»Ja«, lächelte ich und hauchte ihr einen zärtlichen Kuss auf die Stirn. »Heute ist unser Tag. Bist du bereit?«

Ihre Haut schmeckte nach den süßen Träumen der Nacht und veranlasste mich dazu, meine Lippen noch einen Moment länger dort verweilen zu lassen, um diesen innigen Augenblick der Zweisamkeit voll auszukosten.

Dieser Moment … er gehörte nur uns.

Er war die Ruhe vor dem Sturm.

Meine Hand glitt über ihren Rücken und ertastete ihre weiche Haut. Fast so, als wollte ich sicherstellen, dass sich Melody wirklich hier bei mir befand und das alles nicht bloß ein Traum war, der sich gleich in Luft auflösen würde.

»Und ob ich das bin«, flüsterte sie und zog mich näher an sich heran. »Das heißt … so gut wie. Etwas fehlt allerdings noch.«

Ich hob überrascht die Augenbrauen und musterte sie fragend. »So? Was denn?«

Melodys Hand glitt unter die Bettdecke und umfasst meine verlässliche Morgenlatte, die sie jeden Tag weckte und ihr einen wohltuenden Start in den Tag bescherte. Offenbar wollte sie auch heute, am Tag unserer Hochzeit, nicht darauf verzichten.

Ihre Hand wanderte in meine Boxershorts und sie begann, ihre zur Faust geballten Finger langsam daran auf- und abgleiten zu lassen.

Überwältigt von ihrer intimen Zuwendung schloss ich die Augen und knurrte. »Mhhhh. Gib mir mehr davon, Baby …«

Melody kicherte wissend. Sie wusste, wie scharf ich am Morgen war. Aber eigentlich war ich das immer. Einfach, weil sie mich wahnsinnig machte und ich sie immerzu wollte.

Melody streifte meine Shorts hinab und kletterte auf meinen Schoß. Ihr Nachthemd hatte sich über ihre Oberschenkel geschoben und gab den Blick auf ihre feuchte, bereite Pussy frei, die danach schrie, befriedigt zu werden.

Während wir uns abends regelmäßig aufeinander stürzten und wie Tiere nach einem langen, teils stressigen Tag auf der Suche nach einem Ventil übereinander herfielen, taten wir es morgens meist zärtlich und langsam, um gefühlvoll und entspannt in den Tag zu starten.

So auch heute.

Melody hob ihr Becken an, führte meine Latte in sich ein und begann, mich träge zu reiten. Dabei verhakte sich ihr Blick mit dem meinem und zog mich gänzlich in seinen Bann.

Ihre Augenfarbe erinnerte mich stets an einen wolkenverhangenen Wintertag im Yukon. Und das Glitzern darin spiegelte die Schneeflocken wider, die wie Zauber-staub vom Himmel rieselten.

»Du fühlst dich unglaublich an, Baby«, keuchte ich und schob ihr das Nachthemd über den Kopf, damit ich ihren nackten Körper ausgiebig bewundern konnte.

Ihre vollen, weichen Brüste wippten sanft im Rhythmus ihres Ritts und verleiteten mich dazu, sie in meine Hände zu nehmen und sie lustvoll darin zu kneten.

Seit der Schwangerschaft waren sie noch voller und größer geworden, was ich unglaublich sexy fand. Deshalb ließ ich mir auch keine Gelegenheit entgehen, mit ihnen zu spielen.

Melody bog lustvoll den Rücken durch und streckte sich mir entgegen. Nicht nur ich liebte ihre vollen Brüste. Auch sie tat es. Denn mit der Schwangerschaft von Myles waren sie extrem empfindlich geworden und sie spürte meine Berührungen viel intensiver als zuvor.

Wenn ich wollte, könnte ich sie allein damit, dass ich ihre Brüste streichelte und küsste, zum Kommen bringen. Und manchmal tat ich das auch. Doch heute, am Morgen unserer offiziellen Hochzeit, wollte ich, dass sie kam, während ich in ihr war.

Sie stützte ihre Hände hinter sich auf meinen Ober-schenkeln ab und ließ ihr Becken schneller kreisen. Ich glitt tiefer in sie und genoss jede Kontraktion, die mein Schwanz in ihrer engen Pussy auslöste.

Ihre Klit, die weit geöffnet vor mir lag, lud dazu ein, sie zu streicheln, weshalb ich eine Hand von Melodys

Brüsten nahm und mit Zeige- und Mittelfinger behutsam über ihr weiches, erhitztes Fleisch strich.

Sie stöhnte leise und ritt mich wilder. Härter. Fester.

Sie wollte kommen. Und ich wollte das auch.

»Mav?«

»Ja, Baby?«, raunte ich atemlos und biss die Zähne zusammen.

»Ich liebe dich.«

Ihre gehauchten und vor Lust triefenden Worte, ein Sturm der Emotionen, brachten mich zum Zerbersten. Ich schloss die Augen, weil meine Gefühle mich überwältigten und ließ los.

Stöhnend und keuchend ergoss ich mich in Melodys Mitte, die mein wuchtiger Höhepunkt derart erregte, dass auch sie kam und sich über mir aufbäumte, während sie erstickt und atemlos meinen Namen flüsterte.

Als sie kraftlos auf meiner Brust zusammenbrach, schloss ich sie in meine Arme und küsste einfühlsam ihren Scheitel.

»Ich liebe dich auch, Baby. So verdammt sehr.«

Wir lagen einen Moment lang einfach nur da, still und glücklich, während unser Herzschlag sich langsam wieder beruhigte und der Schnee die Welt auf der anderen Seite des Fensters unablässig in ein flächendeckendes, winterliches Weiß hüllte.

»Hast du gut geschlafen?«, flüsterte ich an Melodys Haaren und saugte gierig ihren unwiderstehlichen Duft in mich auf.

»Ja, das habe ich. Und du?«

»Ich auch«, entgegnete ich lächelnd.

Meine Lippen wanderten von ihren Haaren zu ihrem Hals und hin zu ihrem Schlüsselbein. Die zarten Küsse hinterließen eine verräterische Spur der Gänsehaut auf ihrem Körper und zeigten mir, wie sehr sie es genoss, von mir berührt und verwöhnt zu werden.

Melody kuschelte sich enger an mich und seufzte zufrieden.

»Ich freue mich auf heute. Auch wenn wir im Grunde genommen schon seit ein paar Monaten verheiratet sind, so ist das heute etwas ganz Besonderes, finde ich.«

»Ja, das ist es«, stimmte ich ihr zu. »Ich bin dankbar dafür, dass unsere Familien und Freunde den Weg auf sich genommen haben, um heute mit uns zu feiern.«

»Ich auch«, murmelte sie und schloss schläfrig von ihrem Orgasmus die Augen.

Bald würden wir aufstehen und in den Tag starten müssen. Doch ein paar wertvolle Minuten blieben uns noch, um uns gemeinsam darauf einzustimmen und uns mental auf das vorzubereiten, was uns heute erwartete.

Ich genoss Melodys warmen Körper an meiner Haut und sah aus dem Fenster, wo die dicken Flocken den letzten Tag des Jahres einläuteten.

Es war das Ende eines Kapitels und gleichzeitig der Beginn von etwas Neuem. Von etwas Aufregendem, voller Möglichkeiten und Überraschungen.

Und ich konnte es kaum erwarten, gemeinsam mit Melody herauszufinden, was es alles für uns bereithielt.

MELODY

HEUTE WAR DER 31. Dezember – der Tag, an dem ich Maverick, meinem Mann, noch einmal das Ja-Wort geben würde.

Obwohl ich aufgeregt sein sollte, verspürte ich eine tiefe, innere Ruhe in mir. Denn alles war genau so, wie es sein sollte. Ich würde heute noch einmal den Mann heiraten, den ich über alles liebte und der mir die Welt zu Füßen legte. Warum also sollte ich deswegen aufgeregt sein? Wenn überhaupt, dann freute ich mich. So sehr, dass ich am liebsten Luftsprünge machen würde.

Nachdem Mav und ich uns noch ein paar Minuten zärtlichen Kuscheleinheiten hingegeben hatten, standen wir auf und zogen uns an, um die Kinder zu wecken und Frühstück zu machen.

Myles schlief in einem an das Schlafzimmer angrenzenden Raum, damit wir, wenn nötig, binnen weniger Sekunden bei ihm sein konnten.

Doch heute schlief er tief und fest, so als wollte er uns an diesem besonderen Tag nicht unnötig stressen, indem er uns aus dem Schlaf weinte, weil er Hunger hatte, oder auf den Arm genommen werden wollte.

Ich beugte mich zu ihm hinab und atmete seinen süßen Baby Duft ein. Sein Gesicht war friedlich und rosig und ich konnte nicht anders, als ihm sanft über seine zarte Wange zu streicheln und meinen Zeigefinger in seine winzige Hand zu legen.

Er umfasste ihn und ich fühlte die tiefe Liebe, die mich jedes Mal überwältigte, wenn ich ihn auch nur ansah.

Myles war noch so klein und doch schon so perfekt. Und er sah seinem Daddy extrem ähnlich. Mit ein Grund, warum ich mich bei seiner Geburt direkt auf den ersten Blick in ihn verliebt hatte.

Er bewegte sich im Schlaf. Seine Wimpern zuckten leicht und ein leises Seufzen kam über seine Lippen.

Ich beschloss, ihn schlafen zu lassen, bis er von selbst aufwachte und nahm das Babyfon aus dem Schlafzimmer, damit ich Myles auch in der Küche und im Bad hören konnte.

Bevor ich nach unten zu Mav ging, um ihm mit dem Frühstück zu helfen, schaute ich bei Ted vorbei. Vorsichtig öffnete ich die Tür zu seinem Zimmer und lächelte, als ich ihn in seinem mit Bären bedruckten Schlafanzug auf dem Teppichboden sitzen und mit seinen Spielzeugautos hantieren sah. Er gab brummende Geräusche von sich und schien sichtlich Spaß zu haben.

Ted war voller Leben. Voller Energie. Und er vergötterte Maverick, was auf Gegenseitigkeit beruhte. Deshalb freute er sich auf das heutige Fest mindestens genauso viel wie wir.

Manchmal konnte ich kaum glauben, wie viel Glück wir gehabt hatten, nachdem unser Leben jahrelang die Hölle gewesen war.

Und doch, so banal und klischeehaft es auch klingen mochte: Nach Regen folgte irgendwann auch wieder Sonnenschein.

Ein simples und dennoch unumstößliches Gesetz der Natur, das mich zuversichtlich und gelassen in die Zukunft blicken ließ.

Eine Weile beobachtete ich Ted schweigend und sah ihm dabei zu, wie er mit seinem Polizeiauto ein flüchtiges Motorrad verfolgte.

Nach etwa zehn Minuten bemerkte er mich jedoch und stand auf. Er strahlte mich an, lief auf mich zu und schlang seine Arme um meine Hüften.

»Hallo, mein Schatz«, sagte ich lächelnd und strich liebevoll über sein Haar. »Hast du Hunger?«

Ted nickte. »Ja. Kann ich Cornflakes haben?«

Mein Lächeln wurde noch eine Spur breiter. »Natürlich kannst du das. Aber ich glaube, Ice versucht sich gerade an Pancakes. Vielleicht magst du die ja lieber, hm?«

»Pancakes?«, entgegnete Ted aufgeregt. »Oh ja!«

»Na dann komm. Lass uns nach unten gehen und Ice Gesellschaft leisten.«

Ich streckte meine Hand nach Ted aus und ging

gemeinsam mit ihm in die Küche, wo Maverick bereits auf uns wartete.

Als Ted ihn sah, ließ er meine Hand los und lief fröhlich quietschend auf ihn zu. Er flog in Mavs Arme, der ihn hochhob, als wäre er leicht wie eine Feder. »Heute heiratest du meine Mom, Ice.«

Seine Begeisterung war ansteckend, und brachte mein Herz zum höherschlagen. Teds Liebe für Maverick war so rein und echt. Es rührte mich jedes Mal zutiefst, wenn ich Zeuge davon wurde, wie vertraut und liebevoll die beiden miteinander umgingen.

»So siehts aus, Kumpel.« Mav grinste und wirbelte Ted im Kreis, bevor er ihn wieder absetzte. »Vergiss nicht, unsere Ringe nachher aus deinem Geheimversteck zu holen, bevor wir aufbrechen, okay?«

Ted nickte ernst. »Geht klar, Ice. Du kannst dich auf mich verlassen.«

»Das weiß ich doch.«

Mav wandte sein Gesicht in meine Richtung und zwinkerte mir verschmitzt zu. Wie er dort an den Herd gelehnt stand, lässig in ein T-Shirt und eine Jogginghose gekleidet, seine breiten, muskulösen Schultern leicht angespannt und den Teigschaber in der Hand … kaum zu glauben, dass dieser verlockende Inbegriff von einem Traummann wirklich mir gehörte.

Sein Profil war scharf geschnitten und seine schwarzen Haare fielen ihm in sein Gesicht. Mein Herz schlug mir bei seinem Anblick bis zum Hals und ich errötete leicht, was ihm nicht entging.

Er kam zu mir herüber und küsste mich verlangend und fordernd.

Erst als Ted sich ungeduldig räusperte, ließ er widerwillig von mir ab und widmete sich Ted.

»Na schön, Kumpel. Was hättest du denn gern zum Frühstück?«

»Was hast du denn im Angebot?«, konterte Ted und ging mit Mav zum Herd.

Der Geruch von Pancakes, gebratenem Speck und Kaffee erfüllte den Raum und weckte die Lebensgeister in mir. Mein Magen knurrte und ich wertete den Umstand, dass ich Appetit verspürte, als ein gutes Zeichen. Denn ich musste mich definitiv für den bevorstehenden, langen Tag stärken und das Frühstück würde die einzige Mahlzeit sein, während derer ich das noch halbwegs in Ruhe tun konnte.

Mav hievte Ted einen Pancake auf den Teller und stellte das Glas mit dem Ahornsirup auf den Tisch. Die beiden blödelten herum und Mavs Stimme klang dabei so vertraut und herzlich, dass mein Körper mit Wärme und Zuneigung geflutet wurde und ich mich unendlich geborgen und geliebt fühlte.

Er wuschelte Ted durch das Haar und kam zu mir zurück.

»Was möchtest du essen, Baby?«

»Ein bisschen von allem.«

Er lächelte zufrieden. »Gute Wahl. Setz dich. Ich bring es dir.«

»Danke, Ice.« Ich schluckte und unterdrückte die

Tränen des Glücks, die mir bei seiner selbstverständlichen Fürsorge in die Augen stiegen.

Kurz darauf reichte mir Mav einen Teller und eine Tasse heißen Kaffee, bevor auch er sich mit seinem Teller und seiner Tasse zu uns setzte.

»Schläft Myles noch?«

Ich nickte und deutete auf das Babyfon. »Er meint es heute gut mit uns.«

»Mom, können wir ihn nachher zusammen wecken?«, fragte Ted mampfend und schob sich noch ein großes Stück Pancake in den Mund.

»Natürlich, mein Schatz. Da freut er sich bestimmt.«

Wir aßen ganz in Ruhe und gerade als wir Myles geweckt, gewickelt und gefüttert hatten, klingelte es an der Tür.

Es waren Mavs Eltern, die Ted und Myles bis zur Hochzeitsfeier mitnehmen würden, damit wir uns in Ruhe fertigmachen konnten.

Während Mav duschte und seine Habseligkeiten zusammensuchte, saß ich mit meinen Schwiegereltern in der Küche und plauderte bei einer weiteren Tasse Kaffee mit ihnen.

Kurz nachdem sie sich mit Ted und Myles verabschiedet hatten, fuhren meine Mutter und Amy vor.

Sie würden mir mit meinem Kleid, mit meiner Frisur und dem Makeup helfen, wohingegen Mav sich bei seinem Kumpel Samson für die Zeremonie fertigmachen würde, damit er mein Brautkleid nicht schon vor dem großen Moment sah.

»Bis später, Baby. Ich vermisse dich jetzt schon«, flüsterte Mav an meinen Lippen und küsste mich.

Als er das Haus nach einem weiteren, ausgedehnten Kuss verließ, konnte ich spüren, wie sich langsam die Nervosität in mir breit machte. Nicht die Art von Nervosität, die einen beunruhigte. Eher eine freudige Anspannung vor dem Beginn eines neuen Kapitels, das ich heute gemeinsam mit Mav aufschlagen würde.

Als die Tür hinter ihm ins Schloss fiel, atmete ich tief durch und schloss für ein paar Sekunden die Augen, bevor ich zu Amy und meiner Mom ins Wohnzimmer ging.

Dort hatten sie bereits begonnen, alles für meinen unmittelbar bevorstehenden Hochzeitstag vorzubereiten.

Meine Mutter legte das Brautkleid vorsichtig über einen Stuhl, und ich betrachtete es einen Moment lang. Es war ein Traum in Weiß – schlicht und doch elegant, mit feinen Spitzenapplikationen und einem fließenden Rock, der sich um meine Beine schmiegte. Das Oberteil war herzförmig und betonte meine Schultern und mein Dekolleté auf eine subtile, aber verführerische Weise. Ich konnte kaum glauben, dass ich es heute wirklich tragen würde.

»Du wirst absolut umwerfend darin aussehen«, flüsterte meine Mom und umarmte mich.

»Es wird Ice aus den Socken hauen«, pflichtete Amy ihr bei. »Aber jetzt geh erst mal duschen. Wir machen derweil den Sekt auf und trinken uns warm.«

MAVERICK

WENN ICH SONST MIT Schlittschuhen auf dem Eis stand, trug ich meine volle *Arctic Bears* Montur. Doch heute tat ich das nicht. Heute trug ich einen Anzug. Meinen Hochzeitsanzug. Und ich war so voller Vorfreude auf diese Hochzeit, dass ich die Kälte des Eises, die durch meine Schlittschuhe kroch, kaum wahrnahm.

Sie war egal. Alles war egal. Einzig die Frau, die ich heute noch einmal ganz offiziell auf diesem Spielfeld heiraten wollte, zählte.

Das Licht in der Halle war gedimmt. Nur die Scheinwerfer über uns tauchten das Feld in ein geheimnisvolles Mosaik aus Licht und Schatten. Statt dem Jubel der Fans, der normalerweise die Wände der Arena erfüllte, war es heute still. Nur das leise Knistern des Eises unter unseren Kufen, sowie das gedämpfte Gemurmel der Gäste, die von den Tribünen gebannt auf das Geschehen auf dem Eis blickten, unterbrach die Stille.

Um die Trauung auch von der Tribüne hautnah miterleben zu können, hatten wir den großen Fernseher über dem Feld eingeschaltet, der mit der Kamera des Social Media Managers der *Bears* verbunden war. Dieser hatte sich bereiterklärt, alles für uns aufzunehmen, damit nicht nur die Hochzeitsgäste, sondern später und in aller Ruhe auch Melody und ich uns die Zeremonie noch einmal anschauen konnten.

Vor mir stand Bryan, Amys Mann. Er trug ebenfalls einen Anzug und würde Melody und mich heute trauen. Neben ihm stand Amy in ihrer Funktion als Melodys Freundin und Trauzeugin. Und neben ihr wiederrum mein Teamkamerad Samson, der es sich nicht nehmen lassen hatte, meinen Trauzeugen zu spielen.

Ted, der auf einem kleinen Samtkissen die Eheringe balancierte, skatete freudige Kreise um uns. Er war unglaublich stolz auf seine Aufgabe und ich konnte nicht anders, als ihn grinsend dabei zu beobachten, wie er sich auspowerte.

Doch all das – die Kälte, die erwartungsvollen Blicke der Gäste und das knirschende Eis unter meinen Kufen – verblasste, als die Musik in der Halle einsetzte und Melody auf Schlittschuhen und in ihrem wunderschönen Hochzeitskleid das Feld betrat.

Die Zeit schien stillzustehen und meine Atmung stockte, als sie langsam und mit einem bezaubernden Lächeln, in dem nichts als Liebe und Zuneigung lag, auf mich zu skatete. Mein Herz schlug schnell. So schnell, dass ich glaubte, es würde in meiner Brust explodieren.

Melody schwebte geradezu über das Eis. Ihr weißes

Brautkleid, das dabei unmittelbar über dem glatten Boden flatterte, schimmerte elegant, ja fast schon engelhaft in dem Lichtschein, der die Halle erfüllte.

Ihre Bewegungen wirkten mühelos und grazil, während der weiche, fließende Stoff sich sanft an ihre Beine und Kurven anschmiegte. Das verführerische Dekolleté betonte dabei ihre zarten Schultern, und ihr blondes Haar fiel in sanften Wellen über ihren Rücken.

Ich konnte mein Glück kaum fassen. Konnte kaum glauben, dass diese strahlende, wundervolle und so atemberaubende Frau tatsächlich *meine* Frau war.

Sie kam näher. Ihr entzückender Anblick ließ mich demütig werden und füllte meine Augen mit Tränen.

Ich blinzelte heftig und versuchte, den Kloß in meinem Hals hinunterzuschlucken. Doch es gelang mir nicht. Die Emotionen überwältigten mich.

Melody sah mich an und in ihren sturmgrauen Augen lag ein Leuchten, das mich von innen heraus wärmte. Ich wünschte mir, ich könnte die ganze Welt anhalten, nur um diesen einen unvergesslichen Moment zwischen uns beiden für immer festzuhalten.

Als sie vor mir zum Stehen kam, konnte ich nicht anders, als sie zu berühren, um mich davon zu vergewissern, dass sie echt war. Dass *das hier* echt war.

Meine Hände fanden den Weg zu ihrem Gesicht, und ich zog sie vorsichtig zu mir heran. Meine Daumen strichen sanft über ihre Wangen, während ich mich zu ihr hinunterbeugte und zärtlich ihre Lippen küsste.

Ihr Mund schmeckte süß und vertraut, und unser Kuss war voller Liebe und aufgeregter Erwartung. Ich konnte spüren, wie Melody unter meiner Berührung leicht erschauderte, genauso wie ich. Ich bekam einfach nicht genug von dieser Frau und das würde sich wohl nie ändern.

»Ich liebe dich«, flüsterte sie lächelnd, als ich mich zurückzog und trieb die Tränen damit zurück in meine Augen.

Ich hatte schon vieles in meinem Leben erreicht. Schon vieles erlebt. Aber nichts, absolut nichts, war vergleichbar mit diesem einzigartigen Glücksmoment.

»Ich liebe dich auch«, flüsterte ich ergriffen und ließ meine Hand behutsam an ihrem Arm hinabgleiten, während sich Melody leicht in meine Berührung schmiegte.

»Was bin ich doch für ein Glückspilz, dass ich die schönste Frau der ganzen Welt heiraten darf, hm?«

Ihre Augen funkelten bei meinen Worten und sie erwiderte mein Lächeln, bevor sie mein Gesicht behutsam zu sich herunterzog und nach einem weiteren Kuss verlangte.

Bryan räusperte sich belustigt neben uns. »Leute … eigentlich kommt der Kuss erst zum Schluss. Wir haben noch nicht mal angefangen.«

»Warum überspringen wir nicht einfach alles und kommen direkt zu dem Teil, an dem wir *Ja* sagen?«, murmelte ich an Melodys Lippen und erntete dafür von ihr ein Kichern und von Samson ein zustimmendes Grunzen.

»Nichts da. Ihr müsst euch jetzt mal für fünf Minuten wie erwachsene Menschen verhalten, so schwer es euch auch fällt«, widersprach Amy bestimmt, deren Anwesenheit ich ganz vergessen hatte und legte Melody einen weißen Mantel über die Schultern, damit sie während der Zeremonie nicht fror.

Amy war Melody immer eine gute Freundin gewesen, die sie verstand, sie auffing und sie ermutigte, genauso wie ich es für den Rest meines Lebens zu tun gedachte.

Ich nickte ihr dankbar zu und wandte mich gemeinsam mit Melody, die ihre Hand auf Teds Schulter legte, Bryan zu.

»Bereit?«, flüsterte dieser grinsend.

Ich sah Melody an, die meinen Blick erwiderte. Alles an ihr sagte: *Bereit.* Und ich war es ebenfalls: Bereit. Bereit, die Frau meines Lebens ganz offiziell zu ehelichen.

»Wir sind so weit«, antwortete ich stellvertretend für uns beide und umschloss besitzergreifend Melodys Hand.

»Na dann wollen wir mal.« Bryan räusperte sich, wobei ein Lächeln seine Mundwinkel umspielte und begann mit seiner Ansprache.

Er hielt ein Mikrofon in der Hand, sodass auch die Gäste auf der Tribüne ihn hören konnten und las von einem kleinen Zettel ab, auf dem er sich die wichtigsten Punkte notiert hatte.

»Liebe Familie. Liebe Freunde. Wir haben uns heute hier versammelt, um die besondere Verbindung von Melody und Maverick zu feiern. Eine Verbindung, die aus Liebe, Vertrauen und bedingungsloser Hingabe entstanden ist. Wie ihr wisst, haben sich Melody und Maverick bereits vor einiger Zeit das Ja-Wort gegeben, möchten ihr Versprechen jedoch heute im Kreis ihrer Liebsten erneuern, damit wir alle die Gelegenheit erhalten, gemeinsam mit ihnen zu feiern und uns mit ihnen zu freuen.«

Mit jedem von Bryans Worten, füllte sich meine Brust mit Stolz, Dankbarkeit und Glück. Seine Worte berührten mich und ich konnte nicht anders, als erneut zu Melody zu blicken, die stark und unerschütterlich wie ein Fels in der Brandung neben mir stand und meine Hand sicher in der ihren umfangen hielt.

»Maverick«, richtete Bryan nach einer Weile das Wort an mich. »Möchtest du Melody zu deiner Ehefrau nehmen? Sie lieben, ehren und schützen, in guten, wie in schlechten Zeiten?«

Meine Stimme klang rau und heiser, als ich antwortete. Das lag an den geballten Emotionen, die mich fest im Griff hielten.

»Ja, ich will.« Und an Melody gewandt sagte ich: »Ich werde dich *immer* lieben, ehren und schützen, mein Schatz. Bis ans Ende unserer Tage und falls verhandelbar, auch darüber hinaus.«

Melody schluckte und strich mit ihrem Daumen über meinen Handrücken. In ihren Augen lag ein feiner, glitzernder Tränenschleier, der mir verriet, dass sie fühlte, was ich fühlte.

»Melody«, begann Bryan. »Und willst auch du Maverick zu deinem Ehemann nehmen? Ihn lieben, ehren und schützen, in guten, wie in schlechten Zeiten?«

Melody presste ergriffen die Lippen aufeinander und nickte.

»Ja, ich will«, brachte sie atemlos hervor. »Du bist meine Welt, Mav. Mein Licht in der Dunkelheit und mein Anker in rauer See. Ich kann und will mir ein Leben ohne dich nicht vorstellen.«

Ihre entschlossenen Worte, gesprochen voller Überzeugung, überwältigten mich, sodass ich nach oben sah und versuchte, die Tränen wegzublinzeln, die heute einfach nicht weichen wollten.

Es gelang mir nur bedingt. Vor allem, als Ted nach vorne trat und uns voller Stolz die Ringe, die auf dem kleinen Samtkissen lagen, überreichte.

Ich nickte ihm anerkennend zu, was er mit einem breiten Lächeln quittierte und nahm einen Ring von dem Kissen, den ich Melody vorsichtig über ihren Finger streifte. Dabei hielt ich ihre Hand und besiegelte für jeden sichtbar unseren Bund fürs Leben, indem ich ihre Hand an meinen Mund hob und den Ring an ihrem Finger liebevoll küsste.

Melody atmete geräuschvoll aus und streifte mir mit leicht zitternden Bewegungen meinen Ring über, bevor sie erwartungsvoll zu Bryan sah, der zufrieden lächelte.

»Mit der Kraft des mir verliehenen Amtes, erkläre ich euch hiermit erneut und ganz offiziell zu Mann und Frau.«

Noch bevor er sagten konnte, dass ich die Braut jetzt küssen darf, hatte ich sie auch schon an mich gezogen und meine Lippen hungrig und sehnsüchtig auf die ihren gelegt.

Der Kuss war tief, innig und voller Liebe. Er ließ alles um uns herum verblassen und gehörte einzig uns beiden.

Wenn es nach mir ginge, hätte er noch ewig andauern können.

Doch als wir uns schließlich breit grinsend und atemlos voneinander lösten, brach Jubel und Applaus auf den Tribünen aus.

Ich umfasste Melodys Hand und streckte meine andere Hand nach Ted aus. Gemeinsam glitten wir über die Eisfläche und winkten den Hochzeitsgästen auf der Tribüne überschwänglich zu.

Obwohl es sich gigantisch anfühlte, nach einem gewonnenen Spiel auf dem Eis von den Fans gefeiert zu werden, reichte dieses Gefühl nicht mal ansatzweise an die Erfüllung heran, die ich in diesem Moment im Beisein meiner Familie und Freunde verspürte.

Das hier ... es war absolute Perfektion. Vollkommene Liebe. Pures Glück in seiner reinsten Form und so greifbar, dass die Wärme uns alle wie ein schützender Umhang umhüllte.

MELODY

DER SAAL im Stadion der *Arctic Bears*, der normalerweise für Veranstaltungen und Konferenzen genutzt wurde, hatte sich zu Ehren unserer Hochzeit in eine schillernde, winterliche Traumwelt verwandelt.

Überall hingen funkelnde Eiskristalle von der Decke, die das Licht der Kronleuchter in allen Farben des Regenbogens brachen. Tannenzweige, die mit Kunstschnee bedeckt waren, säumten die Tische, auf denen Eislaternen leuchteten.

In der Mitte des Saals thronte eine gigantische, mehrstöckige Hochzeitstorte, die wie ein kleines Kunstwerk aussah und auf deren Spitze sich zwei Figuren küssten, die Mav und mich darstellen sollten. Sie standen auf Schlittschuhen mitten auf einer glitzernden Eisfläche aus Zuckerguss und hielten sich an den Händen.

Beim Anblick der aufwendig dekorierten Torte stahl sich ein erneutes Lächeln auf mein Gesicht. Irgendwie konnte ich damit heute überhaupt nicht aufhören und lief in Folge dessen mit einem Dauerlächeln durch die Gegend.

Aber ich hatte schließlich auch allen Grund dazu. Denn dieser Tag ... er war einfach perfekt. Überall um mich herum befanden sich Menschen, die ich liebte, die uns liebten und die sich mit uns freuten. Sie waren teilweise von weit hergereist, nur um heute mit uns zu feiern.

Meine Eltern saßen an einem Tisch nahe der provisorischen Tanzfläche und unterhielten sich angeregt mit Amys Eltern, während Myles, den Mav und ich eben gewickelt und gefüttert hatten, friedlich und kuschelig eingemummelt in seinem Kinderwagen neben ihnen schlief. Seine kleinen Hände waren zu Fäusten geballt und sein Gesicht so tiefenentspannt, dass es keinen Zweifel daran ließ, dass er sich an dem Hochzeitstrubel nicht im Geringsten störte, sondern völlig unberührt davon, träumte.

Amys Kinder Maya und Sam liefen wie aufgescheuchte Hühner durch den Saal und spielten mit dem aufgekratzten Ted Fangen. Manchmal sah das Energiebündel dabei zu uns herüber und wirkte so zufrieden und glücklich, dass ich am liebsten die ganze Welt umarmt hätte.

»Na, gefällt es dir?«, fragte Amy und drückte grinsend meine Schulter, während wir unseren Blick durch den Saal schweifen ließen.

»Es ist genau so, wie ich es mir vorgestellt habe. Wenn nicht sogar besser«, gab ich ehrlich zu und bedankte mich bei Amy, die viel Zeit und Mühe in die Organisation meiner Hochzeit gesteckt und wieder einmal bewiesen hatte, was für ein Organisations- und Eventtalent sie doch war. »Ich hätte mir keine schönere Hochzeit vorstellen können.«

»Und keine schönere Location«, fügte sie schmunzelnd hinzu. »Wer hätte gedacht, dass ein Eishockey-Stadion so romantisch sein kann, oder?«

Ich kicherte. »Ja, da hast du allerdings recht. Es passt perfekt zu uns und zu dem, was uns zusammengeführt hat: Eishockey. Danke, dass du das möglich gemacht hast. Du hast dich damit selbst übertroffen.«

»Gern geschehen«, erwiderte Amy und Stolz schwang in ihrer Stimme. »Für Mav und dich ist nur das Beste gut genug. Die Kombination aus Weihnachten, Neujahr und Märchenhochzeit erschien mir deshalb absolut angemessen.«

Ich legte meine Hand auf die ihre und drückte sie, als plötzlich Musik den Raum erfüllte.

Those Eyes von New West. Unser Hochzeitstanz.

Ich spürte eine warme, starke Hand in meinem Rücken und als ich mich umdrehte, entdeckte ich Mav, der mich erwartungsvoll aus seinen eisblauen Augen musterte.

»Darf ich um diesen Tanz bitten, Mrs Wolf?«, fragte er förmlich, während seine Iriden schelmisch funkelten.

»Es wäre mir eine Ehre, Mr Wolf«, entgegnete ich und zwinkerte ihm zu, bevor ich meine Hände in die seinen legte und mich von ihm auf die Tanzfläche führen ließ.

Wir begannen, uns im Takt der Musik zu bewegen. Es

war ein zärtlicher und langsamer Song, bei dem ich mich in Mavs Armen sicher und geborgen fühlte und seine Nähe mit geschlossenen Augen genießen konnte.

Um uns herum verstummten die Gespräche und das Gelächter, während die Gäste uns bei unserem ersten offiziellen Tanz als Mann und Frau zusahen.

»Ich kann immer noch nicht so recht glauben, dass das hier wirklich passiert«, flüsterte Mav in mein Ohr.

»Ich auch nicht«, wisperte ich. »Es kommt mir vor wie ein Traum.«

»Wenn dem so sein sollte, hoffe ich inständig, dass wir niemals daraus aufwachen werden. Denn so wie es jetzt ist, kann es für immer bleiben.«

Mavs Atem streichelte mein Ohr, während er mich näher an sich zog. Sein leises Summen ließ seine muskulöse Brust angenehm vibrieren.

Ich genoss diesen vergänglichen Moment und wünschte, ich könnte ihn einfangen und in ein Glas packen, um dieses Glas immer wieder zu öffnen und diesen wunderbaren Augenblick von neuem erleben zu dürfen.

Doch leider endete unser Tanz viel zu schnell und als die ersten Akkorde von Toploader's *Dancing in the Moonlight* erklangen, stürmten die Gäste die Tanzfläche und rissen uns mit ihrer guten Laune mit sich.

Nach drei weiteren Songs zupfte Ted an meinem Kleid und sah ungeduldig zu mir auf.

Ich ging mit ihm und Mav zum Rand der Tanzfläche und beugte mich zu ihm hinab. »Alles okay, Teddy? Geht's dir gut?«

Er nickte. »Ja, aber ich habe Hunger. Kann ich ein Stück von der Torte da haben?«

Er zeigte mit dem Finger auf unsere Hochzeitstorte und ein vorfreudiges Glänzen erfüllte dabei seine Augen.

»Da will wohl jemand mit der Nachspeise, statt der Vorspeise anfangen, hm?«, neckte ihn Mav. »Ich sag dir was, Kumpel: Zur Feier des Tages schneiden wir die Torte jetzt schon an. Heimlich. Und nur für dich. Du bekommst das erste Stück, weil du heute so ein großer Junge warst. Deal?«

Ted umarmte begeistert Mavericks Bein und strahlte über das ganze Gesicht. »Danke, Ice.«

»Na klar doch«, lächelte dieser und begleitete Ted zu unserer Hochzeitstorte.

An mich gewandt, fragte er mit einem schelmischen Zug um die Mundwinkel: »Meinst du, das fällt auf, wenn nachher ein kleines Stück fehlt?«

»Nein. Bestimmt nicht«, entgegnete ich mit gespielter Überzeugung und unterdrückte dabei ein Grinsen.

»Na dann. Darf ich um deine Hand bitten?«

Gemeinsam umfassten wir das Messer und schnitten die Torte unbemerkt an, bevor wir Ted das erste Stück reichten. Denn das hatte er sich heute wirklich verdient.

Der Rest des Abends ging in einem rauschenden Fest unter. Es wurde gelacht, gegessen, gesungen und ausgelassen gefeiert.

Zwischen unseren Familien, Mavs Teamkollegen, unseren Freunden und einigen anderen Mitgliedern der *Arctic Bears*, die quasi schon zur Familie gehörten, verging die Zeit wie im Flug. Und hätte uns Amy nicht um kurz vor Mitternacht nach draußen gerufen, hätten wir glatt den Beginn des neuen Jahres verpasst.

So aber wurden wir Zeugen eines beeindruckenden Feuerwerks, das in einem roten, leuchtenden Herz am Himmel gipfelte. Keine Ahnung, wie Amy das hinbekommen hatte, aber schöner als mit dem Symbol grenzenloser Liebe konnte man das neue Jahr und das neue Kapitel in unserem Leben wohl kaum einläuten.

MAVERICK

ALS WIR ZUSAMMEN MIT den letzten Gästen die Feier verließen, war es bereits drei Uhr morgens.

Melodys Eltern, die Ted und Myles mit zu uns genommen hatten und heute Nacht in unserem Gästezimmer schlafen würden, hatten sich bereits gegen halb eins verabschiedet. Sie hatten versprochen, sich sofort zu melden, sollte Myles uns brauchen, bevor wir nach Hause kamen. Doch bisher war alles ruhig geblieben.

Während ich Melody zu der wartenden Limousine führte, die uns nach Hause bringen würde, spürte ich die Vibrationen ihres leisen Lachens durch ihren Körper fließen.

Ihr bezauberndes Lachen war heute Abend ihr ständiger Begleiter gewesen, und sorgte dafür, dass ich einfach nicht den Blick von ihr abwenden konnte, weil es mich derart faszinierte und mich hoffnungslos in seinen Bann zog.

Als der Chauffeur uns kommen sah, stieg er aus und öffnete uns galant die Autotür.

»Mr und Mrs Wolf: Ich gratuliere Ihnen«, sagte er feierlich und wir nickten ihm dankend zu, bevor wir uns in die weichen und von der Heizung gewärmten Polster sinken ließen.

»Meine Füße bringen mich noch um. Aber es war definitiv die beste Party meines Lebens«, flüsterte Melody und vergrub ihr Gesicht an meinem Hals. »Das können wir gerne wiederholen.«

»Jederzeit, mein Schatz. Wenn du das möchtest, werde ich dich jedes Jahr von neuem heiraten.«

Melody seufze zufrieden und ihre Nähe vermittelte mir ein Gefühl von Frieden und Geborgenheit.

Mein Blick schweifte nach draußen, wo ein sanfter Schleier aus Schneeflocken die Dunkelheit erfüllte. Die Straßenlaternen warfen lange, weiche Schatten auf die glitzernde Schneedecke, und darüber erstreckte sich der Himmel wie ein unendliches Meer aus wellenartigen Wolken.

Als der Wagen nach einer Weile vor unserem Haus hielt, weckte ich Melody behutsam bevor ich ausstieg und die klare Luft der frostigen, vor Kälte klirrenden Nacht einatmete. Melody ergriff meine Hand und kämpfte sich mit meiner Hilfe aus dem Wagen.

Damit sie mit ihren Heels nicht im Schnee versank, nahm ich sie kurzerhand auf die Arme und trug sie ins Haus.

Zum Glück hatten ihre Eltern die Tür für uns unverschlossen gelassen, weshalb ich Melody ohne sie abzusetzen über die Türschwelle tragen konnte.

»Ich bin beeindruckt, Mr Wolf«, grinste sie und gab mir einen Kuss auf die Nasenspitze. »Auch nach einem rauschenden Fest bist du nicht zu müde, um deine Braut auf Händen zu tragen.«

»Ich werde niemals zu müde dafür sein, Baby«, versprach ich und setzte sie im Hausflur vorsichtig ab.

Drinnen war es mollig und ruhig. Das Haus fühlte sich irgendwie anders an, jetzt, wo wir ganz offiziell Mann und Frau waren. So, als ob alles eine neue Bedeutung bekommen hätte. Jeder Raum, jedes Möbelstück und jedes Geräusch.

Melody und ich hielten uns einen Moment lang an den Händen, während wir die Wirkung der Umgebung in uns aufnahmen.

Dann streifte sich Melody ihre Schuhe von den Füßen und zog mich mit sich.

»Komm, lass uns nach den Kindern sehen«, sagte sie und stieg die Treppe hinauf.

Ich folgte ihr leise, um niemanden zu wecken.

Zuerst sahen wir nach Myles. Er lag friedlich in seinem Bettchen, seine kleinen Händchen entspannt ausgestreckt. Sein Atem ging ruhig und gleichmäßig. Melody lächelte und legte einen Finger an seine Wange, um sicherzustellen, dass es ihm auch wirklich gut ging. Er rührte sich leicht, öffnete jedoch nicht die Augen, sondern schlief unbekümmert weiter.

Ein schöneres Geschenk, als uns so einen angenehmen und unproblematischen Hochzeitstag zu schenken, hätte er uns nicht machen können. Es schien fast so, als hätte er gespürt, wie wichtig dieser Tag für uns war.

Wir schauten Myles noch ein paar Minuten dabei zu, wie er tief und fest schlief, bevor wir zu Ted gingen, der vollkommen erschöpft und erledigt in seinem Bett lag und alle Viere von sich streckte.

»Er war so tapfer heute«, flüsterte Melody und strich ihm vorsichtig über das Haar.

»Ja, das war er. Ein richtiger, kleiner Held. Ich bin stolz auf ihn.«

Und das meinte ich genau so, wie ich es sagte. Ich machte zwischen Myles und Ted keinen Unterschied, obwohl ich nicht Teds leiblicher Vater war. Für mich waren beide Jungs *meine* Jungs und ich konnte und wollte mir ein Leben ohne sie nicht vorstellen.

Melody kam zurück zur Zimmertür und schloss sie mit einem letzten, liebevollen Blick auf Ted.

Hand in Hand gingen wir in unser Schlafzimmer, wo ich ihr aus ihrem Brautkleid half und ihre sündige, weiße Spitzenunterwäsche zum Vorschein kam.

Bewundernd küsste ich ihre nackten Schultern und ließ meinen Blick anerkennend über ihren Körper wandern.

»Weißt du, wie sehr mich das gerade anmacht?«, flüsterte ich mit vor Erregung belegter Stimme.

Eigentlich war ich müde, um nicht zu sagen völlig fertig. Doch bei Melodys verführerischem Anblick vergaß ich diesen Umstand binnen einer Sekunde.

»Wir sind beide verschwitzt …«, gab sie zu bedenken und drehte sich zu mir um.

»Und scharf aufeinander. Außerdem ist das hier strenggenommen unsere Hochzeitsnacht. Und da ist Sex quasi Pflicht, oder?«, wandte ich ein und wackelte vielsagend mit den Augenbrauen. »Aber wir könnten ja das Nützliche mit dem Angenehmen verbinden und es unter der Dusche treiben, während wir uns gegenseitig säubern. Was meinst du?«

Melodys Mundwinkel zuckten belustigt. »Das klingt nach einem vernünftigen Plan, an dessen Umsetzung ich durchaus interessiert bin.«

»Na da bin ich aber froh«, scherzte ich und trat näher an sie heran, um ihr Gesicht in meine Hände zu nehmen.

Ihre sturmgrauen Augen fixierten mich und leuchteten voller Liebe und Vertrauen.

Das hier war meine Frau. Und ich Glückspilz, ihr Mann. Jetzt also ganz offiziell und für alle sichtbar.

Wow.

Es fühlte sich unbeschreiblich gut und absolut richtig an.

»Hi Baby.« Meine Stimme war kaum mehr als ein heiseres Raunen und ich schaffte es kaum, bei ihrem überwältigenden Anblick mehr als zwei Worte herauszubringen. »Nur für den Fall, dass ich es heute noch nicht gesagt haben sollte: Ich liebe dich.«

Melody schnaubte erheitert. »Du hast es mir heute zwar schon ungefähr eine Million Mal gesagt, aber ich höre es immer wieder gern. Also hör bitte niemals auf damit, ja?«

Ich hauchte einen zärtlichen Kuss auf ihre Lippen, der

einem Versprechen gleichkam und brummte zustimmend.

»Niemals. Du und ich … das ist für immer. Und das hier … das ist gerade erst der Anfang. Der Beginn von etwas Wunderschönem. Egal, was das Leben auch für uns bereithalten mag, wir werden es zusammen meistern. Denn ich kann mir keine Partnerin vorstellen, mit der ich den Weg des Lebens lieber beschreiten würde, als mit dir.«

Melodys und Mavs Geschichte findet an diesem Punkt ein Ende, aber falls dir dieser Roman gefallen hat, solltest du dir unbedingt meine **Sloane Brüder Eishockey Reihe** ansehen.

Drei mega heiße Brüder. Drei erfolgreiche Eishockeyprofis. Und drei einsame Herzen auf der Suche nach der großen Liebe.

Falls du diese Tropes magst, ist die Sloane Brüder Reihe für dich geschrieben:

Enemies to Lovers, Forbidden Love, Forced Proximity, Bad Boy meets Good Girl, Friends to Lovers, Baby Surprise, Boss Love, Fake Dating

Einen Überblick über die Reihe findest du auf den folgenden Seiten. Alternativ kannst du sie dir ansehen, wenn du diesen QR-Code scannst:

Übrigens: Falls du Lust auf **mehr als 20 Bonuskapitel** zu meinen Romanen hast, kannst du sie dir als Dankeschön für deine Treue hier **gratis** herunterladen:

https://bookhip.com/RPGKPQC

Alternativ scanne einfach diesen QR-Code:

SHELBY – GAME TIME, BABY

Gestern noch begehrtester Junggeselle der Eishockey-Welt - Heute verblüffter Daddy einer süßen Tochter

Shelby Sloane, der Eishockey-Star-Stürmer der Arizona Armadillos liebt schnelle Autos, schöne Frauen und zügellose Freiheit. Mit seinem unwiderstehlichen Humor und seinem verführerischen Charme, ist es für ihn ein Leichtes, zu bekommen, was er will. So leicht, dass es ihn schon langweilt. Doch dann begegnet er Sienna Parks. Die hübsche Blondine mit dem warmen Lächeln kommt ihm von Anfang an bekannt vor. Als sie kurz darauf als Flugbegleiterin des Eishockey Teams vor ihm steht, ist er fest entschlossen, sie näher kennenzulernen. Aber Sienna setzt alles daran, die Flirtversuche des attraktiven und selbstbewussten Eishockeyspielers abzuwehren. Shelby ahnt nicht, dass es dafür einen sehr guten Grund gibt. Und noch weniger, dass er der Vater ihrer Tochter ist. Doch je näher sich die beiden kommen, desto größer wird die Gefahr, dass Siennas streng gehütetes Geheimnis auffliegt und alle mit sich in den Abgrund reißt …

Erhältlich als eBook, Taschenbuch, Hörbuch und für Kindle Unlimited.

CAIDEN – LET'S PLAY, HONEY

Forbidden Enemies to Lovers der Extraklasse - Der heiße Teamkapitän verliebt sich in die ehrgeizige Eishockey Teambesitzerin

Für Caiden Sloane, Teamkapitän der Arizona Armadillos, gibt es seit Jahren nur eine Frau: Arielle Remington, die Tochter von Armadillos Teambesitzer John Remington und erfolgreiche Managerin der Denver Demons. Mit keiner Frau streitet und schläft es sich leidenschaftlicher, als mit ihr. Doch die strengen Regeln ihrer geheimen Vereinbarung besagen: Keine Fragen. Keine Beziehung. Keine Liebe. Als Caiden endlich den Mut aufbringt, Arielle seine wahren Gefühle zu gestehen, wird sie als neuer Boss der Arizona Armadillos vorgestellt. Eine Beziehung mit der eigenen Chefin? Undenkbar. Aber so sehr Caiden auch versucht, die Finger von Arielle zu lassen, enden ihre hitzigen Wortgefechte immer auf ein- und dieselbe Art: Im Bett. Und auch Arielle gelingt es nicht, sich von Caiden zu lösen. Die beiden Streithähne spielen mit dem Feuer. Deshalb ist es nur eine Frage der Zeit, bis sie sich daran verbrennen und Gefahr laufen, alles zu verlieren …

Erhältlich als eBook, Taschenbuch, Hörbuch und für Kindle Unlimited.

ELLIOTT – GAME OVER, DARLING

Eine Familie gründen mit der besten Freundin? Zwei Kinder inklusive? Und dabei noch allen das verliebte Pärchen vorspielen? Das kann ja nur auf eine Weise enden ... oder?

Der attraktive Eishockey Stürmer Elliott Sloane gilt als der Rebell der berühmten Sloane Familie. Er liebt Tattoos, Piercings, Motorräder und Frauen. Alles im Plural, versteht sich. Die einzige Konstante in seinem Leben ist seine beste Freundin Blakely Beckett, die ein Stockwerk unter ihm wohnt. Sie ist die Person, die ihn besser kennt, als er sich selbst und die weiß, was er braucht, noch bevor er es tut. Als ihn Blakely eines Tages unerwartet um Hilfe bittet, sagt Elliott ohne zu überlegen zu. Für sie würde er schließlich alles tun. Selbst, wenn das bedeutet,

sich als ihr Partner auszugeben, mit ihr zusammenzu-
ziehen und sich um die beiden Kinder von Blakelys
engster Freundin Summer zu kümmern, die kürzlich
vom FBI verhaftet wurde. Und ganz nebenbei steht auch
noch sein Teamwechsel von den Vancouver Vipers zu den
Arizona Armadillos bevor. Gerade als Elliott denkt, sein
Leben könnte unmöglich noch turbulenter werden,
beginnen die Grenzen zwischen Freundschaft und Liebe
gefährlich zu verschwimmen. Und plötzlich weiß er nicht
mehr, was Fake und was Wahrheit ist …

**Erhältlich als eBook, Taschenbuch, Hörbuch und für
Kindle Unlimited.**

DIE COLORADO COLLEGE VARSITY REIHE

Liest du gerne **New Adult & College Romance**?
Dann solltest du dir definitiv die Colorado College
Varsity Eishockey Reihe ansehen.

Sie kombiniert New Adult mit College und Eishockey.

Auf den folgenden Seiten findest du die Cover und
Klappentexte zu allen drei, jeweils in sich
abgeschlossenen Bänden.

Alle Bände auf einen Blick:

Verliebt auf dem Eis
Verbotene Küsse auf dem Eis
Second Chance auf dem Eis

Alle Bände sind als eBook, Taschenbuch, Hörbuch und für Kindle Unlimited erhältlich.

Zu der Reihe gelangst du, wenn du diesen QR-Code scannst:

VERLIEBT AUF DEM EIS

Jordan Bishop war die Liebe meines Lebens. Bis er mich ohne eine Erklärung von sich gestoßen und verlassen hat. Mit gebrochenem Herzen ziehe ich für mein Medizinstudium aus Montana nach Los Angeles. Als mein Praxisjahr ansteht, bietet man mir eine Stelle als Assistenzärztin am Colorado College in der Kleinstadt Flake Falls an. Dort angekommen, soll ich die Eishockey Varsity Mannschaft des Colleges betreuen. Das Problem an der Sache: Jordan Bishop ist der Mannschaftskapitän. Und er ist alles andere als erfreut, mich wiederzusehen. Aber wieso? Warum hasst er mich so? Was verheimlicht er vor mir? Und warum schlägt mein Herz in seiner Gegenwart noch immer höher?

Erhältlich als eBook, Taschenbuch, Hörbuch und für Kindle Unlimited.

VERBOTENE KÜSSE AUF DEM EIS

Ich habe mich schon immer zu der zielstrebigen Tochter des Head Coaches hingezogen gefühlt. Obwohl ich weiß, dass allein der Gedanke daran, Ruby zu küssen, meinen Traum von einer Profi-Eishockey-Karriere zerstören könnte, erliege ich eines Abends der Versuchung und klaue mir den heißersehnten Kuss von ihr. Ich will mehr, doch bevor ich Ruby meine Gefühle gestehen kann, zeigt sie mir plötzlich die kalte Schulter und stößt mich von sich. Verletzt und enttäuscht gehe ich auf Abstand, bis ein College Projekt uns dazu zwingt, Zeit miteinander zu verbringen. Als es mir eines Abends endlich gelingt, ihr die Wahrheit über unseren Kuss zu entlocken, ist das jedoch erst der Anfang einer überaus explosiven und emotionalen Achterbahnfahrt der Gefühle …

Erhältlich als eBook, Taschenbuch, Hörbuch und für Kindle Unlimited.

SECOND CHANCE AUF DEM EIS

Heißer Eishockeystar trifft auf kühle Eisprinzessin

Ryder Steel spielt gegen die Zeit. Wenn er bis zu seinem College-Abschluss keinen Profi-Vertrag in der Tasche hat, muss er seinen Traum von einer Eishockey-Karriere aufgeben. Deshalb kann sich der Stürmer der Colorado College Varsity keine Ablenkung erlauben. Doch dann zieht die geheimnisvolle Eiskunstläuferin Bella Wynn in das Haus nebenan und weckt mit ihrer faszinierenden Ausstrahlung das Interesse des selbstbewussten Playboys. Dabei war das nie ihre Absicht. Denn Bellas Bestimmung wurde ihr von Geburt an genau vorgegeben: Sie muss den Sprung in das olympische Eiskunstlauf-Team schaffen. Und das gelingt ihr nur, wenn sie sich voll und ganz auf ihre Karriere auf dem Eis konzentriert. Für einen charismatischen Eishockeystar, der ihre Nerven zum Flattern, ihr Herz zum Höherschlagen und ihre Knie zum Zittern bringt, ist in ihrer Lebensplanung kein Platz. Doch Ryder weigert sich hartnäckig, das zu akzeptieren. Gerade als es ihm endlich gelingt, Bellas Entschlossenheit ins Wanken zu bringen, schlägt das Schicksal auf hinterhältige Weise zu und setzt damit eine unaufhaltsame Kettenreaktion in Gang …

Erhältlich als eBook, Taschenbuch, Hörbuch und für Kindle Unlimited.

MEHR VON AVA AVERY

Mittlerweile (stand Oktober 2024) gibt es mehr als 30 Ava Avery Romane in den Bereichen:

Eishockey
American Football
Formel 1
Boss & CEO Romance
Mafia Romance
Daddy & Baby Romance
Sweet Romance (Italien)

All diese Romane sind als eBook, Taschenbuch und für Kindle Unlimited erhältlich. Viele dieser Romane gibt es auch als Hörbuch.

Zu meinen Romanen gelangst du,
indem du diesen QR-Code scannst:

ÜBER DIE AUTORIN

 Ava Avery ist Autorin aus Leidenschaft. Sie ist mehrfach ausgezeichnete Bild-Bestseller & Kindle #1 Autorin. Ihre Bücher verkauften sich über 500.000 Mal und wurden in sechs Sprachen übersetzt.

Wenn sie sich in drei Wörtern beschreiben müsste, dann wären das: Freigeist, Abenteurerin und Romantikerin.

Ihre Lieblingsautorin ist Enid Blyton. Mit den 5 Freunden, Hanni und Nanni, sowie Tina und Tini hat Ava ihre Liebe zum Lesen und später zum Schreiben entdeckt.

Neben dem Schreiben ist Ava eine begeisterte Weltenbummlerin. Fremde Länder, Kulturen und Menschen kennenzulernen, ist für sie eine Quelle der Inspiration und Freude. Italien nimmt dabei einen besonderen Platz in ihrem Herzen ein.

TRIGGERWARNUNG

Kapitel 23 enthält Andeutungen von physischer und sexueller Gewalt.

BLEIB AUF DEM LAUFENDEN

Besuch mich gern auf Social Media, wo ich exklusive Details zu meinen Romanen und spannende Einblicke aus meinem Alltag teile.

Website: www.avaavery.de

Instagram: avaavery.autorin

TikTok: @avaaverybooks

Facebook: www.facebook.com / avaavery.autorin

ALLES LIEBE FÜR DICH

Hat dir dieser Ava Avery Liebesroman gefallen? Ich würde mich über eine **Rezension** oder eine **Bewertung** von dir sehr freuen, egal ob 3 oder 30 Sätze lang. Jede einzelne Rückmeldung ist ein wunderbarer Liebesbeweis an meine Geschichten und schenkt mir das Wissen, dass meine Bücher euch ein paar Stunden oder Tage voller Freude geschenkt haben.

Natürlich darfst du diesen Liebesroman auch gerne weiterempfehlen.

Liebe Grüße,

Deine Ava

ISBN: 978-3-7597-9998-2

Bibliografische Information der Deutschen Nationalbibliothek: Die
Deutsche Nationalbibliothek verzeichnet diese Publikation in der
Deutschen Nationalbibliografie; detaillierte bibliografische Daten sind
im Internet über dnb.dnb.de abrufbar.

Die automatisierte Analyse des Werkes, um daraus Informationen
insbesondere über Muster, Trends und Korrelationen gemäß §44b UrhG
(„Text und Data Mining") zu gewinnen, ist untersagt.

Verlag: BoD · Books on Demand GmbH,
In de Tarpen 42, 22848 Norderstedt

Druck: Libri Plureos GmbH,
Friedensallee 273, 22763 Hamburg

Ava Avery
c/o WirFinden.Es
Naß und Hellie GbR
Kirchgasse 19
65817 Eppstein

Kontakt:
avaavery.romane@gmail.com